「お前がどう思っているのかは知らない……
だがお前の善意がこの
アブソリュート・アークの心を動かした。
だから私はここにいる」
「ッ」
That is needed for
a villainous aristocrat

That is needed for
a villainous aristocrat
This man has the charisma of absolute evil and
will be the strongest conqueror.
"Yes. I am a scoundrel. The best in this country."

序章

プロローグ

This man has the charisma of absolute evil and
will be the strongest conqueror.
"Yes, I am a scoundrel. The best in this country."

*That is needed for
a villainous aristocrat*

スイロク王国第三都市セルリアン
スイロク王国にある四つの都市の中で最も多様な人間が住む都市、それがセルリアン。獣人、流民、平民、貴族、あらゆる立場の人間が共に生活しているある種平和の象徴のような都市だった。
そして今日は国の祝日である終戦記念日。十五年前に起きた戦争で散っていった兵士達を弔うとともに、生きて国を救った英雄、光の剣聖を讃《たた》える日だ。
例年通りなら街中には屋台が並び、さらに光の剣聖の偉業を唄う吟遊詩人の下には多くの人々が聴きに来る。

♪一国を滅ぼした空間の勇者
その魔の手がスイロクにまで伸びる
戦場にて次々と屈強なスイロク軍を空間ごと切り裂き斬殺する勇者
力のままに戦場を蹂躙《じゅうりん》していくその姿はまさしく世界最強
誰もが勇者に絶望した時、一人の騎士が立ち上がる
世界最強を前に国を守るため、決死の想《おも》いで騎士は立ち向かう
恐怖する心を殺し、ただ一振りにすべてを捧《ささ》げた
騎士の剣が勇者を切り裂き、勇者の片目を奪う
己の敗北を悟った勇者は騎士を讃え、二度とスイロクの前に現れることはなかった

そうしてスイロク王国に平和が戻ったのだ
世界最強を破り国を救った英雄
後に光の剣聖と呼ばれることになるその男の名は
アイディール・ホワイト

スイロク王国の民なら誰しも一度は聞いたことのある物語。唄を聴く民衆。当時を知る大人からは感謝、戦を知らぬ若者からは憧れの感情が生まれる。

今日も例年通り活気で賑《にぎ》わう――そのはずだった。

「い、いやあぁぁ、やめて……」

今行われているのは平和だった街とはかけ離れた非日常の蛮行。

都市に住む女性が武器を持ったならず者に慈悲を乞う。ならず者は嘆願する女性の姿を下卑た視線で見下ろし暴行を加えた。

「いやあぁぁぁ!!」

街の往来での出来事、それを誰も止めようとしなかった。それもそうだ――今街中で同じことが起こっているのだから。

「誰かあぁぁ!!」

「いやあぁ、あなたぁぁ!!」

「頼む、娘だけは助けてくれ!」

街中で喧騒《けんそう》と悲鳴が聞こえる。

平和だった街が一日と経《た》たずに崩れ去ろうとしていた。

混乱で逃げ惑うことしかできない人達。

捕まった女は慰み者にされ、止めに入る男は皆殺されていく。街の警備隊などとっくに壊滅し死体がいたる所に転がっている。

「ちくしょう、なんで…………なんで封鎖されていたはずの第四都市の門が開いてんだよ‼」

騒ぎの元凶──それは第四都市スマルト、別名スラム街とも呼ばれる下位都市から、数千にも及ぶならず者達が封鎖された門を突き破り出てきたことから始まった。

ならず者達は武装し、鎮圧に来た兵士達を数で撃退し街中で蛮行を繰り広げる。

「領主様、剣聖様……誰でもいいから早くコイツらを追い出してくれ」

第三都市に住む者は早く援軍が着くことを切に願う。

──だが、この後も騒ぎを抑えるための戦力が回されることはなかった。

「なんで誰も助けに来ないんだよ！　領主や騎士達は何をしてるんだ‼」

それが意味すること、すなわちこの街の上層部は機能していないということだ。

そうして願い空《むな》しく、人々の叫びとともに広場は血に染まっていった。

混乱を極める第三都市の中で唯一静寂な場所、それは皮肉にもこの都市の領主であるゾウ・エレファンの屋敷だった。

都市を一望できる街の外れに建てられた一際大きな屋敷。その外観は大国の上位貴族と比べても遜色ない土地の広さと、屋敷の品格を併せ持っていた。

そして、この屋敷の主人はこの都市を守護する騎士達の長にして、都市を統治する政《まつりごと》にも才力を持つ文武両道を兼ね備えた丈夫——名をゾウ・エレファン。

スイロク王国では魔法の名手として知られる武闘派の第三都市の領主だ。

だらしなく肥えた腹と、これでもかと言わんばかりに身に付けた豪華な装飾具で着飾った格好から、一目で領主と分かる特徴を持った中年の男。

そんな形《なり》をしているので初見の者は悪印象を抱きがちだが、見た目に反して第三都市に住む者からの評価は悪くはない。

そのように市民から善良な統治者として認められているエレファン。自らが守るべき街で第四都市から流れて来たならず者が暴れているいまこの時、彼は屋敷にいた——鎖で縛られた状態で。

「何故《なぜ》だ……何故魔法が使えん！」

鎖で簀巻《すま》きにされた状態で床に転がされたエレファンは、先ほどから身をよじり魔法を使おうと試みるが発動しない。魔力を行使しようとする度に逆に力が抜けていくような脱力感を覚える。

「俺の鎖は魔力を奪う。自慢の魔法も魔力がなけりゃ使えないだろ？」

男はそう言うと、領主を嘲笑《あざわら》うかのように見下ろしている。

領主は悔しげに男を睨《にら》みつけるしかできなかった。

場所は領主の執務室。

部屋に居るのは二人。身動きができない領主、エレファンと、執務室の机に腰を掛けている白髪で全身を鎖で巻いている男。

そして二人の周りには、白髪の男によって殺された屋敷に仕える者達の遺体。

「見ろよ、豚野郎。お前の飼育している家畜が狩られる様子をよ」

領主は髪を摑《つか》まれると、広場や大通りに面して作られた執務室の大窓に顔を乱暴に押し付けられた。強い力でガラスに擦《こす》り付けられながらも領主の目に映ったものは、ならず者達に荒らされていく第三都市の惨状だった。

街のあちこちで火の手があがり、通りは惨状で汚れ、なんとか死から逃れようとする僅かな市民の悲鳴や喧騒が屋敷にも届いた。

「ほら、民に謝れよ。街が大変なのに何もできずにごめんなさいってな」

「ぐぅぅぅ！」

「汚い泣き声だな。なあ、今どんな気持ちだ？　教えてくれよ」

「頼むぅ……助けてくれ……」

自分を拘束し、煽《あお》り蔑むような言葉を浴びせる男に嘆願する領主。

屋敷にいた者は皆この男とその仲間に殺されてしまい、抗《あらが》うことも叶《かな》わない今、もう縋《すが》ることしか彼には許されなかった。

「あぁ？　誰をだよ」

「金なら幾らでもやる……だから私の命だけは――ぐぅ」

縛っていた鎖がさらにキツく締め上げられ、最後まで言い終えることが出来ない。さらに拘束がキツくなりドサリと地面に叩《たた》きつけられる領主。

男はそれを冷めた目で見つめていた
「ちっ、冷めた。【束縛の精霊】……絞め殺せ」

「まっ――」

「【束縛する彼女《メンヘラアウト》】」

その声と同時に領主の拘束は極限にまで強まる。

バキ、ボキ、ゴキ、ブシャァァ――

まるで水の入った袋を握りつぶしたように噴水状に血肉を撒《ま》き散《ち》らし領主は死亡した。

白髪の男はそれを道端に落ちたゴミを見るような目で見ていた。

「死に際まで汚ねぇ豚野郎だったな……」

「ちょっとイヴィル！　他にも殺し方あったでしょう！　服に脂が付いちゃったじゃない」

執務室に現れた線の細い、綺麗《きれい》な顔立ちの男は長髪のポニーテールを揺らし、白髪の男――イヴィルに抗議するために詰め寄る。

一見女性のように見える美しい顔立ちをしているが体つきは男性のそれであり、紛れもなく男だ。

彼は、領主を殺したイヴィルと呼ばれた男と共にこの部屋を制圧した人物だ。

先ほどまでは身を隠し、イヴィルと領主のやり取りを見ていたが彼の容赦ない殺し方で汚れた服に我慢できず姿を現した。

「近寄るなブルース。男臭いんだよ」

「酷《ひど》い!?」

「あまりもたもたするなイヴィル。第三都市は終わりだがまだ二つ都市が残っている。戻って次に備えるぞ」

吐き捨てるようにブルースの抗議をいなすイヴィル。ブルースがその態度にさらに抗議をしようとすると、巨漢という言葉では足りないほど体躯《たいく》のデカい男が執務室の扉から暖簾《のれん》をくぐるように顔をのぞかせていた。

高さにして二メートル以上ある、鎧《よろい》のような厚い筋肉を纏《まと》った体。その肉体には無数の傷痕が刻まれており、多くの修羅場をくぐり抜けてきた猛者《もさ》の風格があった。

「遅《おせ》ぇのはお前だバウト。ちゃんとこの都市の常備兵を殲滅《せんめつ》してきただろうな？」

バウトと呼ばれた巨漢の男。遊撃として単体でこの都市の常備兵が常駐している砦《とりで》を攻めるよう指示されていた。

「無論だ。弱者が束になったところで造作もないことだ」

のそりと部屋に入って来たバウト。

その体はバケツで浴びたかのようにべったりと血に塗《まみ》れていた。しかし、それらの殆《ほとん》どが返り血だ。

彼の言葉の通り、砦にいた騎士や兵士は一人残らず全滅していた。後に現場を確認した者曰《いわ》く、砦はまるで災害に遭ったかのように崩壊し瓦礫《がれき》の山と化していたそうな。

「ちっ、バケモノが……死ね」

「味方なのに酷い言い草ね」

「いや……最高の褒め言葉だ」

イヴィルの悪態にニヤリとどこか嬉《うれ》しげに笑うバウト。

皮肉が通じず、面白くなさそうな顔をしてイヴィルは会話を切った。

「戻れ【束縛の精霊】」

領主だったモノを縛っていた鎖がイヴィルの言葉でジャラジャラと音を立てて離れる。鎖はまるで蛇のようにくねくねと動きイヴィルの体に巻き付いた。

回収し終えたイヴィルは部屋を後にし、二人はその背中に追従する。

血に汚れてできた三人の足跡。ジャラジャラと鎖が擦れる音だけが屋敷の中に響いていた。

「行くぞ……スイロク王国は俺達がいただく」

「ええ♪　ボス」

「お前が望むならそうしよう」

大量の死体を背に三人は屋敷を後にした。

今回の騒動は第三都市だけに止《とど》まらずスイロク王国史上最大の内乱として歴史に残ることになる。数千人以上におよぶ人間によってスイロク王国のすべての都市が混乱の渦に巻き込まれ、史上最悪の厄災として人々の記憶に刻まれた。
死傷者　数千人
被害総額　数千億
そしてその主犯達の名前は――
【ブラックフェアリー】
スイロク王国を根城とする闇組織。
結成僅か数年で、かつてスイロク王国最大の闇組織であり第四都市の支配者だった【ギレウス】を破り、この国の闇を掌握した新興勢力だ。

ギレウスに代わり第四都市を支配した後、スラム街では子供から年寄りまで組織の末端として利用している。

「待ってろよ貴族の豚ども。すぐにあの世へ送ってやる」

第三都市の陥落はまだ序章に過ぎない。

これからさらに激化していくことをまだ誰も知らない。

――完――

第1章

第三都市セルリアン陥落

This man has the charisma of absolute evil and
will be the strongest conqueror.
"Yes, I am a scoundrel. The best in this country."

*That is needed for
a villainous aristocrat*

スイロク王国第一都市王都シアン王城

第三都市の陥落を受け現在国王に代わり対策を講じていた王太子シシリアンだったが、訃報を受け、国王の下へ向かっていた。

王太子シシリアン——体が弱く持病を患っているが、それ以外は非の打ちどころのない優秀な男だ。真面目で努力も厭《いと》わず、国王が倒れた後もそつなく公務をこなす能力もあり次期国王としての素質は周囲に十分認められていた。

シシリアンはノックもせず勢いよく父の寝室に入る。

今、大きな寝台に臥しているのは既に息絶えた姿の父。

スイロク王国十五代国王ライアン・スイロク——享年五十五歳。

数ヶ月前から突如吐血するようになり、やがてベッドから出ることができなくなった。大木の様に力強かった体は今では枝のように細くなって、元気で威厳のあった時と比べると見る影もない。

シーツは血で汚れ、吐血した痕まである。

どれだけ苦しい最後だったかは言うまでもなかった。

医師の見立てでは毒物を盛られた可能性があるらしい。初めはただの体調不良と判断していたが、容体は徐々に悪化し、気づいた頃には上位の回復魔法でも完治できないほどに毒に体を侵食されていた。

犯人はまだ見つかっていない。

だがこのタイミングでの国王の死去、今回の内乱と無関係とは思えない。

今回の騒動は闇組織の人間が主導しているらしく、その騒動に乗じて内部にも潜り込んでいる可能性が考えられた。

シシリアンは父の亡骸《なきがら》の元へ行き、優しく語りかける。

「今までお疲れ様でした。後の事はお任せください」

そのまま祈るように目を閉じて頭《こうべ》を垂れ、父の亡骸に向かい静かに冥福を祈る。

正直父のことはあまり好きではなかった。

父らしいことは何もせず、ただただ公務しかしてこなかった。話したことすら数えるぐらいしかない。

だが、自分も公務をこなしているうちに国王としての責任、重圧を知り、幼い頃に抱いていたような家庭を顧みない父への悪い感情は消えていった。

父は、十五年前に聖国との戦争を経験し、その後は火消しのために奔走していた。実質、敗戦国である我が国が今もこうして無事なのは、国王である父の功績と言ってもいいだろう。

もっとも大変な時期をおさめていた国王としてある意味では尊敬できる。

と、いっても自業自得ゆえの戦争なのだが……。

「次は我の番だな」

スイロク王国を守るため、やらなくてはならないことがある。

そのためには——

「敵は闇組織か……申し訳ないが、あの方を頼ろう」

シシリアンは懐から既に印章を施してある封書を二通取り出すと、後ろで控えている騎士を呼び付け渡した。

「この文を至急ライナナ国の国王に届けよ！　もう一通は我が妹へ渡せ」

友好国ライナナ国に留学している妹。

城の危険を察した父が留学という形で避難させたが、この内乱を鎮圧するには妹の力が不可欠だ。

類い稀《まれ》な才能でこの国上位の力を持ち、周囲からは次期剣聖の呼び声が高いあいつの力が――

「レオーネをスイロク王国へ連れ戻せ」

生まれて十五年。私の人生は剣と共にあった。

騎士と同じような訓練を幼少の頃から受け、蝶《ちょう》よ花よとは愛《め》でられることなく泥臭く育ってきたのが私だ。

なぜ王女である私が剣を振るっているのか。

それは王族の義務だからだ。王族には民の暮らしを守る義務がある。

スイロク王国の王族は有事の際には王族自らが前線に立ち、指揮をとるのが風習となっている。国の上に立つ者、強い王族としての印象を民や兵士に植え付けるためだそうだ。

だが、それでも王女が剣を握るのは歴史を遡っても私しかいないらしい。

本来この役目は王太子である私の兄の務めであった。だが兄は体が弱く、とても戦える体ではなかった。ゆえにその代理として私に白羽の矢が立ったというわけだ。

王女として生まれ、育てられる過程で私はそれを当然のものとして受け入れていたし、疑問を持つ事もなかった。順調にレベルや実力を伸ばし、いつしか国を守る盾になるとそう思っていた。

だが、私は分かっていなかった。

本当に戦うということを——

スイロク王国では訓練の一環として幼い頃から魔物討伐に参加させられていて、命のやりとりに慣れているつもりだった。

だが私の認識は甘かった。

事が起こったのは留学先のライナナ国。

演習時に相対したオーガの上位種。その上、魔物の群れにも遭遇。力、数で及ばなかった私は死を覚悟した。

アブソリュート・アークの連れてきた凄腕《すごうで》のメイドや、退路を作るため自ら殿《しんがり》を務めたクラスメイトのミスト・ブラウザがいなければその場にいた私達は全滅していただろう。

初めて体験した死への恐怖と、仲間を犠牲にして生き残ろうとした己への嫌悪感がべっとりと脳内にこびりついている。

知らなかった。

戦いがこんなに怖いなんて――

自分がこんなに命に固執しているなんて――

次に戦いが起こった時、私は戦えるのだろうか。そう考えずにはいられなかった。


波乱のあった演習を終えた、スイロク王国の第一王女レオーネ・スイロクは戦場帰りのような疲労感を覚えながら滞在している屋敷に帰還した。

慣れない野外での活動にオーガの上位種との戦闘。さらに魔物の大群に遭遇するなど濃い一日だった。いや、濃すぎるかもしれない。

「お帰りなさいませ王女殿下」

屋敷に着くと使用人達が出迎えてくれる。

演習が中止となり、急な帰宅になってもこうして出迎えてくれるのは素直にありがたいと思う。

「ええ、出迎えありがとう。留守の間は何もなかったかしら？」

「それが……スイロク王国から使者が来ております」

「使者が？　用件は？」

「伺っておりません。ですが、緊急とのことで王女殿下にすぐにでもお会いされたいとお待ちです」

まだスイロク王国から来てそこまで経《た》っていないにもかかわらず使者を送るとは何事だろうか。死線をくぐり抜けたばかりのレオーネは感覚が過敏になり胸騒ぎが抑えきれなかった。

「分かりました。すぐに準備をするので使者を応接間に案内しなさい」

胸の中の不安を押し殺し、使者に会うために制服から普段の洋装へと着替えると急ぎ応接間へと向かった。

「え⁉　お父様、いえ国王様が……」

　緊急の用件、それはスイロク王国の現国王逝去《せいきょ》の知らせであった。

「それだけじゃない……第三都市で内乱って！　一体何が起こっているの⁉」

　弱り目に祟《たた》り目とはまさにこの事を言うのだろう。レオーネは頭を抱えた。

　先日の演習の時といい、どうして不幸はこんなに連鎖するのだろうか。

「領主であるエレファン卿《きょう》の死去に加えて防衛機能の壊滅。第三都市は事実上陥落したといって差《さ》し支《つか》えありません」

　頭を抱えるレオーネの様子に動じることもなく、使者は母国の現状を包み隠さず報告する。

「…………」

「つきましてはレオーネ王女にご帰還いただき、内乱鎮圧の指揮をするよう王太子殿下から言付けを預かっております」

（あぁ、ついにこの時がきたのだ）

　レオーネは有事の際に王族代表として戦場へ赴くため、幼い頃から武芸の研鑽《けんさん》を積んできた。

それは体の弱い兄に代わり王族の務めを果たすためだ。

　返答は決まっている。

　選択肢はもとから一つしかないのだから。

「分かりました。レオーネ・スイロク、王太子殿下の命に従い帰還いたします」

　せっかく馴染《なじ》み始めた学園を去るのは残念という未練を飲み込み、レオーネは帰国の準備を始めるため侍女を呼んだ。


帰国の準備を終えたあとは、もはや流れ作業のようにあっという間だった。

レオーネは早急に帰国するためにライナナ国国王に挨拶したその足で、迎えに来ていた馬車に乗りこみ発《た》った。

長い道のりの間、車窓を流れる風景をただただ黙って眺めていた。恐らくもう戻って来ることはないだろうと直感的に感じ、目に焼き付けようとしていたのだろう。

（第四都市の人間が第三都市を襲った。なら、スイロク王国の四つの都市のうち半数が落とされたことになる。スイロク王国始まって以来の醜態ね）

出発してから二日。馬車はやがて国境を越えてスイロク王国の領地に入った。

国境付近の山腹の道を進んでいると馬車が急に止まってしまう。

馬を休ませるにはいささか早いタイミングだ。

違和感を覚え、顔を車外に向けると護衛騎士の一人が馬車の外から窓越しにレオーネに声をかける。

「姫様、敵襲です。囲まれてしまいました」

「えっ⁉」

慌てて窓から身を乗り出して外を見渡すと馬車の進行方向を皮鎧《かわよろい》で武装した集団が塞いでおり、横からも馬車を取り囲むように次々と人が姿を現す。この山腹を狩場にしている賊なのか、やけに数が多いのが気になる。

(もしかして待ち伏せ？　王族である私を狙ったの？)

この馬車はレオーネを含めても十数人分の戦力しかない。一方、敵は百人を超えているだろう。ぞろぞろと馬車の周りに人が集まってきていた。

その多勢の敵に向かって護衛騎士が構える。

「貴様ら何奴《なにやつ》だ！　この馬車にいるお方を誰だと思っている！　全員武器を捨てろ‼」

騎士の、投降を促す呼びかけに対して、ニヤニヤといやらしい笑みを崩さない賊達。その様子を見た騎士達は賊に対して不穏な雰囲気を感じた。

「姫様は馬車でお待ちを。命にかえましてもお守りいたします」

覚悟を決めた顔で騎士は言った。いくら騎士といえども十倍の戦力差では恐らく半数は死んでしまう。それを承知で騎士達は剣を抜いた。

だがそれを許容できるレオーネではなかった。

「いいえ、私も出ます」

「姫様!!」

「あまりこういうことを言いたくはありませんが、この中で最も強いのは私です」

「っ……はい」

レオーネの言葉にぐぅ、と言葉が詰まり苦悶した顔で騎士は静かに肯定する。

馬車を護衛する騎士達のレベルは決して低くはない。

だが、剣の申し子とまで言われたレオーネはそれを凌駕《りょうが》していた。

「全員で切り抜けましょう」

レオーネは笑顔を作り、努めて明るくそう言った。

（大丈夫。戦える！）

心の中で己を鼓舞し、弱っていた心を奮い立たせる。

覚悟を決め、愛剣を腰に携え馬車の扉を開けると堂々と名乗り出た。

「私はスイロク王国第一王女レオーネ・スイロクです！　貴方《あなた》達の目的は何ですか！」

毅然《きぜん》と、堂々と——

このような蛮行を犯す賊達を見下ろすかのように前に立つ。賊の何人かは王族の威厳を感じさせる振る舞いに怯《ひる》みそうになる。

だが、中にはそんな王女を意に介さない者がいた。

「目的は貴女《あなた》よ……王女様♡」

甘い声のする前方。

人垣が割れてその間から一人の人物が歩み出てくる。

「本当に帰ってくるなんて思わなかったわぁ。国が大変な時にこんな少数で帰ってくるなんてお馬鹿さんね」

女性のような口調に中性的な顔をした、ロングヘアを後ろで結んだ長身細身の男。

一瞬その容姿に女性と見間違えそうになったが、周りの賊とは違い一人だけ異質な雰囲気を纏《まと》っている。この人物が賊のトップだと肌で感じた。

「貴方がこの集団のトップですね？　私はスイロク王国第一王女レオーネ・スイロクです。私が目的とはどういうことですか‼」

「知ってるわぁ、貴女有名人だもの。貴女をここで殺すか、生け捕りにしてこいと言われているの。どちらか好きな方を選んでちょうだい。そして私は――」

男は淑女のように優雅に礼をし、高らかに名乗りをあげた。

「ブラックフェアリー序列四位ブルース、性別はひみつ♡　よろしくしなくていいわ、どうせ短い付き合いになるから」

「ブラックフェアリー……？」

聞き覚えのない名前に訝《いぶか》しげな反応をするレオーネ。

それを見て近くの騎士が耳打ちする。

「スイロク王国に潜む闇組織です。そして今回起こった内乱の首謀者でもあります」

「っ⁉　貴方達がっ⁉」

内乱を起こした元凶が目の前にいると分かると瞬時に憎悪の視線を向けるレオーネ。その様子にクスクスとおかしそうに笑うブルース。

「ふふっ、貴女ってホントに何も知らないのね。まぁ国を離れていたらそんなものかしら」

「目的を話しなさい！」

「目的ねぇ、そんなの決まっているじゃない」

先程の高い声とは打って変わりブルースはドスの利いた声で言い放つ。

「王族並びに全貴族の殺害だ」

「なんですって……」

王族と全貴族の殺害など普通に考えればできるはずがない。

だが現に私達は取り囲まれ不利な状況を作られている。奴らは本気でやろうとしている。本気で私を殺そうとしているのだ。

また演習時のように命に危険を感じ、胸の中になんとも言えない不安感が広がる。レオーネはそれを悟られぬようにキッと敵の首領を睨《にら》みつける。

「やぁね、そう睨まないでちょうだい。美人に睨まれると嫉妬《しっと》で狂いそうになる」

ブルースはわざとらしく身をよじってみせる。周囲の賊達もニヤニヤと笑って楽しがっているようだ。

相手はレオーネ側とは違い、飄々《ひょうひょう》としたものだ。敵は数の有利があるからか、あまりこちらを警戒していないように感じた。『いつでも殺せる』、そう思っているのだろう。

いきなり現れた敵に動揺したがむしろ相手が油断している今がチャンスだと考える。敵の組織図は定かではないが先程この人物が自らを序列四位と称した。

ならば——

(この人を倒せば内乱鎮圧に一歩近づく！　大丈夫、できる。私は皆を救わなければならないんだ！)

レオーネは不安な気持ちを思考で戦闘モードに切り替える。

相手をよく見て観察するが、恐らく自分の方が強い。

標的への距離はおよそ七メートル。

邪魔する賊を瞬時に切り捨て、ブルースと名乗る人物の喉をかき切る。

(私にできるかしら……。いや、私がやらなければ味方の騎士の命まで——)

鼓舞した気持ちがまた陰る。王女には自分だけでなく味方の命も乗っている。普段は感じたことがなかったが、それが今はとてつもなく重かった。

命の重みが枷《かせ》になっているかのようにレオーネの体を縛る。

しかし、やらねばならない。覚悟を決めなければ。

「私がボスの首をとります。私が動いたら皆さんは邪魔する賊達を排除してください」

近くにいる騎士にだけ伝わるように小声で話す。

騎士達は小さく頷《うなず》き、周りの騎士にもそれがアイコンタクトで伝達される。

そして——レオーネは剣を抜きブルースの元へ駆け出した。

相手との距離は数メートル。

レオーネほどの剣士ならば不意をつけば数秒で決着のつく距離だ。

いくら人数を揃《そろ》えようが不用心にも程がある。敵が明らかに戦闘慣れしていないのは明白だった。

「ッ!?　貴方達やっちゃいなさい！」

レオーネが動いてから数瞬遅れて、近くにいた賊三人がブルースとレオーネの間に割って入った。

だがそれも想定内だ。

「秘剣【水切り】」

レオーネによる横薙《よこな》ぎの一撃が割って入った賊三人を一瞬で切り伏せる。

「嘘《うそ》――!?」

ブルースはレオーネを正直舐《な》めていた。

剣の腕はスイロク王国でトップ三に入る実力者だと聞いてはいたが、いざ対面してみると緊張と恐怖を押し隠そうと必死なのが丸分かりだった。

噂《うわさ》に尾ひれがついただけだったと嘲笑《あざわら》っていたのだ。

だが、戦闘になると別人のような動きを見せる。

迷いのない動きに芸術のような剣筋。

彼女は美しかった。

「私の勝利です！」

　僅か数秒で気付けばブルースはレオーネの間合いに入っていた。

　レオーネの剣がブルースを襲う。

（もらった！　大丈夫、私は闘えるんだ!!）

「それはどうかしら」

　レオーネの剣先がブルースに届く前に止まる。

「危ない、危ない。さすが王女様。やっぱり用意はしておくものね☆」

　ギリギリ止まった剣先、視線の先にいたのは子供。

　先程までいなかったはずのまだ幼い子供がブルースの腕の中に現れたのだ。

「――人質!?」

　ボサボサの髪にこけた頬をしているが、纏《まと》っている衣服からして恐らく平民の子供。

　ブルースから短刀を首に突きつけられ、縋《すが》るような目でこちらを見つめている。

「私のスキルは【擬態】。いざという時のために子供を周囲に同化させて隠しておいたの」

「【擬態】……これだけの人数がいきなり現れたのも貴方のスキルで隠していたというわけですか」

「ご名答。ちなみにこの子は第三都市で拾ってきたの。両親があの騒ぎで死んじゃって行くとこがないらしいからね。私って優しいわぁ」

「!?　貴方達は――どこまで命を弄《もてあそ》べば気が済むのですか!!」

笑顔で語るブルースという男。だがその笑顔は先程までと比べ物にならないくらい悪意に満ちたものだった。

レオーネの背筋に冷たいものが走る。

（目的のためには子供さえ道具にする。これがブラックフェアリー。スイロク王国の闇組織……私達の敵）

初めて相対する人の悪意に呑《の》まれそうになる。

吐きそうになる。

他人を、子供を人質にするなど善良なレオーネには考えられなかった。

「剣を下ろしなさい。さもなくばこの子供を殺すわぁ」

「っ⁉ 卑怯者《ひきょうもの》！」

「ふふっ。ごめんなさいね、私は使えるものはなんでも使う主義なの。たとえ親でも子供でも、ってね」

「くっ……」

唯一の武器である剣を失えば敵に対処する術《すべ》がなくなる。だが、捨てなければ人質となった子供が――

「はーやーくぅ‼」

「っぐ……」

心のなかで葛藤がぐるぐると渦巻く。傍らで別の賊の相手をしている騎士が動かないレオーネの姿に痺《しび》れを切らし思わず声を掛ける。

「姫様、私達の力では子供を救うことはできません！　可哀想《かわいそう》ですがあの子は諦めて戦いましょう。姫様は国に帰らなければなりません！」

「…………………」

騎士の説得も今の彼女には届かなかった。

それほど彼女の頭は余裕を失っていた。

「姫様‼」

無力。

あまりにも無力だった。

それもそうだろう。

レオーネは——幼い頃から剣術の英才教育を受けてきたといっても、人質等の搦《から》め手《て》を取られている状況下で動けるはずがない。

ただ王族に生まれ体の弱い兄に代わり戦うことを義務付けられた少女。他人の生命を守るために自ら死地に赴かんとする善良で勇敢な王女。

そんな彼女が人質の子供を犠牲にして戦えるだろうか。

彼女には覚悟が足りなかった。

罪を——他人の命を背負う覚悟が。

何もできず固まったままのレオーネ。

頭に、抵抗を止《や》め要求に従う考えが浮かびかけたそんな時——

「ブルースさん！　黒い馬車がコッチに来ます‼」

街道の先で見張りをしていた賊の一人が大声で呼びかける。

こんな時に修羅場と化している道を通るとはなんて運の悪いことだろう。と、窮した現状の中でレオーネはふと思った。

「かなり高価な作りをした馬車です。もしかしたら貴族かも！」

「もしかして増援かしら？　話は聞いてないけど」

「でも一台しかいません」

その場にいる者全員、突如現れた馬車に気勢を削《そ》がれる。

「あれは家紋……。姫様、あの馬車に乗っているのは貴族なのでは？」

護衛騎士の言葉に視線を向け、その漆黒の馬車を見た。

ゴトゴトと車輪を鳴らし、馬車はこの戦いを避けようとせず真《ま》っ直《す》ぐこちらに進む。

スイロク王国では見たことのない家紋を旗に掲げた馬車。だが、レオーネはその馬車と家紋に見覚えがあった。

「あの馬車は……もしかして⁉」

この中でレオーネだけがその馬車の主人の正体に気づいてしまった。

馬車がレオーネや賊の集団の前で止まり、中から男が出てくる。

「嘘、なんで貴方が……」

レオーネは突如現れた男の正体に驚愕した。

漆黒の髪に血で染めたような真っ赤な瞳。

忘れるはずがなかった。

いまレオーネの前に現れたのは学園では決して関わりたくなかった男。

暴走する勇者をクラスメイトの前で見せしめのように痛めつけた残忍な性格。

その振る舞いや力によって生徒の多くから恐れられている存在。

貴族にもかかわらず多くの闇組織を手中に納め、全国にその悪名を轟《とどろ》かせているアーク公爵家次期当主。

「邪魔だ。轢《ひ》き殺すぞ」

その名は――

アブソリュート・アーク

第2章

アブソリュート参戦

This man has the charisma of absolute evil and
will be the strongest conqueror.
"Yes, I am a scoundrel. The best in this country."

*That is needed for
a villainous aristocrat*

レオーネ王女に知らせが届いてから数日後、アブソリュート・アークは王城へと赴き国王直々に依頼を受けた。

「スイロク王国王家からアーク家への依頼だ。スイロク王国で内乱が起きた。首謀者はスイロク王国の闇組織ブラックフェアリー。ボスの名前はイヴィルと言うらしい。アーク家の代表として現地へ赴き討伐の補佐をするのが今回の任務だ」

任務の内容を聞きアブソリュートはこれが原作イベントであることを察した。

このイベントはスイロク王国イベント。舞台はスイロク王国、勇者が演習を通じて友達となったレオーネ王女を助けるために国を越え、共に戦うイベントだ。

敵は闇組織ブラックフェアリー。僅か数年でスイロク王国の裏を牛耳《ぎゅうじ》った新興勢力で、数は少ないが幹部が実力者揃《ぞろ》いで何度も苦戦を強《し》いられていたのが印象的だった。

演習が魔物との戦いならこのイベントの敵は人間。悪意を持った人間との戦いを制して成長していくイベントとなる。

だが、なぜその話がアブソリュート、ひいてはアーク家に来るのかが分からなかった。

「スイロク王国王家からの依頼？　これはどういうことですか？」

いくら友好国とはいえ名指しでアーク家に依頼してくる理由が分からない。確かに当主であるヴィランは世界でも有数の実力者と言えるだろう。だが、ライナナ国ならSランク冒険者である『竜人』や『灼熱公《しゃくねつこう》』の方が名が通っているし、よほど信頼を寄せられているはずだが、過去に何かあったのだろうか。

「あぁ、端的に説明しよう。スイロク王国が十五年前に聖国と戦争をしていたのは知っているな？」

アブソリュートは頷《うなず》く。

聖国とはライナナ国やアースワン帝国に並ぶ大国の名称だ。

当時スイロク王国は聖国と戦争をしていた敵国を援助していた。聖国は兵も弱いばかりか国の指導者である教皇は幼い少女だった。敵国はそれを好機とみて戦争を仕掛けたのだ。

それは実質、二か国対聖国との戦いだった。いくら大国といえども戦力の質が劣る聖国では勝ち目はないように思えたが、結果は聖国が勝利を収めた。

勝利の要因となったのはたった一人。人類のレベルの限界と言われるレベル50を越えた超越者。空間を支配するスキルを持ち、戦争を仕掛けた敵国を一人で壊滅させたその偉業をもって人々から大陸最強とまで言われた男。その名も『空間の勇者』カオス・ミアフィールド。

「十五年前も同様にライナナ国はスイロク王国を助けるべく援軍を出した」

「まさか……」

「それがお前の父。ヴィラン・アークだ」

（マジすか……。十五年前なら私が生まれる前か？　まぁあの父であれば普通の戦場なら無双して帰って来るだろうけど。達人並みの剣術に固有魔法によって魔力消費なしで高位精霊を使役できる怪物だ。私なら戦場で会いたくない）

以前固有魔法の継承戦で確かに勝ちはしたが、それはヴィランにアブソリュートを殺す気がないからだ。もし殺す気があったなら結果はもう少し変わっていたかもしれない。

「スイロク王国は空間の勇者によって出陣した騎士五千が死亡。多大な被害を受けたがヴィランも戦いに参戦したことで勇者を撃退。その活躍もあり、戦争は終戦し平和を取り戻した。スイロク王国はアーク家を高く評価するとともに信頼しているのだ。故に此度《こたび》の要請に至るわけだ」

「…………」

聞いたことのない父の偉業に驚嘆する。

(よく撃退出来たな……。原作の番外編で見たことあるが、空間の勇者って攻撃すれば空間捻《ね》じ曲げて防御するから当たらないし、攻撃は空間ごと切るから防御不能のチートキャラだったはず。ウチの親凄《すご》いわ)

「お前が知らないのも無理はない。両王家は事実を公表していないし、ヴィランも口にしないからな」

アーク家はライナナ国の悪でなければならない。

故にアーク家の活躍を公表すれば、アーク家の力や発言権が増しライナナ国の光と闇のバランスが逆転してしまう。王家はそれを恐れているのだろう。

だが――

「お言葉ですが、スイロク王国は父であるヴィランが来ることを望んでいるはず。父は別任務で今は不在です。私が行っては向こうもよい顔はしないでしょう」

ヴィランはアブソリュートが演習に行った頃に別任務に出ている。二週間は戻らないと言っていたから恐らく間に合わないだろう。

それならばアブソリュートにという話になったのだろうが、【絶対悪】という、相手からの印象が最悪になるスキルを持つアブソリュートに、外交はあまり向かない仕事だ。

国王もそれは理解していた。

「それは私も承知している。だが、ヴィランは今帝国に偵察に行っているのだろう？　戻るのはまだ先のはずだ。恐らくこの内戦は短期で決着がつくはず。現状裏で動ける人材はお前だけだ」

国王の読みは当たっている。

原作で書かれたこの内戦の進行は思いのほか早い。実際、もし自分が内戦を起こしたとしても短期で決めようとするだろう。というのも、時間をかければかけるほど闇組織の人間には不利になるのだから。

国対闇組織――人の数や資本も違う。本来なら戦いにすらならないのだ。

「行ってくれるか？」

「…………………」

アブソリュートは珍しく渋る表情を見せる。

それも仕方がない。なぜなら、このイベントは鬱イベントだからだ。

このイベントでは故郷が荒れ、大切な人が亡くなったレオーネ王女が曇っていくのだ――正直あまり仲がよくないアブソリュートには荷が重い。だが、アブソリュートが行かなければレオーネ王女は死ぬ。

そして、スイロク王国はブラックフェアリーに乗っ取られる。その好機を近隣諸国は黙って見てはいないだろう、そうなれば戦争になることは避けられない。

(正直このイベントだけは行きたくない。だがレオーネ王女がいなければ演習でミストやレディが死んでいたかもしれない)

レオーネ王女は演習でアブソリュートの仲間であるミストやレディを守るために戦った。彼女がいなければミスト達は死んでいただろう。アブソリュートにしてみれば助けられた形になる。

その借りを返すと考えれば重い腰が上がるというものだ。目には目を歯には歯を、借りができたらきっちり返す。悪人であってもそこだけは守るつもりだ。だって私はアブソリュート・アークなのだから。

「分かりました。アブソリュート・アーク、アーク家代表として援軍に向かいます」

「おぉ、そうか。感謝する、レオーネ王女は二日ほど前にもう出発したそうだ。アブソリュートも準備を整え次第すぐに向かってくれ」

アブソリュートの答えを聞いて安堵《あんど》する国王。

だが、アブソリュートは不穏な言葉を聞いた気がして表情を曇らせた。

「……もう出発したと？」

「あぁ、きっと居ても立ってもいられなかったのだろう。気持ちは分かる」

アブソリュートの額に若干冷や汗が滲《にじ》み出《で》る。

（確かレオーネ王女って馬車で帰宅しているところを襲われるよな？　子供を人質に取られ、動けないところを勇者のスキルで乗り切るイベントの序盤。もしかしてヤバいんじゃないか⁉）

「今すぐ出発します」


アブソリュートのスイロク王国イベントの参戦が決まった。

王との話を終え、アブソリュートは馬車の待機所で待たせている奴隷兼侍女のウルと奴隷兼使用人（仮）の交渉屋の元へ向かった。

「ご主人様お帰りなさいませなの！」

アブソリュートが戻ってきたのが嬉《うれ》しいのか尻尾を振りながら主人を迎えるウル。

「お疲れ様です。すぐに屋敷に戻りますか？」

それに対して交渉屋は淡々とした感じだ。

まぁ元は敵で、それを半強制的に従わせた、忠誠心のかけらもない奴《やつ》だから気にしていない。

【転移】という、物体を自分の意志のまま自由自在に動かせるレアスキルを持っていなければとっくに殺していただろう。

「これから、私はスイロク王国へ行く。ウルは屋敷に戻れ、交渉屋は一緒に来い。馬車ごと転移させろ」

「えっ⁉　スイロク王国に行くんですか？　今から？」

「転移する場所はライナナ国とスイロク王国の国境付近で、王都に繋《つな》がっている山道だ」

「ええ……、凄いピンポイントじゃないですか。そもそも何しに行くんですか」

「お前には関係のないことだ。……いや、あるかもしれないな。今スイロク王国では闇組織ブラックフェアリーが内乱を起こしている。私の目的はレオーネ王女を守ること、そして敵組織の主戦力である幹部の抹殺だ」

「っ⁉」

「ご主人様！　ウルも行きたい‼」

「駄目だ。これから行くのは本当の戦場だ。お前にはまだ早い」

　ウルはアブソリュートから見ても戦闘に関して破格の才能を持つ少女だ。アブソリュートという、この世界でトップクラスの実力者の下で学び修行してきたのだ。奴隷としてクリスの家から買った五年前より遥《はる》かに成長している。

　アブソリュートがウルを止めたのは、子供を戦場に連れて行きたくないという善意からではない。現時点の彼女では敵《かな》わない力を持つ人物が敵の中に二人、いや原作通り進めば三人いる。

　ウルは奴隷契約を結んでいるが故、アブソリュートを裏切ることは決してない。今後のアブソリュートの破滅エンド回避のためにも、唯一心から信頼できるウルをここで失うわけにはいかない。

「ご主人様！　ウル、もっと強くなってご主人様のお役に立ちたいの‼」

「……今でもお前は充分によくやっている」

「ううん、まだまだなの。ウルはもっともっと強くなりたいの。ご主人様の役に立ちたいの……」

ウルは真《ま》っ直《す》ぐな目でアブソリュートを見つめる。

彼女は本気だ。本気でアブソリュートのために力をつけたいと思っている。

彼女の意志の強さはアブソリュートもよく知っている。この目をしている時のウルは何を言っても聞かないのだ。

（仕方ない連れて行くか……。まぁでも、いい機会かもしれない。スイロク王国イベントではウルの上位互換にあたる男がいる。アイツと戦えばウルは一気に成長するだろう。そう考えると悪くはない）

「……分かった、好きにしろ。だが私の指示には従え」

「はい！　ありがとうございますなの！」

「あの、自分の意見は……」

「貴様に意見など求めていない。お前は私の言う通りに動け。もし断るようならお前を殺す」

アブソリュートは冷たく言い放つ。交渉屋はアブソリュートの発言に内心恐れおののいた。

元々敵だった交渉屋を生かしているのは彼のスキルに利用価値があるから、ただそれだけだ。

利用価値がないなら殺す。先程の言葉にはそういう意味が込められていた。

「……はいはい、分かりましたよ」

交渉屋の男はブックサ文句を言いながらも大人しく従う。今はまだ命が惜しいから。

「それじゃあ早速向かうぞ」

そうして三人は馬車ごと転移させ先に向かったレオーネ王女を追いかけていった。


「どうして貴方《あなた》がここに……」

人質を使った敵に対して打つ手なく諦めかけたこの状況で現れたのは、世界にその悪評を轟《とどろ》かせるアーク公爵家次期当主——アブソリュート・アーク。

レオーネのクラスメイトであり、悪という存在を嫌う彼女にとって苦手な人物でもある。

「貴様ら、大人数で道を塞ぐなど何を考えている。邪魔だ、失《う》せろ」

「…………」

大勢の視線が集まっているなか、それに怯《ひる》む事なくアブソリュート・アークが言い放った。

何人もの命がかかった状況で場違いな発言であるが、それを誰も指摘できなかった。

全員がアブソリュート・アークを警戒しているからだ。

ブラックフェアリーもスイロク王国側も、いきなり現れたこの男をどちらサイドの人間なのか識別できずにいる。

「アブソリュートさん……」

「演習以来だな。レオーネ王女」

「姫様、お知り合いですか？」

「ライナナ国でのクラスメイトです。恐らく敵？　ではないと思います。多分……」

レオーネが自信なげにそう答える。

それも仕方ない。アーク家は貴族だが、裏の顔は闇組織を束ねている裏社会の人間という認識だろうから。

先ほど敵ではないと言ってしまったが『いや、私は敵だ』と否定されても驚かないだろう。

「言っておくが、レオーネ王女の敵ではない」

「……本当ですか？」

「あぁ、我が家紋の誇りにかけて誓おう」

「……………」

互いの視線が数瞬交わったあと、レオーネ王女は安堵の表情を見せる。

一瞬張り詰めた空気が弛緩《しかん》する。

だが、すぐに元の状態に戻る。

「ふぅん。貴方結構いい男ね、嫌いなタイプだけど。一応聞くけど私達の敵ってことでいいかしら？　今なら見逃してあげるけど？」

「どちらの味方というわけでもないが、お前達の敵ということには違いない」

「あっそう。言っておくけどこちらには人質がいるから。妙な真似《まね》したらこのガキ殺すわよ」

ずっとアブソリュートを警戒していたブルースが言い放つ。

そこで再度レオーネは現実を再認識した。

（アブソリュートさんが来たといっても人質を取られては動きようもない）

現状は何も変わっていない。それを思い知らされ苦悶《くもん》の表情をするレオーネ。

「アブソリュートさんは逃げてください。これはスイロク王国の問題です……貴方を巻き込むわけには」

自分だけでなく他国の貴族であるアブソリュートまで巻き込みたくはなかった。

幼い子供を人質に取られれば、善良な者ならその時点で真っ当な判断が困難になり、敵の思う壺《つぼ》だ。

だが、アブソリュートだけはこの状況下で表情を変えなかった。

「人質か……なるほど。国民を守る義務のあるレオーネ王女にはなかなか効果的だ。見殺しにするのも後々尾を引く可能性があるからな」

淡々とレオーネの現状や彼女が動けない理由を明確に述べるアブソリュート。

人質に全く動じていない。

それになぜか嫌な気配を感じて、レオーネを不安にさせた。

「そうよ、だから貴方も――――」

「だが、それは彼女が人質に価値を見出《みいだ》しているから有効なんだ」

（価値を見出しているから……まさか⁉）

その言葉でレオーネはアブソリュートが何をするつもりなのか察してしまった。

他国の人間であるアブソリュートはあの人質に価値を見出していない。彼はあの人質の子供を殺そうとしているのだ。

「【ダーク・ホール】」

「やめっ――」

グサッ――

「えっ？」

地から出た魔力の黒い腕が人質の子供ごとブルースの体を貫いた。

瞬間、場が静まりかえる。

誰もこの一瞬の出来事を理解できていなかった。

人質の子供は心臓部を貫かれ即死。

ブルースはまだ息はあるが致命傷には変わりなかった。

「嘘《うそ》……でしょ。あ、なた人質ごと……良心がないわけ？」

信じられないというような目でアブソリュートを見るブルース。

いくら他人といえども子供を人質に取られているのにもかかわらず、躊躇《ためら》いなく人質ごと殺しにくる人間がいるだろうか。

「だからなんだというのだ」

「……!?」

「良心だと？　そんなものこの道《悪》を進むと決めた時点で捨てた。多くの人間を殺《あや》めてきた。時には自分より年下の子供を相手にすることもあった。

既にこの手は汚れているし、悪として生きると決めているのだ。いまさら人質ごときで迷うものか。あまり私を舐《な》めるな」

ブルースは目の前の男の発言に乾いた笑いを浮かべるしかなかった。

「覚悟……がんぎまりってわけ。ないわぁ………」

魔力の腕が消えるとブルースは崩れ落ちるように倒れた。

その光景を目の当たりにして賊達の間に動揺が走る。

「う、嘘だろ？　ブルースさんが……」

リーダーを失った賊達にもはや戦意はなくなっていた。勇者ならば戦意がなくなった相手をこれ以上相手にすることはないだろう。だが、この場にいるのは悪役アブソリュート・アークだ。

甘さなどない。

敵は皆殺しだ。

「次はお前達だ」

死刑宣告のように冷たく無機質に告げられる。

既に周囲にはアブソリュートの魔力が展開されていた。

「【ダーク・ホール】」

この一言を開始の合図としてアブソリュートによる蹂躙《じゅうりん》が始まった。


アブソリュートによって生み出された大量の腕が賊達に襲いかかる。

レオーネは恐怖で体を震わせながらその光景を眺めていた。

それはまるで地獄のようだった。

血液特有の鉄の臭いがあたりに充満し、吐き気を催してくるほどに悲惨だ。

木になった果実をもぎ取るようにアブソリュートが生み出した腕が賊の頭部を捻《ねじ》りきり、大量の手に掴《つか》まれた賊の手足は壊れた楽器のように不愉快な音を響かせながら砕かれていく。

「ひぎゃあぁぁぁぁぁぁぁぁぁぁぁぁ――――!!」

どうして……。

「うでぎゃあぁぁぁぁぁぁぁぁぁぁぁぁ――!!」

どうしてこんなに残忍なことができるのか。

「た、助けっあぁぁぁぁぁっ――――」

これではまるで殺戮《さつりく》を楽しんでいるようではないか。

あの手を大量に生み出す魔法はかなり強力だ。百人以上いる敵をものともせず、この場を支配している。これほどの力を持っているなら何故《なぜ》子供を殺したのか。

彼なら人質を救い出せたのではないか――

そう頭によぎった。

殺戮は僅か一分にも満たずに終わりを告げた。

敵がいないことを確認したアブソリュートが振り返る。

「終わったか。大事はなっ――――」

パァン!

敵を殲滅《せんめつ》しレオーネに向き直った瞬間、レオーネはアブソリュートの頬を叩《はた》いた。

乾いた音が静寂を破りこの場に響いた。

「何をする。レオーネ王女」

「貴方は……自分が何をしたか分かっているのですか!」

涙を流しながらアブソリュートに詰め寄るレオーネ。

「何をしたか？　敵を殺しただけだ。何の問題がある？」

淡々と述べるアブソリュート。

何も分かっていないその態度がレオーネを更にイラつかせた。

「人質ごと!!　殺す人がどこにいるというのですか！　なんの罪もない子供を殺すなんて……貴方は人でなしです！　どうして……」

レオーネは亡くなった人質の子供を抱き抱え、涙を流す。その亡骸《なきがら》は思っていたよりも軽く、そして小さかった。

助けられた命なのに……どうして……。

「どうして殺したのですか！」

人質ごと敵を殺したアブソリュート。

慈悲も倫理観のカケラもない行動にレオーネは怒りを滲ませる。

(子供がこんなところで死んでいいはずがない。彼なら人質を守りながら闘えたはず……なのに)

涙を流しながら問い詰めるレオーネに対してアブソリュートは淡々と告げる。

「どうして殺したか？　お前を守るためだよ。現に人質を取られて状況は手詰まりだったのだろう？」

「…………」

言葉が出なかった。

アブソリュートの言葉を否定出来ずただ睨《にら》むことしかできない。無力な自分が悔しかった。

「お前は疲れている。馬車に戻って頭を冷やせ」

「まだ話は終わ――」

「王女様、私も彼に賛成です。慣れない戦いで見えない疲れもあると思います。後のことは私どもに任せてどうかお休みください」

激昂《げきこう》するレオーネの言葉を遮り、騎士がアブソリュートに同調した。少し冷静になり周りを見ると他の騎士達もコチラを心配そうに見ていた。

「…………分かりました」

あまり感情的になっている自分を見せたくないと思ったレオーネは、子供の亡骸を置き彼の言葉通り馬車の中へと戻った。

「…………う、うぅ」

あまりの自分の無力さに涙が溢《あふ》れてくる。

外に聞こえないようにレオーネは声を押し殺し静かに涙を流した。

馬車の中に戻る彼女の背中をチラリと見た。

レオーネ王女を救うことには成功したが彼女との関係性が悪化してしまった。

元々仲が良いわけではなかったが、これがイベント攻略に影響しないことを願わずにはいられない。

「御協力ありがとうございました。姫様に代わりお礼を申し上げます」

騎士の一人がアブソリュートに頭を下げ、礼を言った。

「不用だ、私はアブソリュート・アーク。ライナナ国アーク公爵家次期当主だ。スイロク王国国王代理であるシシリアン殿下からの要請を受け参った。これも仕事の範囲内だ」

アブソリュートは騎士に国璽《こくじ》の入った密書を提示する。これでアブソリュートが嘘を言っているわけではないと証明できるはずだ。

「……確かに。要請を受けてくださったこと重ねてお礼申し上げます。ですが――」

騎士はアブソリュートを睨みながら続ける。

「なんの罪もない人質の子供を貴方が殺害した件、あれは問題です。確かにあの状況下では仕方ないのかもしれませんが、先ほどの闘いぶりを見るに貴方ならば救えたのではありませんか？」

騎士はこう言っているのだ、『貴様わざと殺したな』と――

「仮に、故意に殺害したとなればこれは問題です。のちにライナナ国へ正式に抗議することになりますよ」

騎士はアブソリュートに怯むことなく抗議する。

「なんの罪もないか……」

そう零《こぼ》すと、アブソリュートはその人質だった子供の亡骸の傍らに腰を下ろす。そしてその子供が着ていた上着を剝ぎ取った。

「これを見ろ」

「こ、これは………」

上着を取られた子供の体は普通ではなかった。異様な程に肋《あばら》が浮き出ているのに腹はまるで風船のように大きく膨れ上がっている。

これは栄養失調によるものだ。それも数日でこうなったのではなく慢性化している。

これはスラムの人間によく見られる症状で、これを見て騎士は自分達が謀られていたことを理解した。

「服で着飾っていたがコイツはアイツらと同じスラム街の人間だ。つまりアイツらの仲間だ」

「人質もグルだったのか………」

騎士は怒りで声を震わせながらそう言った。

「私はそれを予測したうえでコイツを殺した。コイツを見逃してもデメリットしかないからな。レオーネ王女ならコイツを馬車に同乗させかねないし、その結果コイツに不意をつかれでもしたら目も当てられない」

実際に原作でも似たようなことが起こった。なんとか人質ごと勇者はレオーネ王女を救ったが、気が緩んだところであの子供が、忍ばせたナイフでレオーネ王女を殺そうとする。幸い常に臨戦態勢のマリアによってことなきを得たが、この意外な展開は読者全員の記憶に刻まれた。

アブソリュートはコイツを敵だと知っていた。

だから躊躇いなく殺したのだ。

「こんな子供まで敵だなんて………」

「アイツらはスラム全体を支配しているからな。嫌でも逆らえないだろう」

アブソリュートは周囲を見渡すとあることに気づいた。

「おい、この集団のボスの遺体はどこだ?」

「あの独特の喋《しゃべ》り方の奴ですか?　それならこの辺に……あれ?」

ブラックフェアリー序列四位ブルースの遺体が見当たらないのだ。彼はアブソリュートによって心臓（または鳩尾《みぞおち》）を魔力の腕に貫かれた。

致命傷の一撃のはずだった。確かにアブソリュートはアイツの体を貫いた。動けるはずがないのだ。

それなのに死体がないのはおかしいではないか。

（もしかして生きていたのか？　アイツのスキルは【擬態】。周囲に同化して逃げたか……いや、おかしい。アイツは腹から出血した、逃げたなら少なからず血痕が残るはずだ。それすらなくこの場から消えた。どうやったか知らないが私の失態だ）

アブソリュートは内心で毒づく。

どこかで慢心していたか。

まさか自分が相手を逃すとは思わなかった。

（まぁいい。あの程度の男はいつでも消せる）

心の中でそう結論づけると、視界の端でなにやら不審な動きをしている交渉屋が目に映った。どうやらシャベルのようなもので死体を道の脇に寄せているようだ。

「交渉屋、何をしている」

「いや、死体が邪魔だから退《ど》かしているんですよ」

「……そうか」

一瞬、交渉屋が犯人かと思ったがすぐにその考えを否定した。コイツは原作でも金と自分の命にしか興味のなかった男だ。ブルースを逃してもコイツにメリットはない。

「アークさんの魔法でいつもみたいに吸収して綺麗《きれい》に片付けてくださいよ」

「ダメだ、コイツらは見せしめだ。このまま放っておく」

普段なら証拠隠滅や後処理という理由からダーク・ホールで死体は回収する。

だが、今回はもし敵勢がこの遺体の山を見た時、少なからず戦意を削《そ》ぐことができればという考えもあったため、あえてそうしなかった。

（とはいえ絵面が酷《ひど》いな。百人というバラバラ死体を散らしておくのはやめとくか……）

さすがに丁寧に並べて出発の時間が遅くなるのは嫌なので、ダーク・ホールで作った大量の手を使い死体を道の脇に積み重ね片付けていった。

遺体の処理を終え、馬車に戻るとウルが頬を膨らませて馬車の前に待機していた。

「何故頬を膨らませている、ウル」

（なんだ？　置いていったことが嫌だったか？）

何を怒っているのか皆目見当がつかないアブソリュートは直接問いかけた。

「あの王女、ご主人様をぶったの。ご主人様に助けられたくせに…………」

どうやらレオーネ王女の態度に不満があるらしい。

主人のために怒ってくれていることが少しだけ嬉しかった。

「ウル、私は気にしていない。彼女も襲われた後だ、混乱していたのだろう」

そう言ってポンっと軽くウルの頭に手を置いた。

「むぅ…………」

自分のために可愛《かわい》く頬を膨らませてくれるウルを見て和んだのち、アブソリュート達一行はスイロク王国へと向けてその場から離れていった。

スイロク王国第三都市領主の屋敷

主《あるじ》を殺された屋敷は、主犯であるブラックフェアリーによって占拠され第二の拠点として活用されている。

その屋敷にある会議室にブラックフェアリーの幹部である四人が揃っていた。

円卓に座っている幹部達。

ブラックフェアリーの構成員は僅か七名。末端のメンバーも含めるとかなり増えるが、ブラックフェアリーの本体と呼べるのはこの七名だけだ。

序列一位にして組織のボス　精霊使いイヴィル
序列二位　喧嘩屋《けんかや》バウト
序列六位　無音のジャック
序列七位　武器商人レッドアイ

この場にはいないが序列四位『消失のブルース』も幹部に名を連ねている。その他の空席は滅多に顔を出さない、もしくは出せないメンツなのでこの場にいないことを誰も咎《とが》めることはなかった。

「今日はなんの集まりだイヴィル。ついに第二都市を攻めるのか？」

筋肉隆々、体についた数々の傷痕が常人ではなく武人を感じさせ、大きさも通常の男性の倍もある大柄な男が問いかける。彼が序列二位喧嘩屋バウトだ。

イヴィルはバウトの問いに対して苛《いら》立《だ》ちを見せながら答える。

「ブルースがやられた件についてだ。レオーネ王女の暗殺をあのバカがしくじりやがった」

レオーネ王女の暗殺を任されていたブルースが失敗したのは皆聞いていた。

部下からの情報曰《いわ》く、大量出血したブルースがいきなり空から降ってきたと。

ギリギリではあったが幸い命は助かったようで、傷も回復薬を飲んで治ったらしい。

「情報提供者の話では大した護衛はいなかったはずですよね？　ブルースさんはなんと？」

幹部の一人であるレッドアイが尋ねた。

「あのカスはショックで記憶がねぇらしい。ムカついたから拷問部屋に送っておいた。まぁ、レオーネ王女が予想以上に強かったんだろ、あんな豚野郎でも一応光の剣聖の弟子らしいしな」

レオーネ王女はスイロク王国でも五指に入る実力者だと皆認識していた。だが、まさかあの兵力差を殲滅できるほどの実力者だとは思っていなかった。

それぞれの中でレオーネ王女の評価が上がっていく。

「それなりに数は揃えていたのだろう？　にもかかわらず戦力差をものともせず生き残ったか。レオーネ王女……戦場で会うのが楽しみだな」

喧嘩屋バウトがニヤリと笑みを浮かべる。

ずっと黙っていたシノビ装束の男、無音のジャックが挙手をして発言した。

「ボスに言われた通り、戦闘のあった場所を見てきた。確かに全員殺されていた。それだけじゃない……まるで見せしめのように意図的に遺体を積み上げて放置していた」

「ほう……」

この場にいる者全員がその報告に興味を示す。

死体を火葬などで処理するのではなく意図的に放置したとならばそれは何かしら意味があっての事なのだろう。

恐らくそれはジャックが言ったように見せしめを兼ねた我々へのメッセージ。

「イヴィル……」

「ああ……それは自分達に手を出せばこうなるっていう、言わば王国側の警告だな。面白い、生温《なまぬる》い奴ばっかだと思っていたが生きのいい豚野郎もいるもんだな」

イヴィルは愉快そうに不敵な笑みを浮かべると円卓にいるメンバーに指示を出した。

「いくぞ。次の標的は第二都市だ」

第3章

スイロク王国　王都

This man has the charisma of absolute evil and
will be the strongest conqueror.
"Yes, I am a scoundrel. The best in this country."

That is needed for
a villainous aristocrat

道中でトラブルはあったものの、レオーネ王女とアブソリュートは無事にスイロク王国の王都へ辿《たど》り着《つ》くことができた。

アブソリュートは馬車の窓から、時折り潮風を感じながらこれから起こるイベントを記憶の中から探っていく。

『ライナナ国物語　第二巻：硝子《ガラス》の王女』

勇者と共にスイロク王国へと帰還したレオーネ王女は、指揮官として賊の討伐の任務を任せられる。

勇者達一行と共に賊へと立ち向かうレオーネ王女。

しかし、敵はあまりにも強大な力を持っていたが故に敗北を喫してしまう。

混沌《こんとん》とした戦場の中でレオーネ王女を逃がすため、次々と命を落としていく騎士達。

命からがらなんとか生還するもその代償は大きく、大都市一つ。そして、多くの味方と尊敬する恩師を亡くしてしまう。

自分のために死んでいった者達を想《おも》い心が折れかけているレオーネ王女。そんな彼女を鼓舞し、再度剣を握らせる勇者。

再び相対する、迫り来る敵を機転によって撃退した勇者達。敵将を倒し、勢いを取り戻すと、そのまま奪われた都市の奪還を試みる。

だがここで鬱イベントが発生。レオーネ王女は究極の決断を迫られる。

苦渋の末に決断をするも、その結果レオーネ王女は守ってきた国民に石を投げつけられたり、心のない罵声を浴びせられたりしてしまう。

懸命に戦ってきたレオーネ王女の心はこれまでの戦いの中で硝子のように儚《はかな》く、脆《もろ》くなっていた。そこに追い打ちのようなこの心ない仕打ちにより、レオーネ王女は心が完全に折れ、剣が握れなくなってしまう。

そんな王女の代わりに敵を死闘の末撃退する勇者。

この一件で、勇者一行は『救国の勇者』として国中に名を馳《は》せる。

その反面、レオーネ王女へのあたりは厳しかった。国民は王女をあろうことか、戦犯のごとく中傷し、攻めたててきたのだ。

結果、国に居場所を失った彼女は大陸を渡り他国へ嫁ぐことになる。

『ごめん。君を助けることが出来なかった……』

『いいえ、国を救ってくれただけで充分です。ありがとう勇者アルト』

会話はするが出てくる言葉に感情が感じられなかった。取り返しのつかないぐらい彼女は壊れてしまったのだ。

（違う……俺は国ではなく君を助けたかったんだ。なのになんでこんなことに……）

悪によってすべてを失ったレオーネ王女の門出を見送り勇者は決意する。

必ず悪は滅ぼすと。

こんな感じだったか？

いや、勇者はもっとアホだった気が……あぁ、原作の勇者はわりかしまともだったな。

私が介入したせいで勇者はＩＱが下がりまくっているんだった。

今ではボノボより落ち着きのない奴《やつ》になったんだよな。動物に負けてるぞ勇者！　なんならもうボノボが勇者でいいまである。

勇者ボノボ……私はボノボに負けるのか？　私が負けたらそれは人類の敗北だよ。ボノボの惑星だよ。

話がそれたから元に戻そう。

それにしても結構重めの話が続くんだよなぁ。

いやだなぁ帰りたいなぁ。

でもほっとくとヤバいのは確かなんだよな。

水の都と言われるスイロク王国。大きな港を活《い》かした流通が盛んな国だ。それゆえにこの国が落とされると周辺国ならびに私のいるライナナ国にも経済的被害が及ぶ。

やるしかないかぁ……。

再度覚悟を決めるアブソリュートだがその気分は重いままだった。

「着きましたよ。スイロク城です」

交渉屋の声に思考を戻し、改めて決意を固めたアブソリュート。

馬車を降り、城の中へと歩を進めた。


アブソリュート達は城内に入るとそのまま客室に通され、国王代理を待った。

そこに別で到着したレオーネ王女が顔を出す。

「兄を呼んできますから、待っていてください」

レオーネが退室し、部屋には椅子に座って待つアブソリュートと後ろで控えているウルと交渉屋の三人が残される。

「アークさんちょっと聞きたいことがあるんですがいいですか？」

少しの間を置いて珍しく交渉屋からアブソリュートに声をかけてきた。

交渉屋はアブソリュートを内心嫌っている。アブソリュートの【絶対悪】のスキルの影響に加え、自分を縛り付けている張本人なのだ。自分から声をかけることなどまずない。

そんな人物からの質問だが別に断る理由はない。

「なん――」

「駄目なの。今すぐその臭い口を閉じるの。この下っ端」

「…………」

交渉屋の問いを聞く前にウルが拒絶し話を終わらせにかかる。獣人は自分より下だと思っている相手には容赦ないのだ。

（辛辣で草）

「酷《ひど》い……」

「ウル、別に構わない。言ってみろ交渉屋」

さすがに不憫《ふびん》なので助け舟をだす。

上位者であるアブソリュートが許可したため今度はウルも拒絶の言葉を出さなかった。

「言ってみろなの。下っ端」

「ありがとうございます。今ってスイロク王国は王太子が治めているんですか？」

「一応王位継承権一位だったからな。順当なところだろう。下には留学で国を離れていたレオーネと、まだ八歳の王子しかいない。それと、王太子様だ。お前は使用人だろ？　口の利き方に気をつけろ」

「失礼しました。それで王太子様ってどういう人なんですか？」

「お前スイロク王国出身じゃなかったか？　私より詳しいだろ」

「いえいえ、確かにその通りですが私は汚らしいスラム街の生まれですから。こういった煌《きら》びやかな世界のことは分からないのですよ」

「優秀な人物らしい。人柄も良く、当たりな方の王族だ」

スイロク王国国王代理シシリアン・スイロク。

正式な継承をまだ終えていないため、代理となっているが実質この国の統治者だ。

交渉屋に話した通り、頭がまわり非常に優秀な人物だと言われている。だが、その反面非常に体が弱いという欠点もある。

（この世界では体が弱いと言われているが、原作を知っている私の認識は違う。シシリアンは大病を患っている。それもかなり重病のだ……）

コンコン
会話もそこそこに扉からノック音がしたのち、レオーネと車椅子に座っている青年、それを押す女性が中に入る。先ほど会話の話題となっていた人物、この国の現統治者――

「お待たせしました。スイロク王国国王代理シシリアン・スイロクです。よく来てくれたアーク卿《きょう》」

シシリアンとレオーネはアブソリュートの向かいの席に座り、車椅子を押していた女性は彼らの後ろに待機している。

「私はシシリアン・スイロク、レオーネの兄だ。話は聞いている妹が世話になったね。そして後ろにいるのは私の婚約者であり、秘書のビスクドール・ジィーだ」

シシリアン・スイロク。

海の底のような薄い青色の髪に、まだ描く前のキャンバスのように白い肌の男だ。一見平然としているようにも見えるがよく観察すると目は充血し白い肌は顔色を隠すために化粧をしているのが分かる。

「よく来てくれたね、アーク卿。スイロク王国は君を歓迎するよ」

人好きのする笑みを浮かべながらシシリアンはアブソリュートを歓迎した。

アブソリュートのスキル【絶対悪】の効果を受けても決して友好的な態度を崩さない。ライナナ国のミカエルとは違う完成された王族だ。

「いきなり応援を求められて驚いただろう？　昔ヴィラン殿にはお世話になってね。今回はその縁を辿ったわけだが……まさか御子息が来られるとはね」

「…………」

（遠回しに『お前なんで来た？』って言ってるのか。まぁ、気持ちは分かるよ）

「アーク家当主は別件で国を出ている。知らせを聞く限り早急な対応が必要だと判断し代理として私が来た」

「迅速な対応痛み入る。だが、アーク家の兵士は見当たらないが？」

痛いところをつく。

本来なら兵を伴って出陣するのがセオリーだが、今回は最初の人質イベントからレオーネを救うため、兵士を集める時間を惜しんで強行したのだ。

「必要がないから連れてきていない」

とりあえずそう誤魔化すしかなかった。

さすがにキレるかと思ったがシシリアンの態度は飄々《ひょうひょう》としたものだった。

「……そうか。さすがアーク家、自信家だね。頼りにさせてもらうよ。さて、来たばかりで悪いのだけどこれから内乱鎮圧に向けての会議を行う。君も参加してくれ」

どうやらポジティブに捉えてくれたようでこれ以上の追求はなかった。

「了解した」

（とりあえず顔合わせは終わったな。後は会議に顔出して、戦場へ行ってブラックフェアリーを討伐する。これで鬱イベントは回避できるな）

会話を終えアブソリュート達はレオーネとシシリアンと共に会議が行われる間へと向かった。

これまで順調にイベントを回避してきてどこか緩みをみせるアブソリュート。

——しかし、この後に災難が待ち受けていることを彼はまだ知らない。


正直ヴィラン・アークではなく、その息子アブソリュート・アークが来たと知って私は落胆した。

確かにアーク家に援助を頼んだが、まさかまだ学生の彼が来るとはさすがに誰も思わないだろう。ライナナ国国王は何を以《もっ》て彼を送り出してきたのか問いただしてやりたかった。

だが、実際に会って言葉を交わしていくうちに理解した。

確かに彼はアーク家の人間だった。

アブソリュート・アークは身の回りの世話をする侍女と執事の二人のみを従わせ、このスイロク王国にやってきた。私が兵はどうしたのか聞くと彼はさも当然だというかのようにこう言い放った。

『必要がないから連れてきていない』

ぞくりっ
己の力になんの疑いも持たないこの言葉を聞いて私は背筋が震えた。

圧倒的強者だけが放てる傲慢な振る舞い、確かに彼はアーク家の人間だ。

思えばヴィラン・アークも当時は少数の兵士のみを連れて援軍に訪れたではないか。

加えて王族である私の前でも堂々とした態度に、まだ学生とは思えない圧を感じる瞳はかつてのヴィラン・アークを彷彿《ほうふつ》とさせた。もしかしたら彼がこの国を救ってくれるかもしれない。

そう僅かに期待すら感じた。

スイロク王国王都にあるスイロク城の一室で緊急会議が開かれる。議題は勿論《もちろん》ブラックフェアリーについてだ。

部屋の中央には長方形のテーブルが置かれ、そこに会議の出席者達が既に着席している。

上座に座るのは王族であるシシリアン・スイロク。隣には妹のレオーネ・スイロクが座った。

この会議には宰相や騎士団長といったスイロクの要職に就く十数名が参加している。そしてテーブルの下座、一番端の席にライナナ国からの援軍アブソリュート・アークがいる。彼については事前に告知してあるため、彼の参加に異を唱える者はいなかった。

全員が揃《そろ》ったことを確認し、シシリアンは声を張り上げる。

「これより宮廷会議を実施する。議題は今スイロク王国を騒がせている賊についてだ」

今回の議題は数日前に起きた第三都市が陥落した件について、今後の対策と方針を決めることだ。

ここからは国の防衛を担う騎士団長がシシリアンに代わり話を進行する。

今回の反乱を起こしたのは第四都市から流れてきた人間であること。

また、彼らが第三都市を占拠し、今なお暴虐の限りをつくしていること。

彼らの魔の手はまだ落とされていない第二都市や王都にも及んでいて、王族や貴族が裏で国民を他国に売り飛ばしていると吹聴《ふいちょう》している。間違いなく誰かがこのデマをプロパガンダとして利用し第四都市に住む住人を扇動していると説明した。

「国民を売り飛ばしたですって⁉」

レオーネ王女が驚きの声を上げる。

「でたらめです王女様！　我らは誓ってそのようなことをしておりません。これは国民の求心力を下げるための罠《わな》です」

宰相が即座に否定する。レオーネも疑いの目を会議の参加者それぞれに向けるが今は身内で争っている場合ではないとそれ以上追及することはなかった。

騎士団長は話を進める。

「騎士団の方で調査をしたところ、この騒ぎを起こした黒幕はブラックフェアリーという闇組織で間違いありません。構成人数は七人ですが傘下組織の人数を含めると二千はくだらないかと」

「ブラックフェアリー？　聞かない組織ですな」

財務大臣などあまり荒事に関わることのない者達が首を傾《かし》げる。彼らを責めることはできない。なぜならこの組織が台頭してきたのはここ数年の話だからだ。

「騎士団長、ブラックフェアリーについて知らない者も多い。一度詳しく説明してくれないか」

シシリアンが騎士団長に説明を求める。

「承知しました。と、言ってもそこまで詳しいことは分かっていません。ブラックフェアリーは数年前にできたばかりの組織です。ただ、この組織はそこらの不良者で構成されたような闇組織ではなく闇組織を狩る闇組織です」

「闇組織を狩る闇組織ですか？」

「はい。奴らはこの数年でスイロク王国の闇組織を壊滅させ、吸収することで大きくなった組織です。長年スイロク王国に根付いていた人身売買を生業《なりわい》としていた組織の『ギレウス』に、帝国発祥の違法薬物を扱う『ペイルベガ』といった巨大組織が軒並み潰されています」

「なんと……」

会議の場がざわつく。今出たのはどれも力のある有名な組織ばかりだ。なかでもギレウスは騎士団でもおいそれと手出し出来なかったほど強い組織だった。ボスであるオリオンを筆頭に手練《てだ》れの部下が多く、非常に厄介とされていた。

それが壊滅し、よもや吸収されたとなるとブラックフェアリーを相手にするのは一筋縄ではいかないだろう。

「幹部には帝国で貴族を二十八人殺害し、指名手配されている殺し屋『無音のジャック』。何度か騎士団に勧誘したことのある有望な人材『喧嘩《けんか》屋《や》バウト』。加えて先日王女様と交戦したブルースという者の三名がいることまでは確認しています」

この他にもここ数年の動きや噂《うわさ》などを説明してくれたがどれも詳細とは言えず、実のあるものは少なかった。

「そうか……分かった」

（私達があまりにも無知だということがな）

シシリアンは言葉にせずに内心で毒づいた。

これから戦う敵は少数で第三都市にいた軍を相手に勝利を収めている。恐らく軍を相手にしても渡り合える強者、もしくは手段があるはずだ。短い時間でよく調べてくれたと思うが圧倒的に情報が足りない。

何でもいい、少しでも情報が欲しかった。

そこでふとアブソリュート・アークに視線がいく。

彼はこの会議の場において何も話すことなく静観している。

アーク家の人間でありブラックフェアリーと同じく闇の世界に精通している彼ならば俯瞰的《ふかんてき》な意見をもらえるのではないだろうか。そうした考えがよぎり、シシリアンは話を振ってみた。

「アブソリュート・アーク。君はなにか知っていることはあるか？」

シシリアンが話を振ったことで全員の視線がアブソリュートの方へと向く。

「敵の素じょ――――」

「誰が口を開いてよいと言った！　若造がっ!!」

アブソリュートが何か話そうとすると宰相が割り込み止めた。彼はアーク家をよく思っていない。というより外様《とざま》である彼を警戒しているのだ。これぐらい慎重な者でないと宰相は務まらないがこの状況下で欲しいのは情報だ。

シシリアンは宰相を強い口調で咎《とが》める。

「宰相。私が尋ねたのだ。今は黙れ」

「……申し訳ありません」

強めに釘《くぎ》を刺してアブソリュート・アークに続きを話せと視線で促した。

「アーク家の方では先程の三名に加えて二人調べがついている」

「おぉ」と、周囲で感嘆する声が上がる。

(さすがアーク家、素晴らしい諜報力だ。他国の組織の人間をもしっかり押さえているとはな。これがライナナ国の闇を支配するアーク家……味方だとこれほど頼もしい相手もそういまい。だが同時に警戒せねばならない。他国に情報が漏れていると言っても過言ではないのだから)

シシリアンは内心で舌を巻くと同時に警戒度を上げる。だがシシリアンは勘違いをしている。今回アブソリュートが敵の情報を持っていたのは原作知識によるものなのだ。アブソリュートの知らぬところでアーク家への警戒心が高まっていることを本人はまだ知らない。

(だが今は目に見える敵の排除が優先だ。頭の中を切り替えよう)

「話してくれ」

シシリアンに促され、アブソリュートは敵について語りだす。

「一人はレッドアイという武器商人。コイツは正直無視していい。注意すべきは喧嘩屋バウトとリーダーであるイヴィルという男だ。精霊を使役するスキルを持っている」

「【精霊使い】……………これは厄介な」

【精霊使い】とは文字通り精霊を使役する者のことをいう。膨大な魔力を有する精霊を使役することでその力は一軍にも匹敵する。精霊とそれを使役できる人材が稀少《きしょう》でほとんど伝説となっているが、過去には精霊使いが一人いれば国が獲《と》れるとも言われていた。

それからもアブソリュート・アークは敵の戦力について情報を提供し、早くも貢献をしてくれた。先程まで彼に向けられていた警戒の目がわずかに和らいだ気がした。

アブソリュートからの情報をまとめてシシリアンが話を進めていく。

「これまでの情報をまとめると奴らの次の目標は第二都市だろう。そこで待ち構えブラックフェアリーを討つ。そこでブラックフェアリーの討伐の指揮をレオーネ。お前に任せる」

「謹んでお受けいたします」

「アーク卿は同行し――」

「お待ちください！　現場の指揮を預かる者としてアークさんの同行を認めるわけにはいきません」

「何故《なぜ》だ、レオーネ」

「アーク家が闇組織と繋《つな》がっていることは皆様口にしませんがご存知《ぞんじ》のはずです」

レオーネの言葉で場の空気が凍る。

「……それで？　何が言いたい？」

「はっきり言って信用できません。敵と繋がっているかもしれない相手に背中を預けるわけにはまいりません」

妹にしてはやけに棘《とげ》のある言い方だ。

二人は同級生と聞いていたが何かあったか？

睨《にら》むようにアブソリュートを見て異を唱えるレオーネにふむ、と思案した。それに対してアブソリュートが冷たいまなざしでレオーネを見る。

「お前は私が敵と内通してこの国を貶《おとし》めようとしている、そう言いたいのか？」

「そこまでは言っていません。信用できないと言っているだけです」

二人の間に険悪な雰囲気が流れる。

まとまりかけていた会議の場の雰囲気が霧散して重くなっていく。

「シシリアン様」

重い空気の中、先程アブソリュートに声を荒らげた宰相が声を上げる。

「なんだ宰相……」

「私も王女様に同意いたします。彼からの情報は有用でしたが、他国の高位貴族の跡取りを戦場にまで同行させるのは危ういかと」

宰相の意見を皮切りに次々と反対の意見が出される。

「確かに……」

「そもそも他国の、しかも学生を巻き込むこと自体私は反対だ」

シシリアンは小さく嘆息すると、このままでは収拾がつかないことを判断して多数決にて決めることにした。

「では多数決で決めよう。アーク卿の同行に賛成の者は挙手を」

何人かは挙手したが会議の参加者からすると僅かなものだった。

賛成したのは騎士団長を含む武に精通した者が多い。恐らくアブソリュート・アークから何かを感じ、任せるに足ると判断したのだろう。

「では反対の者は挙手を」

先程とは違い過半数が手を上げ反対の意を示した。

アブソリュート・アークは何も言わず腕を組んで瞳を閉じている。

(彼のような敵を作りやすい者にとって可哀想《かわいそう》なことをしてしまった。せっかく援軍に来てくれたというのに)

「分かった。第二都市の防衛とブラックフェアリーの討伐はレオーネに一任し、アーク卿には一応私の護衛として城に残ってもらう」

ほぼ全員が頷《うなず》き了承する。

アブソリュート・アークを除いては——

「待て」

「すまないアーク卿。せっかく来てもらって悪いがここでの決定には従ってもらいたい」

「私は他国の人間だ。そちらの決定に異を唱えるつもりはないが、少しは私の顔をたててもらいたい」

「というと？」

「私は同行しない。だが当家のメイドを同行させたい。さすがに援軍に来たのに後方でのんびりとしていたのでは面目ないからな」

彼の言葉を聞きその場にいた者は皆彼を軽蔑した。

彼はメイドを同行させることで、籍だけ置いて援軍として働いた。と、こう言い張るつもりなのだと嫌悪感を抱いた。

「勿論見張りをつけてもらっても構わない」

「……レオーネはどうだ？」

「構いません」

「ではアーク卿のメイドをレオーネに同行させる。以上をもって会議を終了する」

会議が終わり次々と会議室から人が出て行く。

残るはアブソリュートとシシリアン、そして付き人のビスクドールの三人になった。

「改めて申し訳ない。まさかレオーネがあそこまで頑《かたく》なだとは――」

「気にしていない。なんならコッソリついていってもいいが、どうする？」

「いや、必要ない。それより別件で頼みたいことがある」

彼ほどの人物をただ泳がせておくのは惜しい。故にこの機会に彼の能力を試してみようと考えたのだ。

（まだなんの手掛かりも見つけ出せていないあの件を彼に任せてみよう）

「なんだ？」

「私の父スイロク王国国王を殺害した犯人を探してもらいたい」


翌日。

レオーネ王女が出陣するこの日は雲ひとつない晴天であった。アブソリュートは、彼女に同行するウルを見送るため城門前に立っていた。

そこには出陣する騎士およそ百人がいる。

闘いに参加する騎士はこれより遥《はる》かに多いが、残りは事前に準備をさせるため前日に出立していた。

本来ならアブソリュートもそこに加わるはずだったが、まさかレオーネ王女がメンバーから外してくるとは思わなかった。思えば最初の人質イベントでの印象が悪すぎたのだ。後悔はしてないがただただ残念というか……まじかぁ、という気持ちでいっぱいだ。

なんとかウルをレオーネ王女の側《そば》に置くことには成功したがそれでもブラックフェアリーのボスキャラ相手では不安が残る。

「いいかウル。お前にはこれからレオーネ王女に同行してもらう」

「ウル一人なの？」

「ああ、本当は私が行くはずだったのだがレオーネ王女からお前は来るなと言われてな」

「ご主人様可哀想《かわいそう》なの……。あの王女許さない！」

同情されてしまったアブソリュート。

（ウルに同情されると少し惨めに思えるな）

「私は気にしていない。それよりもお前にいくつか指示をする」

「はいなの！　ビシッ」

姿勢を正し、元気よく返事するウルにアブソリュートは内心安堵《あんど》した。

（よい返事だ。これなら大丈夫だろう）

「一つ、お前は戦わないこと。決して矢面に立たず、生き残ることを前提とした行動を心がけろ」

（こんなところでウルを失うわけにはいかないからな。なにかあっても逃げに徹すれば獣人のウルなら逃げ切るだろう）

「二つ、全身に鎖を巻いた男に気をつけろ。見かけたら即時離れろ。そいつと目を合わせるな。三つ、レオーネ王女だけは生きて連れ戻せ。アイツを死なせるわけにはいかない」

（とりあえずこれぐらいかな。あまり多すぎるとウルが覚え切れないだろうしな。——あっそうだ。まだこれを渡していない）

「それとウル、光の剣聖という男に会ったらこの手紙を渡せ」

アブソリュートは懐から封筒を取り出しウルに渡した。

（今渡した手紙には敵幹部についての情報が書いてある。さてこれで物語にどう影響するか見ものだな）

「はいなの！　では行ってきます！」

「ああ」

そうしてアブソリュートはウルを見送った。

初めてのお使いを頼む親はこういう漠然とした不安を抱くのだな、とその背を見て感じた。


日が正午をまわるころ、レオーネ達討伐軍は第二都市に到着した。

この第二都市はいわばスイロク王国の経済の要と言って差し支えない。もっとも大きい漁港を持ち、他国の船が行き交うこの都市が落とされれば国の経済が停止すると言っても過言ではない。それ故になんとしてもここで食い止めなければならない。

レオーネ達は門を通るとこの都市を治める責任者に会いに行った。

第二都市領主ビスマルク・ジィーの館。

領主の館を訪れたレオーネはブラックフェアリーの討伐について話すため、その館の一室でビスマルクと向かいあって座った。

向かいにいる第二都市領主ビスマルク・ジィーはシシリアンの婚約者であるビスクドールの父だ。四十代後半の恰幅《かっぷく》のいい男で領主然とした風貌がある。だが保身を大事にする人柄なため、レオーネはあまり彼を好いてはいない。

「お久しぶりです王女殿下。お会いするのは数年ぶりでございますな」

「そうですねジィー卿。いきなりですがブラックフェアリーの討伐について話があります」

レオーネは早速本題を切り出した。

ブラックフェアリーの次の標的として第二都市が狙われる可能性が高く、そのため討伐軍が来たこと。今回の討伐指揮を自らがとることなどを伝えた。

ビスマルクと今後の方針について話し合った後、レオーネ達討伐軍は第二都市の外、門付近に駐屯地を設置し敵の動きを待つことにした。

レオーネも自身の天幕の中でいつでも動けるように待機していた。

首脳陣の推測では早ければ数日以内で動きがあるはずだとされる。なぜなら敵にはリミットがあるからだ。

本来都市攻めには大量の人員を割く必要がある。その上で交通路を遮断して、物資の搬入を滞らせ兵糧攻めをする形で相手を弱らせるための長い時間と、都市の周りを取り囲む戦力が必須だ。

だが、敵であるブラックフェアリーはそのどちらも持ち合わせていない。

ブラックフェアリーと王国軍の兵力の差は歴然であり、たとえ彼らの味方にドラゴンがいたとしても王国軍の勝利は揺るがない。加えてコチラには友好国からの援軍や物質の援助も期待できる。時間をかければかけるほどコチラが有利になるのだ。

それゆえ、時間も兵力もないブラックフェアリーはなにかしら奇襲をかけて短期決戦で決めるしかないのだ。

第三都市襲撃の際は祭日という、上から下まですべての人間の気が緩んでいる時を狙っていた。

（私達討伐軍は敵の侵入を防ぐ）

万一、既に内に何人か潜り込んでいても一応都市内に駐在している軍もいるし、対応はできる。

今できることはした。あとは敵を狩るだけだ。

「王女様、お休みのところ失礼いたします！」

緊迫した気持ちを静めるようにひとつ深く呼吸をしたところ、天幕の外から伝令の兵士が声を張り上げた。

「剣聖様が王女様とお会いしたいとお見えになっております」

「剣聖が⁉　早く通してください！」

「承知いたしました」

　レオーネの声に若干歓喜の色が見られた。

　伝令が剣聖を通すためにこの場を去ると、レオーネは喜びをあらわにソワソワしながら剣聖を待っていた。

　少しして外から「失礼します」、と静かに、それでいて威厳ある声が聞こえると白髪をオールバックに流した体格のよい中年男性が中へ入ってきた。

　優しげであるが風格のある面立ちをしており、片方の目の上の深く斬り込まれた傷が印象的だ。白銀の鎧《よろい》で身を包み、腰には『光の剣聖』の象徴ともいえる【宝剣ジュピター】を帯刀している。

　彼こそがスイロク王国『救国の英雄』。

　光の剣聖アイディール・ホワイトその人だ。

「お久しぶりです。シシリアン様」

　低く、されど優しげな声音で挨拶をする剣聖。

「もう、私はレオーネです。お久しぶりです！　先生！」

　スイロク王国へ戻ってきてから過去一、明るい笑顔と元気な声で挨拶を交わすレオーネ。

　非常時ではあるがこうして二人の師弟は再会を果たした。

レオーネに剣を指導する者を選定する際、国王は国で一番の剣の腕を持つアイディール・ホワイトを指名した。

当時救国の英雄として名を馳せていた彼だが、この指名については彼はなんと一度固辞したのだ。

自分にそのような腕はないと、まだ修行中の身で人に教えられるほど技術を修めていないとそう言ったのだ。

謙虚は美徳だが時には卑屈に見えることがある。

それを言われた国王は、『お前に腕がないならこの国で頼める者は誰もいないではないか』と返し、アイディールは渋々引き受けたという過去がある。

渋々とは言ったが師弟の関係は良好だ。

光の剣聖にもレオーネと歳《とし》の近い娘がいるが、レオーネのことも実の娘のようによくしてくれた。

今は騎士を引退し、剣の道を極めるべく修行の日々を送っている。本当にストイックな人だ、と周囲は頭が上がらなかった。

そして、今回は国の非常事態と聞いて第二都市の守護を引き受けたのだった。

二人は天蓋の中に設置されている簡素な作りの椅子に座り、テーブルを挟んで向かい合うと久しぶりの歓談に花を咲かせた。

「名前を間違えるのは相変わらずですね、先生？」

「はは、失礼しました。四ヶ月ぶりですか？　最後に会ったのは王女様を見送った時でしたね」

「はい、またお会いできて嬉《うれ》しいです！」

「ライナナ国はどうでしたか？」

「短い間でしたがとても楽しかったです。命に関わる事件もありましたが……よければ聞いてくださいませんか？」

「ええ、聞かせてください。そのために来たのですから」

レオーネはライナナ国であったことを嬉々《きき》として光の剣聖に話し始めた。

初めて行った大国ライナナ国のこと、学園であった出来事、演習で死にかけたことなど忙《せわ》しなく、少し早口になりながらも剣聖に語った。

光の剣聖は時々相槌《あいづち》を打ち、一生懸命話すレオーネを優しげな顔で見つめ、話を聞いている。

その光景はまるで親子が会話しているようだった。

レオーネが一通り話し終えたところで剣聖は話しだす。

「王女様、どこか無理をしていますね」

「？　そんなこと――」

「闘いが怖いですか？」

「ッ⁉」

レオーネは図星をつかれ一瞬体がこわばってしまった。王族としてこの反応はまずいがどうも光の剣聖の前では王族の仮面が剝がれてしまう。

「別に隠さなくていいです。ここには私しかいませんから」

「…………………………はい」

しばらく黙ったあとレオーネは自らの胸中を告白した。

ライナナ国で初めて命のやり取りを経験し、闘う決心が揺らいでいること。命の重みを知ったことで他者の命を預かるその重圧に潰されてしまいそうになっていること。

抑えきれない涙を交えながら彼女は不安を暴露する。

これまで言えなかったすべて負の部分を剣聖に語った。

「先生………私はどうすればいいですか？」

縋《すが》るような目でレオーネは剣聖を見つめる。

剣聖は少し考えたあと答えた。

「それはどういう問いですか？　どうすれば不安を克服し戦えるようになるかという問いですか？　それとも、どうすれば闘いから逃げられるのかというものでしょうか」

「それは………」

「前者であれば心配はいりません。闘いとは誰もが少なからず不安を抱えているものです。それは私も例外ではありません」

「先生ほどの方でも怖いのですか？」

レオーネは意外そうな顔をする。

世界最強を撃退した救国の英雄の彼でも、不安を持っているというのが意外だった。

そのレオーネの言葉に剣聖は微笑《ほほえ》んで頷く。

「ええ、怖いです。なぜなら闘いにはリスクが付《つ》き纏《まと》うからです。例えば、私とゴブリンが戦った場合どのようなリスクが考えられますか?」

「死亡と部位の欠損です」

「そうですね。他にも傷を負ったことで病になったり、捕まって洞窟の中で私の貞操が奪われたりというリスクもあります。闘いに絶対はありえない以上、我々にはリスクという不安はつきものです」

途中、彼のたとえ話に少し笑いそうになったが確かに先生の言葉通りだと思った。

リスクがある限り不安はつきもの。それを抱きながらもがくしかないということになる。レオーネの場合そのリスクに他人の命も乗せられているために余計に重く感じるのだろう。

「次に後者の場合ですが――」

先程までの優しげな顔から一変し、厳しい表情に変わる。

「貴女にそれは許されません。貴女《あなた》には王族として国民を守り闘う義務があります。闘いからは逃げられません」

氷を呑《の》んだように、ヒヤリとした感覚が先ほどまで高揚していた少女の気持ちを現実へと引き戻す。

「…………」

初めから分かっていたことだ。

だが尊敬している剣聖から言われたことで、却《かえ》って腹を括《くく》ることができたかもしれない。闘うしかないということが分かったのだから。

そんなレオーネの頭を優しくなでる剣聖。

いつの間にかいつもの優しげな表情に戻っていた。

「でも、大丈夫です。貴女一人で闘うわけではありません。私達大人が貴女を守ります」

「先生……ありがとうございます」

その言葉にまた目頭が熱くなったが、グッと堪《こら》えるレオーネ。

「それでは私は持ち場に戻ります。また後ほどお会いしましょう」

「はい、先生。次に会う時は久しぶりに稽古をつけてください」

「ふふ、いいですよ。ではまた」

椅子から立ち上がり、別れを告げると剣聖はレオーネの下から去っていった。

剣聖がレオーネ王女の天幕から出て駐屯地を後にしようとしていた時、一人の獣人少女のメイドが彼の前に立ち塞がる。

幼い顔立ちや身長から察するにまだ十五にも満たないだろう。だが、剣聖は彼女を警戒した。

多くの強者を見てきた剣聖の目は誤魔化せない。

彼女は強い。

「何者だ？」

腰にある宝剣に手を掛ける。

「主人からお届け物です」

「主人？　誰のことだ」

獣人のメイドは懐から家紋の入った徽章《きしょう》を取り出した。

「その家紋は……アーク家か！」

剣聖は警戒を解いた。アーク家の当主とは面識があるため敵ではないと理解したからだ。

警戒を解いたのが分かるとメイドは剣聖に封書を渡した。

「『信じるも信じないも貴方《あなた》次第。自分で決めろ』と仰《おっしゃ》っていました。では」

そう言い残し一礼するとメイドは去っていった。

「さすがヴィラン・アーク。アーク家にあの歳であれほどの実力者がいるとは。彼女がここにいるなら王女様の心配はいらないか」

そう感嘆しつつ、剣聖は渡された手紙の中身を読む。

その内容を見て表情が真剣なものへと変わっていく。

「これは…………さて、どうするべきか」

手紙の内容に困惑しつつも、それを懐にしまい迷いのない歩みで剣聖は駐屯地を去っていった。

時を同じくして話はブラックフェアリーに移る。

第二都市にボスであるイヴィルは既に潜りこんでいた。今回の相手はただ者ではない。国を守る騎士団に、救国の英雄である光の剣聖。

数で劣るイヴィル達は戦力を分散して第二都市を落とすことにした。

イヴィル達少数で敵の中枢を壊滅させ、残りの全兵力で中へ入れさせまいとする王国軍を撃破する。

王国軍の主戦力は第二都市の入り口に集中しているために中は比較的手薄になっている。そう考えてのことだ。

数人の黒装束を纏った部下を連れ、潜り込んだのは都市の中でもっとも目立つ建物。領主の住む屋敷だ。

第三都市で暴れたのは自分達の力を民衆や貴族に誇示するため。

民にまで手を掛ける無法者に対応するために王国側は都市の内部と外部、両方に兵を割かねばならなくなると読んだからだ。


屋敷の前には警備をしている兵士が六人。

門の前に一列に立っている。通常よりも遥かに多い警備態勢。これは絶対に屋敷には入れさせないという領主の意志の表れだった。

「ジャック」

「ここに…………」

名を呼ぶと黒装束の中の一人がイヴィルの前に跪《ひざまず》く。

彼の名はジャック。

ブラックフェアリー序列六位『無音のジャック』だ。

イヴィルはジャックの胸ぐらを摑《つか》み、自分の眼前に引き寄せると射殺すようなまなざしを向け彼に命じる。

「一人で屋敷にいる奴全員殺してこい」

言い渡されたのは死刑宣告のようなものだった。

厳重に警戒されているなか、一人で敵の相手をしろというのだ。だがそんな命令でも命じられた彼は動じていない。

「御意」

短く返事をすると彼は一瞬でその場から消えた。

それは、かつて帝国を震撼《しんかん》させた最悪の殺人鬼が解き放たれた瞬間だった。


かつてスイロク王国に隣接するアースワン帝国には暗殺専門の闇組織が存在していた。

『アサシンギルド』

多額の報酬と引き換えに暗殺をこなす集団だ。

友人、恋人、要人、貴族、彼らの依頼に制限はなく依頼されれば誰でも殺すことで恐れられていた。

だが、依頼された標的《ターゲット》は誰でも殺すが、それ以外は絶対に殺さない。

それは彼らが殺人鬼ではなく暗殺者だからだ。

一般人からすればどちらにも違いはないと思うかもしれない。彼らは死をもたらす者に変わりないからだ。だが両者の違いは存在する。

殺人鬼と暗殺者の違い、それは理性の有無だ。

暗殺者はターゲット以外を基本的には殺さない。証拠に残るような物を極力残さないためだ。

彼らには自分を律する理性がある。

だが殺人鬼は違う。彼らは腹を満たすように理由もなく人を殺す。自分を律することも他者を慮《おもんぱか》ることもしない。己の欲に素直な純粋悪、それが殺人鬼だ。

『アサシンギルド』は暗殺者達の組織であり、ターゲット以外の殺人は禁止されていた。それは彼らが殺人鬼ではなく暗殺者としての矜持《きょうじ》を持っていたからだ。

数年前、『ジャック』と名乗る彼もかつてその組織の一員だった。

彼が組織のルールを犯すまでは——

ある日、アサシンギルドに入ったばかりの彼はとある依頼を受ける。それはある貴族を殺して欲しいというものだった。

ターゲットは男爵家の三男。

依頼人の恋人を傷つけた恨みを晴らしたいそうだ。

ありふれた依頼。そこまで難しくもないことから彼は一人で依頼をこなすことになった。

だが、それが悲劇の始まりだった。

とあるパーティー会場にターゲットはいた。

二十八名の貴族が参加した小規模のパーティーに彼は潜入し、そして会場にいた全員を皆殺しにした。

現場の第一発見者は語った。

遺体はすべて腕、脚、頭部、腹部、胸部とバラバラに解体されており、どれが誰のものだったのか分からないほどだった。それほど無残な形で散らばっていたという。

ジャックという男は暗殺者の皮を被《かぶ》った殺人鬼だったのだ。

この事件は当時帝国中を恐怖で震え上がらせた。

この一件で目立ちすぎた『アサシンギルド』は帝国軍によって討伐され、メンバーの全員が晒《さら》し首となり処刑された。

ジャックという男を除いては——

その後、彼は居場所を転々とし、ブラックフェアリーという組織に巡り合い今に至る。

彼らの目的である国家転覆に興味はないが、その過程にある闘いにジャックは惹《ひ》かれた。

ジャックの目的は自分の殺人欲求を満たすこと。

国を守るために闘う崇高な騎士達を自分が殺していくことを想像しただけで高揚した。彼は戦場という狩場で遊ぶことしか考えていない生粋の殺人鬼なのだ。


話は戻り一人で領主の屋敷を攻めることになったジャック。

入り口である領主の屋敷の門の前には六人の兵士がいる。

屋敷を囲う塀の高さは三メートルもないため、元暗殺者である彼は塀を飛び越え潜入できる。わざわざ入り口から入る必要もないが、彼の欲求は我慢の限界にきていた。

手始めに彼らから殺していくことにする。

元暗殺者のジャックは気配を消し、夜の闇に紛れて兵士に近づく。兵士達の頭上、門の上にジャックはいる。

ジャックは自身のスキル【鋼糸】を使い、指先から細い糸を拡散する。糸はまるで意識を持っているかのように複雑に兵士達に絡まっていく。兵士達はこの糸に気付いてない。

ジャックが手で空中を裂くような動きをした瞬間――

ビシャァ！

ゴトリ。

一瞬で絡みついた鋼糸が肉に食い込み、兵士達の体がバラバラとその場で崩れていった。

久しぶりの快感に体が震える。

殺人を行う背徳感と、これから行うことへの期待が堪《たま》らなかった。

ジャックは兵士の死体から鍵を抜き、正門の扉を解除した。

あとのイヴィル達が入りやすくするためだ。

近くに人がいないことを確認すると敷地内へと入っていった。

速やかに探索する。

誰もいないと分かると、使用人達が出入りする裏口の扉を開錠して中に入る。足音を立てずに中を移動しながら目に入った騎士を先程の要領で殺していく。だが、細切れにすると鎧が落ちる音がするため、首に糸を何重にも巻きつけてそのまま体を空中に釣り揚げ窒息死で始末していく。

楽しい。

この緊張感の中でやる殺人に興奮した。

室内という、自分がもっとも有利にやれる環境にさらに拍車をかけられ、彼の心が躍る。

あらかた屋敷にいる人間を殺し尽くし、目的である領主の部屋に辿り着いた。

扉に耳を当てると中に人の気配を感じる。

目標がいるのを確信した。

迷いなく扉のノブに手をかけ中に入ろうとする――

「？」

視界が逆転した。気づけば自分の体と首が切り離されていたのだ。

開けられた扉の向こうにいる人物を確認する。

白銀の鎧を体に纏った男が部屋の中で剣を抜いていたのが見えた。鎧が月明かりに照らされ、神秘的に輝いて見えたその姿はとても美しかった。

「光の……」

ああ、これは仕方ないか。と納得する。

英雄に殺されるなら不服はないと満足し、殺人鬼は息を引き取った。

夜から少し街が明るくなり、朝日が昇り始めた。

ジャックが潜入してしばらくした後、イヴィル達は裏口にある使用人の通用口から屋敷に潜入した。屋敷内はジャックが殺《や》ったであろう死体で溢《あふ》れている。

内通者からの情報を頼りに領主の部屋を目指すイヴィル。

しばらく屋敷内を歩くと目当ての部屋に辿り着き、足を止めた。

その部屋の扉の前には首を切断されたジャックの死体があった。

恐らくこの部屋の中にいる誰かに殺されたのだろう。部屋の外からでも分かるほどの殺気が室内から漂っていた。

「開けろ」

自分で開けるには危険と判断し、手下に命令して扉を開けさせる。

すると――

「はっ？」

ゴトリッ
扉を開けた瞬間目にも留まらぬ攻撃にて、手下の首が切り落とされたのだ。

（やはり狙ってやがった）

「手ごたえはあったが……ハズレか」

扉の先に見えた室内にいたのは、顔をスッポリと覆うヘルムに白銀の鎧を纏った人物。そして手には刀身が眩《まばゆ》いほどに光輝く剣を持っていた。

その姿を見てイヴィルも含めその場にいた、ブラックフェアリーの面々は皆驚愕の表情を浮かべる。

「テメェは……なんでこんな所に引っ込んでやがる」

「後方待機が任務ゆえ」

敵はこの国の人間ならば知らない者がいない傑物だ。

白銀の鎧を身に纏い古強者《ふるつわもの》のような静かな殺気を放ち、魔力が可視化するほど光りを放つ固有魔法の宿った【宝剣ジュピター】を握る男。

スイロク王国最強のレベル60にして切り札。

その名は——光の剣聖アイディール・ホワイト。

「まさか最強の手札を豚どもの護衛に回すとはな。なんという愚策だ……そう思わないか？　光の剣聖」

「……言わざる。私は剣だ。持ち主の命に従い敵を討つ、ただそれだけだ。それに若い芽は着実に育っている。賊などに負けはしないだろう」

嘲るように投げられた質問を動じることなく切り捨てる剣聖。

取り付く島のない様子にイヴィルは軽口を止《や》め、表情も空気も戦闘モードへと入る。

（剣聖がいたのには驚いたが考えようによっては悪くはない。向こうには雑魚《ざこ》しかいないってことだからな）

イヴィルは腰に帯刀してある剣を抜き構える。

控えていた部下を下がらせた。

「いいぜ一対一《サシ》でやろう。空間の勇者を退けたその腕前、見せてみろ」

イヴィルは光の剣聖に一騎打ちを申し出る。

その申し出を剣聖は迷いなく了承する。

「その意気や良し。剣聖アイディール・ホワイト――推して参る」

「ブラックフェアリー序列一位名はイヴィル。絞め殺してやる豚野郎」

互いに名乗りを上げ戦闘が始まるかと思いきや二人に動く気配はない。

イヴィルは神経を研ぎ澄ませ相手の出方を窺《うかが》う。

剣聖も動く気配がない。どうやら先手をくれてやるつもりのようだった。

(後悔するなよ。その余裕が命とりだ)

先に仕掛けたのはイヴィルだった。相手はスイロク王国最強の男。イヴィルは自身の持つ奥の手をいきなり解放した。

【幻惑の精霊】

イヴィルは両目に宿している精霊の力を発動させる。

【幻惑の精霊】は相手と自分の目が合った時、相手の精神に干渉する能力を持っている。

そして、相手の精神の中で、その人物が最強と思う敵を再現してトラウマを呼び起こし、精神を破壊する。

強力な初見殺し。

イヴィルはこの技を【死戦場】と呼んでいる。

この技の特筆すべき点は、幻術をかけるハードルの低さにある。通常、幻術を相手にかけるならいくつか達成すべきプロセスがいる。

だが、この技は対象者と目を合わせるだけ。本来踏むべきプロセス《それら》を無視して発動するため、この技は強力な初見殺しなのだ。

「はっ‼」

掛け声とともに剣聖に向かって距離を詰める。

そして剣を振るうのではなく剣聖めがけて投擲《とうてき》した。

剣聖は投擲された剣を難なく宝剣で振り払うが、予想外の一手に一瞬振り払うのが遅れてしまっていた。

（もらった。【死戦場】）

距離を詰めたイヴィルはヘルムの奥にある剣聖の顔を覗きこむようにして目を合わせる。

「はっ？　なんだと」

だが顔を覗きこんだイヴィルは驚愕した。

「嘘《うそ》だろ……コイツ、目を瞑《つぶ》ってやがる」

イヴィルの目に映ったのは剣聖の瞼《まぶた》。剣聖はずっと目を瞑っていたのだ。

まるでこちらの思惑を見透かしていたかのように。

「私のスキルは【気配感知】。目を瞑っていても気配だけで戦える。さて来ないのなら次はこちらの番だ。【染め尽くす白《ホワイトアウト》】」

剣聖の宝剣から魔力による斬撃が放出される。

屋敷全体を白い光で埋め尽くす強力な一撃がイヴィルを襲った。

剣聖の解き放たれた魔力が込められた斬撃が、部屋中を魔力で埋め尽くしそこにあるものす

Idyll White

Status Table

アイディール・ホワイト（45才）

01

（スキル Skill）

気配感知	Lv8	－相手の気配、動きを感知できる

（ステータス Status）

レベル	60	魔力	25
身体能力	220	頭脳	54

（固有魔法 Special magic）

『チャージ』		宝剣ジュピターを装備した者にのみ使用可能。魔力を溜め、放出できる。

（習得魔法 Mastered magic）

なし

（技術 Technology）

剣術　英雄　拳法　逃げ足

Name: Idyll White　Age: 45

That is needed for a villainous aristocrat

べてを蹂躙《じゅうりん》した。

屋根と壁が崩壊し、外から見るとその部分のみがえぐれたようになった。高価な家具があった部屋は家具ごと粉々に破壊され、ただのがらくたとなって無残な状態であたりに散らばってしまっていた。

宝剣ジュピター——固有魔法【チャージ】を宿した世界有数の宝剣の一本だ。この固有魔法は文字通り、魔力を宝剣に蓄積させて放出するシンプルなものだ。

だがこの固有魔法の恐るべきところは容量に限界がないこと。

この宝剣が出来たのはおよそ三百年前。

持ち主を転々としながら受け継がれてきた魔力の蓄積。三百年蓄積された魔力、それがこの宝剣ジュピターの強みだ。

剣聖となった日にこの宝剣を受け継いで早五年。

その強力な一撃はあらゆる猛者《もさ》を葬ってきた。少なくとも無事だった者はいない。

そのはずだった——

「クソが……痛《いて》ぇじゃねぇか」

ダメージは食らっていたがイヴィルは確かに立っていた。着ていた衣服はところどころが破け、体には無数の擦過傷がある。だが、あの命を刈り取らんばかりの一撃を受けてなお、変わらずに立っている。剣聖は改めて感じた。

コイツは危険だと——

剣聖は内心、イヴィルへの警戒度を上げた。

「驚いたぜ、目を瞑ったまま闘えるとは思わなかった。それに俺の能力もバレていやがる。どうなってんだ?」

「驚いたのはこちらもだ……まさか生きているとは。その鎖の能力か?」

渡された情報に、奴の体に巻き付く鎖には魔力を奪う能力もあると書いてあった。まさか魔力攻撃の力をも吸収できるとは思わなかった。

今の段階でも油断ならないのに、イヴィルの情報を知らずに戦えばさらに危なかっただろう。

幻覚への対処もアーク家の者が教えてくれていなかったらどうなっていたことか。

彼らにはまた借りが出来てしまった。

「……まさかそれもバレてるとはな。どっからか俺の能力が漏れてやがる? まぁどうでもいいか……」

面白くなさそうな顔をするが能力がばれていることに動揺していた様子はない。

それどころか先程よりも殺気が増しているようにも見える。

まるでここからが本当の勝負だと言っているかのようだった。

「一つ聞きたい。何故このようなことをする! それほどの力があれば賊にならずとも輝ける場所はあったはずだ」

精霊使いという稀少な力に、人を束ねるカリスマ性を持ち合わせる彼が何故スイロク王国に牙を剝《む》くのか知らなければならない。

彼もスイロク王国の民であることに変わりはない。

きっと反乱を起こしたのも何か理由があるはずだ。

可能なら彼を救ってあげたい。剣聖はそう思った。

だが――

「んなもん決まってんだろ。気に食わねぇんだよ」

「なっ……⁉」

イヴィルの答えは剣聖の思いを踏みにじる最悪の答えだった。

「お前ら貴族みたいな、どうしようもない豚どもがクソみたいに威張ってんのが目障りなんだよ。雑魚が調子に乗ってっから、だから間引いてやってんだよ」

気に食わない？

それだけで彼は何千何百という命を奪っているというのか？

罪のない人間を巻き込んで、これだけの事件を引き起こしたというのか⁉

「それが許されると思っているのか⁉」

「ああ、思うね。この世は弱肉強食、それだけは何百年経《た》っても変わらねぇ世界の摂理だ。弱いから死ぬし、奪われ、そして蹂躙される。俺が求めるのは自由！　貴族達の政治も権力も通用しない、力のある者が上にいく世界だ」

楽しげにも取れるように語るイヴィルの答えに、剣聖のなかで先ほどの優しさに影が落ちた。

やはりコイツは危険だ……。

あまりに危険な思想の持ち主だった。さらに厄介なのは彼がそれを実行できる力を持ち合わせていることだ。

絶対に生かしておいてはいけない！

「もういい……なにも喋《しゃべ》るな。耳が汚《けが》れる」

剣聖は彼を救うことを諦めた。

イヴィルという男は破綻している。私的な理由で多くの人の人生を壊した男だ。

彼は生きていてはいけない。

せめてこれ以上被害が出ないよう今ここで死ぬべきだ。

剣聖はそう言って剣を構えた。

「其方《そなた》は生きていてはいけない」

「いいや、俺は生きるぜ。それも俺の自由だからな」

剣聖とイヴィルの第二ラウンドが幕を開けた。

両者は一斉に駆け出した。

初めに仕掛けたのは剣聖だ。

先程と同様に宝剣の輝きが増していく。そして全力で振り下ろした。

「【染め尽くす白《ホワイトアウト》】」

魔力による剣撃が放たれる。

先程よりも放出された魔力量は多い。強力な一撃がイヴィルを襲う。

それに対してイヴィルは真っ向から受けきるつもりのようだ。剣聖との距離を詰めるため、構わず間合いに駆けていく。

「束縛の精霊。俺を守れ」

するとイヴィルの体に巻きついていた鎖が伸び、鎧のように全身をぎちぎちに覆う。

魔力を吸収する特性を活《い》かし、全身に巻くことで防ごうとしているのだ。

魔力を帯びた剣撃がイヴィルを襲う。

全身を焼かれるような痛みと切り裂かれるような衝撃が同時にイヴィルの体を蝕《むしば》んだ。

「クソがぁ！」

鮮血を散らしながらイヴィルは剣聖の攻撃を受けきり一気に間合いを詰めた。

「なんと――⁉」

「くたばれぇ！」

跳躍し勢いをつけたイヴィルの上段からの剣撃が剣聖に放たれる。

「甘い」

「っ⁉」

その上段からの一撃を剣聖は受けたかと思うと瞬時に刃をそらして受け流した。

流れるような達人の剣捌《けんさば》きにチッ、と大きく舌打ちするイヴィル。

力の行き場をなくしたイヴィルの体が前のめりになり重心が崩れる。

そこを背後から剣聖の刃が襲う。

「【束縛する彼女《メンヘラロック》】」

剣聖の刃が振り下ろされる瞬間にイヴィルの体に巻きついていた鎖が体から離れ、背後にいる剣聖の一撃を身を挺《てい》して防いだ。

鎖と宝剣がぶつかりあい甲高い金属音がその場に響き渡る。

「なるほど、鎖自体が意志を持った精霊というわけか……ならば！」

剣聖は宝剣でイヴィルの体から離れた鎖を弾《はじ》き飛《と》ばした。厄介な鎖を離し、次こそイヴィルを仕留めにかかろうとする。

だが目の前にイヴィルの気配はなかった。

気配を探すと自分から十メートル離れた場所にいる。

剣聖の意識が鎖に向いたその一瞬に距離を取ったのだ。

イヴィルは先程の攻防を思い出して顔を歪《ゆが》める。

短い打ち合いだったが、まさか自分と剣聖の実力がこれほど離れているとは思わなかった。向こうは無傷でイヴィルは満身創痍《まんしんそうい》。

しかも剣聖は視界を閉じていてあの実力なのだ。

レベル50を超える者とそれ以下とではそこに大きな壁が存在する。打ち破るイメージの浮かばない、巨大で分厚い壁だ。イヴィルは今その壁にぶつかっているのだ。

（仕方がない、作戦通り確実に剣聖を潰す）

「悪いが場所を変えさせてもらうぜ。やる気があるなら追ってこい。精霊術【強化】」

イヴィルは精霊からの強化を得て、領主の館から離脱した。

視界を閉じているためイヴィルの動きを察知するのにラグが生じてしまい逃亡を許してしまった。

――剣聖は後に悔いることになる。どうしてあの場で倒せなかったのかと。

イヴィルと戦い、剣聖は彼の評価を改めた。

あの手札の多さ、想像以上の強者だった。

視界を封じざるをえない魔眼に近い能力に、特殊な能力を持つ鎖。多様な精霊を使役したスキル。

剣聖の一撃に迷いなく突っ込むことのできる度胸に、戦況を不利と見るや環境を変え仕切り直そうとするクレバーな分析力。ただの賊ではない。

それに彼の剣の構えや打ち込み方は何年も訓練を受けた者のそれだった。

イヴィルとは一体何者なのだ？

少なくともスイロク王国の騎士の中にはあのような者はいなかったはずだ。もしかしたら他国からの刺客という線もある。

帝国には内側から他国を食い物にする闇組織があるという。そう考えるとますます彼を仕留めるべきだ。

「追おう」

剣聖は目を開き、イヴィルの後を追うことにした。

イヴィルは街の方に逃げ、姿をくらませている可能性がある。

だが、先ほどの戦いでイヴィルの気配は覚えた。

スキル【気配感知】によってイヴィルの居場所は筒抜けだ。この気配感知は離れた相手を探すレーダーのような能力もある。

気配は北の方へ移動している。

イヴィルを追い街の中心部の方へ急ぐと喧騒と悲鳴が聞こえた。

そこで剣聖は自らの愚かさを嘆いた。

街には人が残っている。

第二都市はスイロク王国の経済の要であり、ここが止まれば一日で数百億の損害が出るのだ。

それに民にも生活がある。

だから避難勧告を出しても市民のほとんど出て行こうとはしなかったし、領主もそれをしなかった。


ああ、どうしてそんなことができるのだ。

どうしてこの最悪な事態を考えつかなかったのか。

イヴィル……アイツは街の人間を人質に取るつもりだ。


第二都市にある住宅街。

港町である第二都市の子持ち世帯が多く住む、広めの住宅が多く集まる場所。二階からは海が見えるのも魅力の一つで、比較的人気が高い。

早朝ということもあり、男は海に出て子供は既に起きて朝食を摂《と》っている時間だ。

「リンちゃーん。朝ご飯よー！」

「はーい！」

呼ばれた子供は元気よく返事をして朝食のテーブルへと向かう。椅子に座るとまだ十歳にも満たない男児が、母親の作った料理を美味《おい》しそうに口一杯に頬張る。

これはとある家庭の朝の風景。

その平和を乱す者は突然現れた。

チリン、チリン
来客の知らせを告げる呼び鈴が鳴らされる。

「はーい！」

忙しい母を慮って子供が来客を出迎える。

自分の顔と同じ高さにある取手を回してドアを開ける。

するとそこにいたのは破れた衣服に全身血まみれの大怪我《おおけが》をした白髪の男がいた。全身に鎖を巻いていて、穏やかな朝の状況から現実離れした風貌を見て少年は奇抜なファッションの珍客が来たと思った。

「えっ？　えっ？」

少年はこの異様な場面に困惑する。目の前には大怪我をした知らない男。どうすればいいか分からず慌てふためいた。

男は少年と目の高さを合わせるように屈《かが》んで声をかける。

目が合うと、その男の目が怪しく光ったような気がした。

「おいガキ。光の剣聖に会いたくないか？」

その言葉を聞いたのを最後に少年の意識は闇の中へ消えた。

街の方へと全力で向かうと街の至るところから火の手が上がっていた。

街を警備していた騎士達は消火の対応に追われている。

剣聖を見かけると民衆は彼の下へと集まっていった。

「これはなんの騒ぎだ！」

「剣聖様助けてください！　子供が、私の子供が連れさられたんです‼」

ある家庭の子供が白髪の男に連れ去られたという。まさか小さい子供を狙うとは……。

気配感知によるとイヴィルは住宅街から離れて人気のない場所にいた。どうやら自分を誘っているようだ。

「私が必ずこの名にかけて子供を連れ戻します。どうか私を信じてください」

子供の母親は泣きながら剣聖に何度も頭を下げる。

剣聖は急いでイヴィルの待つ場所へと向かった。


目的地に着くとそこは街はずれの、辺りが木に囲まれた小さい森のような場所だった。そこにはイヴィルの他に十人以上の人の気配がある。

たまたまそこに一般人がいたか、もしくは仲間を待ち伏せさせていて数で囲んで闘うつもりなのかはまだ判断がつかない。

「遅かったな。剣聖」

森の中の少し開けた場所にイヴィルがいた。剣聖は咄嗟《とっさ》に目を閉じてイヴィルの目を見ないようにする。

「貴様、人質の子供を解放しろ」

彼の隣にある気配が恐らく人質の子供だろう。

「いいぜ。ほら行けよ」

イヴィルは素直に子供を解放した。

「なんだと？」

「なんだよ。言う通りに解放したぜ？　なんなら手を出せないように向こうむいてやるよ」

こんなに素直に解放するとは、思わず訝《いぶか》しく思ってしまう。だが、少年の気配は確かに剣聖の方へと向かっていてイヴィルはそこから動く気配はなかった。

人質を助けられたことに内心安堵しつつ、助けた子供を心配し屈んで子供を迎える。

「怖かっただろう、もう大丈――!?」

不意に殺気を感じ剣聖は咄嗟に体を横にずらす。

驚き目を開けると少年の手にはナイフが握られていた。少年はなおも剣聖を刺そうとナイフを振り回す。

剣聖は少年からナイフを取り上げてイヴィルに向かって叫ぶ。

「貴様！　これはどういうことだ!!」

「クハハハハ！　ただで帰すと思ったのか？　愚かだなぁ、光の剣聖」

イヴィルは剣聖を嘲笑《あざわら》う。

少年はなおも剣聖を刺そうと空になった手を剣聖に向かって繰り出している。明らかに様子がおかしかった。

剣聖を見ているようで見ていない空虚な目。この症状に見覚えがあった。

「もしかして、洗脳されているのか？」

剣聖はアーク家から貰《もら》った情報の中にあったイヴィルの能力を思い出す。

【幻惑の精霊】、その力は相手の精神に作用する。

「お前のその目で子供を操っているのだな？」

「そうだ。今ガキの肉体の使用権は俺にある。『自分で首を絞めろ』」

イヴィルの言葉に少年は自分の首に手を回し、絞め始める。

「なっ⁉　やめろ‼」

剣聖は少年の両手を掴み、阻止する。しかし少年はそれでも自らの首を絞めようと無表情のまま抗《あらが》っている。

「頼む、私はどうなってもいい！　子供は解放してやってくれないか？」

剣聖はイヴィルに向かって懇願する。

その態度に呆《あき》れたようにイヴィルが肩をすくめた。

「おいおい、天下の剣聖様がこんなことで頭を下げるとはな。そいつ他人の子供だろ？　なんでそこまでする？」

　剣聖は少し悩んだ後、ポツリポツリと語り出す。

「私は十五年前の戦争で一人だけ生き残った」

「有名な話だな。それで？」

「私の力で生き残ったわけではない。仲間が、上司が国を頼むと私を生かしたのだ。私には彼らの願いに応えて一人でも多くの民を救う義務がある。だから頼む、この子を解放してやってくれ」

　目を開けて真剣な眼差《まなざ》しでイヴィルに頼むと懇願する光の剣聖。彼には戦場で散っていった数千人分の願いが背中に乗っている。生き残って彼らの代わりに国を守ろうと十五年奔走してきた剣聖の言葉の重みをイヴィルは感じた。

　二人の目が合い暫《しば》しの沈黙がうまれる。

　イヴィルは今この瞬間にも光の剣聖を洗脳することができるがそれをしなかった。ただなにか思うことがあるかのように剣聖を見ていた。

「いいぜ。ただし条件がある」

　イヴィルは解放を受け入れる代わりに条件をだした。

「そのナイフで自分の腹を貫け」

　イヴィルは少年が持っていたナイフを指差し、最悪な条件を突きつけた。

「…………」

「ほら、どうしたよ？　早く刺せよ。それともそのガキに刺せって命じてやろうか？」

イヴィルは剣聖を挑発するが内心失望していた。

あれほど大層に義務だのなんだの言っていたくせに、体一つ張れない剣聖に口だけだと失望した。

(所詮コイツもただの豚野郎か……)

だが、それは誤りだったと知る。

「いや、必要ない」

そう言うと剣聖は白銀の全身鎧をその場で脱ぎ、鍛え抜かれた上半身を曝《さら》け出《だ》す。口に布を噛《か》ませ、そして自らの腹にナイフを突き刺した。

「ううう！」

ナイフは剣聖の腹に深々と食い込み、そこからダラダラと血が流れる。

「っ、ぐぅ…………これで満足か!?」

悲鳴を押し殺し、射殺すような目つきでイヴィルを睨む剣聖。

重傷を負ってなおその迫力に息を飲んだ。

イヴィルは指先をパチンと鳴らす。

すると少年の意識が解放されて元に戻った。

「……あれ？　体が元に戻った」

意識を取り戻した少年だったが、ここで自分がしでかしたことを思い出す。

そして目の前で腹から血を流し苦痛に耐えている剣聖を見て青ざめて震えた。

「ぁ、ごめんなさい、剣聖様………ぼ、僕が……」

泣きながら剣聖に謝る少年を剣聖は優しく抱きしめた。

「大丈夫だ。私は大丈夫だから……無事で良かった」

剣聖の言葉に涙腺が崩壊し、声を上げて泣きだす少年。剣聖は彼が泣《な》き止《や》むまで抱きしめ続けた。

「そろそろいいか？」

イヴィルの一言で剣聖は少年を庇《かば》うように前に立ち剣を構える。

「君走れるか？」

少年は首を横に振る。

よく見れば少年は裸足《はだし》だ。子供の足で街に行くには少し遠い。

後ろの木に隠れろと指示しイヴィルの方を向く。咄嗟に目を閉じるが、その直前に見えたイヴィルがなにやら笑っているように感じた。

その光景にどこか不吉を覚えた。

「貴様……なにを笑っている」

「いやぁ、おかしくってよぉ。なぁ光の剣聖――」

次の瞬間、周囲にあった気配がゾロリと動くのを感じた。

「人質が一人だけだといつから錯覚していた？」

その瞬間、閉じた瞼を開く。イヴィルの後ろから十数名ほどの子供達が現れた。

全員が先程の少年のように空虚な瞳でナイフを握らされている。

「貴様ぁぁぁぁ、どれだけの人間を傷つければ気が済むのだ‼」

その光景を見て剣聖は激高する。

「安心しろ、ちゃんと解放してやるよ。全員分のナイフを体に刺したならな」


全身からおびただしい血を流した光の剣聖は、地に膝をつき満身創痍な状態ながらもなんとか息があった。

体には十数本のナイフが突き刺さっている。剣聖は見事にやり遂げたのだ。

「すぐに楽にしてやるよ。じゃあな、光の剣聖【死戦場】」

イヴィルの目を見た瞬間、剣聖の意識が刈り取られ、気が付けば周囲の景色が変わっていた。

森から荒れた平原へと場所が変わる。

周囲には墓標のように突き刺さった剣や槍《やり》、血の臭いを運んでくる不愉快な風。そして、自分の足下を埋めるように周辺には死体の山が出来上がっていた。

急激な環境の変化に戸惑うが、この光景に既視感を覚えた。

自分はこの場所を知っている、ここは確かスイロク王国にある平原。

十五年前、聖国との戦争の舞台になった場所。かつて己が死ぬはずだった戦場。

「うわあぁぁぁぁぁっ!!」

気づけば剣聖はその場から逃げ出していた。

十五年前のあの時のように——

死体が転がる荒れた平原をただただ闇雲に走り続ける。

一体誰から逃げているのか——分からない。記憶が思い出すのを拒否してしまっている。

「殺された——みんな殺された！　同期も！　隊長も！　仲間が全員目の前であいつに殺されたっ!!」

フラッシュバックする戦争での光景。

蓋をしていた記憶が次々とよみがえっていく。

共に辛《つら》い訓練を乗り越えて騎士になった同期が目の前で寸刻みにされた。

よく飲みに誘ってくれた上司の首がいつのまにか切り取られていた。

蹂躙され、まるで虫が潰されるように多くの仲間が簡単に命を消した。

「ああぁぁぁぁぁぁぁぁぁぁぁ！」

死から逃げるようにただ走り続けた。


どれくらい走っただろうか。

息を整え辺りを見る。

剣聖は目を見開きその光景に絶望した。

「なんだと……最初と同じ場所⁉」

先程見た死体の山に突き刺さった剣。

どうやら同じ場所をぐるぐると回っていただけのようだ。だがそれすらも既視感があった。

確か、過去にも同じように逃げ回って絶望した記憶があったのだ。

そこで気づいた。

この幻覚は過去の体験を再現し、追憶しているのだ。

敵を一人残さず逃がさないという強い意志が具現化したようなこの技には覚えがある。

「これは確か奴の技だ。空間操作【神隠】」

剣聖は思い出した。

あいつによって刻まれた恐怖と絶望を。

絶対に敵対してはいけないあいつの名前を。

「あいつが、そこにいるのか……」

この事象の原因が姿を現す。

何もないところから空間を破るようにして現れたのは一人の男。

かつて世界最強とまで言われた偉大なる覇者。

そして、剣聖の背後にもう一人現れる。

「まさか、あいつまで――」

現れたのは漆黒の髪に黒い眼《め》。貴族然とした質のいい黒い礼装を気にすることなく、全身を雨で濡れたかのように死人の血をその身に受けて滴らせた男。

二人は揃って剣聖へ襲いかかる。

二人によって剣聖は一瞬で命を刈り取られた。

最後に視界に映ったのは、忘れたくても忘れることのできない者達の姿だった。

仲間を皆殺しにされ、トラウマを植え付けられた恐怖の象徴『空間の勇者』。そして、ヴィラン・アークの姿だった。


決着はついた。

森の開けた場所。そこに立っていたのはイヴィル。

そして彼の前で地面にうつぶせに倒れているのは光の剣聖。

イヴィルが見た剣聖の最期は無だった。

その目はうつろになり、一筋涙が零《こぼ》れ落《お》ちたあと糸の切れた人形のようにそのまま崩れ落ちた。

剣聖と呼び名を持つ者にして、なんとあっけない死だろうか。
イヴィルはそれをただ無言で眺めていた。すると体に異変が起こる。
胸の奥からなにやら力が湧いてくるのだ。この感覚はレベルアップに近い。
だが通常よりも遥かに力が湧き出る。

Evil

Status Table

イヴィル（28才）

02

（スキル Skill）

カリスマ	Lv1	- 魅力に補正がかかる
精霊の加護	Lv8	- 精霊に好かれやすくなる - 好感度が上がると制限はあるが契約なしで精霊の力を行使できる

（ステータス Status）

レベル	47→52	魔力	198→224
身体能力	98→102	頭脳	63→67

（使役精霊 Familiar Spirit）

幻惑の精霊 - 幻覚再現（制限あり）

（使役精霊 Familiar Spirit）

束縛の精霊 - 拘束魔法（制限あり）

（使役精霊 Familiar Spirit）

飛翔の精霊 - 飛行魔法（制限あり）

（使役精霊 Familiar Spirit）

その他各属性の微精霊

（習得魔法 Mastered magic）

闇（束縛の精霊によるペナルティで使用不可）

（技術 Technology）

精霊使い　拷問耐性　飢餓耐性

Name: Evil　Age: 28

That is needed for a villainous aristocrat

レベルが50を超え、イヴィルは壁を一つ越えた。

剣聖という強敵を倒して逸脱者となったのだ。

「お疲れ様でしたボス」

どこからともなく声が聞こえてくる。

気持ちのこもっていない労《ねぎら》いの言葉にイラついたのか、もしくは声をかけた相手が嫌いなのかイヴィルは眉を顰《ひそ》めた。

「……なんの用だ豚野郎」

声の相手は小綺麗《こぎれい》なスーツを着た小太りの男。

ブラックフェアリー序列七位武器商人レッドアイ。

「いやいや、さすがボス。まさか本当にあの光の剣聖に勝っちゃうなんて！　いやいや私は信じていましたよ？　私、人を見る目だけはあるんですから。私一重で目はちっちゃいんですけど……くはー！　いやー、貴方についてきて苦節三年長かった。私もうオッサンになっちゃいましたよ。って誰がオッサンですか！　私はまだ四十八ですよ。にしてもまさかあのチンピラ同然の貴方がここまでの偉業を成すとは。『チンピラの俺が怪しい武器商人に会ったらいつの間にか国を乗っとってしまった件について』っていう小説が書けちゃうじゃないですか！　よっ、世界一!!　なーんて、言っちゃって――」

揉《も》み手《で》をしながら調子よくおべっかをならべるレッドアイ。

イヴィルもコイツは嫌いだが他国かどこか大きな闇組織にツテがあるらしく、そのおかげで安価で武器を大量に仕入れてくるため、非戦闘者であっても幹部の末席に置いている。

普段は聞き流すこのおべっかが今は非常に鬱陶しく感じる。

「おい」

「――でも私はお尻か胸か論争に一石を投じたい！　どちらも素晴らしい欠けてはいけないパーツであると！　えっ私？　私は勿論おへそ派です。だって胸もお尻も両手で摑めるのにおへそは一つしかないんですよ、泣ける！　ナンバー1にしてオンリーワンそれがおへそなんですよ！　私のおへそ見ますか？　もう男の子なんですから――グオッ」

話を止めないレッドアイに痺《しび》れを切らして鎖で拘束するイヴィル。

「用件だけ話せ」

「はっ、はい。もしよければそれもらってもいいですか？」

そう言った視線の先にあったのは剣聖の死体だった。

「……なにに使うつもりだ？」

「あの方にお渡ししようかと」

（あの方……コイツが取引している相手か）

レッドアイは信用に関わるからと決して交渉相手の名前を出そうとしない。

「好きにしろ」

「おお、ありがとうございます！　安心してください。むしろこちらにとってプラスになることばかりですから。ああそれと、向こうの方も決着がついたようですよ」

「そうか」

「ええ、向こうは皆殺し。酷いものですよ。それで周りにいる子供らはどうします？」

イヴィルが洗脳し、剣聖との約束で術から解放した子供達が怯《おび》え、不安そうな顔でこちらを見ている。

「邪魔だ。街に行って捨ててこい」

「あら珍しい、ボスが殺さないなんて。もしかしてロリコン？　きゃー！　私の貞操が狙われるー！」

「……テメェから殺してもいいんだぞ？」

「はい分かりました。捨ててきます、行ってきまーす」

レッドアイは機敏に動くと、子供達を連れてその場から去っていった。

何故殺さなかったのか？

それは分からない。

だが間違いなく剣聖の献身がイヴィルの心を動かしたのは間違いなかった。

「訂正するぜ、光の剣聖アイディール・ホワイト。お前は確かに英雄で豚野郎ではなかった」

第4章

レオーネ対バウト

This man has the charisma of absolute evil and
will be the strongest conqueror.
"Yes, I am a scoundrel. The best in this country."

That is needed for
a villainous aristocrat

レオーネ達王国軍は、第二都市城門前に本陣を置き敵の出方を窺《うかが》っていた。

この都市に入るための門は第一都市からの門が一つ。そして第三都市へと向かう際に使われる門が一つの計二つ。レオーネ達は後者に張っている。

敵の見えない間、レオーネは自身の天幕にて束の間《つかま》の休息をとっていた。

申し訳程度に置かれた粗雑な作りの椅子に座り、震える手を片方の手で押さえながら城から持ってきたお菓子をいただく。緊張しているのか味が全くしなかった。

ぐぅ～～～

お腹《なか》の鳴る音が聞こえてくる。

一応言っておくがレオーネではない。

ぐぅぐぅぐぅぐぅ
小刻みに鳴らせるとは器用なものだ。

音を鳴らした犯人は同じ天幕の中にいた。

レオーネは後ろに控えているメイドを見る。

「どうかしましたか王女様?」

素知らぬ顔でレオーネに返すそのメイドは、彼女より年下の獣人の少女。

アブソリュート・アークが連れてきたウルという名前のメイドだ。

一応同行させると認めた手前、ウルをどうするか考えた結果。レオーネの側《そば》に置くことになったのだ。

全くこんな幼い少女を戦場に置くなんて、やはりアブソリュート・アークは最悪だ。

連れてくるなら演習の時に連れてきていたマリアではないだろうか？　もしくは、この娘もマリア並みに強いというのか？

レオーネはチラリとウルを見て、逡巡《しゅんじゅん》させていた考えを一蹴する。

（……それはないか）

「今お腹鳴りませんでしたか？」

「鳴っていませんよ？」

嘘《うそ》だ。他に腹の音が鳴ったというのであれば、獣人という聴覚の優れた彼女が聞き逃すはずがない。それに、先ほどからレオーネの言動に表情を崩さず、淡々とした態度をとっていても彼女はチラチラと皿に載せられたお菓子を見ている。

ぐう〜

あからさますぎるその様子を本人はうまく誤魔化しているつもりなのだろうか。

「はぁ……食べますか？」

「けっ、けけけけ結構です！」

レオーネからの申し出にビクリとして、慌てて首を振るウル。

幼いと言っても一応はメイド。そのへんの分別はついているらしい。しかし、言葉では断っても視線はいまだお菓子の方へ向いている。

「ふふっ」

ウルの素直な反応が可愛《かわい》らしく思え、思わず笑みが溢《こぼ》れる。

ウルと話しているうちにいつの間にかレオーネの震えは止まっていた。

もう一度ウルに菓子を勧めようとしたその時——

ザワザワと天幕の外が少し騒がしくなってきた。

「失礼します！　王女様、敵が現れました！」

飛び込んでくるように天幕に入ってきた伝令によって現実に連れ戻される。

「分かりました。すぐに向かいます」

先ほどまでに解《ほぐ》れた気持ちが再び固さを持つ。

メイド《ウル》から近くに備えていた剣をもらい、フルフェイスのヘルムを被《かぶ》る。

「私はこれから戦場に行ってきます。貴女《あなた》はここで待機をしてください。それと、そこにあるお菓子すべて差し上げます。先ほど緊張を解してくれたお礼です」

そう言い残してレオーネは天幕を去った。

足取りは重かったが一つ重石《おもし》がとれたような気分だった。


レオーネ達が陣形を組んでいるところから数キロ離れた場所に、ブラックフェアリーの戦力は集結していた。

「あらら ぁ、ガッチリ騎士達で固めちゃって。これ、鶴翼《かくよく》の陣ってやつね。どうするバウト？」

ブルースは後ろに立つバウトに意見を求める。

イヴィルのいない今は序列二位であるバウトがリーダーだからだ。

バウトはさも興味ないといった顔をして腕を組んで佇《たたず》んでいる。

「どうもしない。俺は突撃するからお前らは死なない範囲で勝手にしろ」

「言うと思った。分かっているとは思うけど、相手は王国軍——強敵よ。光の剣聖や私を殺そうとした奴《やつ》もまだいるし、貴方《あなた》死んじゃうかもよ？」

「……光の剣聖は恐らくいない。ブルースをやった奴もだ」

「あら、そうなの？　貴方お得意の強者を嗅ぎ分けるってやつ？」

「ああ、雄の強者はいない。……が雌の強者がいる。誰か分かるか？」

「ん〜、女で強者って言ったらレオーネ王女かしら」

指を口元に当て、あざといポーズで考えた後ブルースは答える。勿論《もちろん》可愛くはない。

ブルースの答えを聞いてバウトは獰猛《どうもう》な笑みを浮かべる。その姿はまるで獲物を見つけた、飢えた肉食獣のようだった。

闇組織ブラックフェアリーの中で最も強く、そして闘いに焦がれているのがバウトだ。

彼は常に強者との闘いに飢えていた。

それゆえ、久しぶりに見つけた強者との闘いが楽しみで仕方ない。

「レオーネ王女か。あぁ楽しみだ……あの陣形のどこにいる？」

「多分一番奥じゃない？　王族だし」

「了解した。では行ってくる……邪魔をするなよ」

「いや、するわけないでしょ？　ほら行った行った」

ブルースの雑な返しに怒ることもなく、その言葉に背を押されるがままに本当にバウトは一人で敵陣の方へと歩いていった。

ブラックフェアリーの若い兵が、歩いていくバウトの後ろ姿を心配そうに見ながらブルースに問いかける。

「ブルース様、バウトさん一人で行かしていいんですかい？　さすがに死んじゃいますよ！」

「だぁいじょうぶよ。むしろついていかない方がいいのよ。——巻き込まれちゃうから」


レオーネと指揮官達は軍議用の天幕の中で情報を共有していた。現れたと聞いていた敵の情報にレオーネは困惑している。

「現れたのは、一人……ですか？」

たった一人で何ができるというのか。

もしかしたら降参を告げるための伝令役というのは虫のいい話だろうか。

「はい。それにあの者……アーク家の情報が確かであれば、敵幹部のバウトで間違いありません」

レオーネは記憶を辿《たど》った。

ブラックフェアリー幹部序列二位喧嘩屋《けんかや》バウト。

今回の戦いのなかでアブソリュート・アークがもっとも警戒していた人物。

確か、殲滅《せんめつ》系の強力なスキルを持っているとか。

殲滅系のスキルは対軍に特化したスキルで、使用者は少なくとも兵士百人に匹敵する力を持つと言われている。

あのアブソリュートが警戒していたなら、実際の能力がそのさらに上だったとしてもおかしくはない。

千、もしかしたら万……だがそれは本当にありえるのだろうか？

世の中には万に匹敵する力を持つ者は少なからず存在する。聖国の『空間の勇者』を筆頭にライナナ国の『竜人』、帝国の『悪女』そしてスイロク王国の『光の剣聖』。

正直、彼らに匹敵する強者がブラックフェアリーにいるとは考えにくい。

周囲からの意見を求められる視線にレオーネは応えた。

「そうですね。もし降参に応じないようなら戦闘開始の合図を……前線にいる騎士達には互いに距離を開けず複数で敵を相手するように伝えなさい。相手は拳闘士です。拳を中心に攻撃してくるのは明確です。距離を取るためにこちらからの攻撃は魔法を中心にして、敵にはなるべく近寄らないように注意を。それと、領主の護衛をしている光の剣聖に連絡をしてすぐにこちらに来るよう遣いを出しなさい」

　これからの指針が決まると各々持ち場に就くために指揮官達は戦場へと向かった。

（できることはすべて終わった）

　だがどこか拭えぬ不安がレオーネ王女を悩ませた。


　戦闘開始を告げるラッパの音が聞こえ騎士達は敵に向かって進軍を開始した。

「うおおぉぉぉぉぉぉぉぉー!!」

　己や味方を鼓舞する咆哮《ほうこう》を上げ士気を高める。

　標的は一人——大柄の男。

　男は舐《な》めているのか、押し寄せる騎士の大群へゆっくりと歩いて進んでくる。

　両者の距離、およそ五十メートル。

「魔法部隊、火球《ファイヤーボール》撃てぇ！」

「「「火球」」」

「間を空けずひたすら撃ち続けろ！」

五十人規模の騎士による中距離からの波状攻撃がバウトを襲う。

嵐のように降り注ぐ火球、本来なら黒焦げになっていてもおかしくないレベルだ。だが、火球を食らっているはずの男はその猛火のなか歩みを止めようとしなかった。

「嘘だろ……アイツ効いていないのか⁉」

戦場に動揺が走る。

あれだけの攻撃を受けてあの男は全く効いている様子がない。まるで風を受けているかのように何事もなく歩みを進めている。

ざわつく敵陣の様子にバウトは呆《あき》れることもなく、静かに答える。

「効いていないわけではない。お前らのレベルが足りないだけだ」

「魔法中止！　前衛部隊囲め」

前衛特化の部隊数百人が出陣する。

この前衛特化部隊は槍《やり》の扱いに長《た》けた者を集めた部隊だ。何故《なぜ》槍なのかは剣より単純にリーチが長く剣を主力とする現代においては相性が良い。加えてバウトに関しても拳で殴るスタイル、彼との相性は抜群にいいのだ。

バウトはすぐに槍を持った騎士達に取り囲まれる。

「刺せぇ‼」

指揮官の号令とともに一斉に槍がバウトに向けて突き出された。

三六〇度死角のないこの攻撃をくらえば、生きていても重傷。無事な者は化け物くらいだろう。

「おい……嘘だろ。なんで貫けないんだ?」

全力で突いたはずが槍はバウトの皮膚の上で止まってしまった。人であるはずなのに、その体は恐ろしく硬かった。まるで鉱石を槍で突いたかのような錯覚を受ける。

「痒《かゆ》いな」

それも仕方ない。なぜならバウトこそ、まさにその化け物だからだ。

「スキル【大地讃歌《だいちさんか》】」

バウトは全力で拳を地面に叩《たた》きつける。

その瞬間、まるで震災が起こったように大地が揺れ始める。バウトの周りの大地が裂かれ、大きな地割れが起こり、割れた付近にいた者を飲み込んだ。

「ぐあぁぁぁぁぁぁぁぁぁぁ!!」

戦場にいた者は、皆この光景を理解できずにいた。

彼を取り囲んでいたはずの前衛部隊数百人の陣が一撃で崩壊したのだ。

先程の咆哮による鼓舞が鳴り響いていた戦場は、まるで時が止まったように静まり返った。

一瞬で味方が半壊した光景が理解できず王国軍の兵士が固まっているのだ。

「待ってろレオーネ王女」

恐怖で静まる戦場で、バウトは真《ま》っ直《す》ぐと拠点を見つめて言った。

そうしてバウトは再び目的であるレオーネの下へ向かい歩き出した。

「さすがはバウト、無敵だわね」

前線に参加していないブラックフェアリーの面々は、少し離れた丘の安全地帯から、バウトの闘いを見物していた。

「すげぇ！　バウトさんかっけぇ！」

「一人で全滅できんじゃない？」

「味方でよかったわ」

バウトの奮闘で味方の士気がどんどん上がっていく。

敵を拳一本で蹂躙《じゅうりん》していくあの姿は圧巻の一言だ。

男達は強さに憧れを抱き、女は強靱《きょうじん》な体に心を震わせる。彼の闘いで皆が沸き立っていくのが分かる。

闘う姿で味方の士気を上げ、闘いへの恐怖を打ち消す。

これがブラックフェアリー序列二位、喧嘩屋バウトだ。

「バウトってね、人生で一度も喧嘩に負けたことがないのよ」

ブルースは近くにいる部下に話を振る。

「バウトさんもスラム出身ですよね？　いくら何でも、それはさすがに嘘ですよね？」

スラム街は奪い合い、騙《だま》し合《あ》い、そして最後には殺し合いに発展していく過酷な環境なのだ。

ブルースの言葉にさすがに嘘だろうと、聞いていた周りも訝《いぶか》る。

「さすがにガキの頃は誰しもボコられたぐらいはあるでしょ？」

「それがね、本当にないのよ。バウトは子供の頃から大人に負けないくらい腕っ節が強くてね。スラムの大人にも負けたことがないのよ。それでついたあだ名が喧嘩屋。喧嘩を職業にしているようなものだったからね」

「確かにこの光景を見てたらそれも頷《うなず》けますね。レベル、いくつあるんだ？」

「70」

「70⁉」

「自己申告だけどね。さすがに噂《うわさ》半分だと思うけど」

人類のレベルの上限は殆《ほとん》どの者が50程度だ。だが稀《まれ》にその境界を逸脱する者がいる。そういった者を【逸脱者】や【超人】と、この世界の者は呼んでいる。

アブソリュート・アークやヴィラン・アーク。

光の剣聖……バウトもその一人だ。

「そろそろ私達も行くわよ」

バウトを補佐すべくブルース達主力部隊が動き出した。闘いは更に激化していく。

「なんだあの化け物は……」

本陣にいる誰かがポツリと漏らした。

それは誰しもが抱いていたものだ。

武器や魔法といった攻撃が効かない。

何より強烈なのが一人で何百もの兵を相手にしていることだ。彼の拳は大地を割り、数多《あまた》の人間を飲み込む。まるで災害のようだ。この強さはまさに、一騎当千の戦士。

そんな異様な光景を目にして王国軍の士気が異常なほどに低下していた。

喧嘩屋バウト……認識を誤った。

彼は剣聖に並ぶ、万を相手にできる化け物だった。

このままではここを突破されるのも時間の問題だ。

「先生は……光の剣聖はまだ来ないのですか？」

その言葉を聞いて周りにいる大人達がなんとも言えない顔になる。

少し前に応援の要請を送ったはずだ。

もう少ししたら剣聖が来てくれるのではと期待していたのだ。

だがその希望は容易《たやす》く打ち破られることになる。

「王女様……剣聖様は来られません」

騎士団長が振り絞るような声で静かに言った。

先生が来ない？

それは何故？　理解が追いつかない。

「――!?　それはどうして？」

「じつは、数時間前に領主邸が何者かに襲撃されたとの報告がありました。剣聖様は賊を相手に一人で応戦されており、こちらへの増援は厳しい状況です。せめて、剣聖様が来られるまでは代わりに我々が王女様をお守りしようと思っていたのです……報告が遅れてしまい申し訳ございません」

「!?」

「これは、王女様に負担をかけまいと私の独断で情報を止めておりました」

騎士団長は決して悪気があったわけではない。

なにしろレオーネ王女は、今回が実質的な初陣である。

傍《はた》から見たら気負っているのは一目瞭然であり、これ以上はレオーネがプレッシャーによって潰れかねないと危惧しての決断だった。

だがレオーネは、それを『自分が頼りないからだ』と曲解して受け取ってしまう。

自分が皆から信用されていないから、何も知らされなかったのだ。

悔しさを紛らわすために無意識に爪を噛《か》む。

ここに来て何度も噛み続けた彼女の爪はボロボロだった。

（大丈夫、切り替えて今やるべきことをやらなくちゃ）

剣聖が来られないならこの中で一番強いのはレオーネだ。

今こそ王族としての務めを果たせと心が言っている。

「私が出ます。皆さんは残った兵をまとめて撤退してください。このままでは無駄死にです」

「なにを仰《おっしゃ》るのですか！　いけません！」

「お止《や》めください！」

天幕にいる騎士達はレオーネを止める。

レオーネの実力は分かってはいるが、あの化け物《バウト》は次元が違う。アレはもはや災害なのだ。人の手に負えるものじゃない。

「行くなら私どもが行きます。王女様お逃げください！」

騎士達は食い下がるがレオーネは聞く耳を持たなかった。

「私はライナナ国で奇襲に遭い一度死にかけました。ですが、その時仲間の一人が自らを犠牲にすることで他の者は生き残りました。その一人は幸い無事でしたが、あの時ほど己の無力を呪ったことはありません。もう、誰も死なせたくないのです」

ライナナで己の無力さ、命をかけた勝負の怖さ、そして命の重みを知ったのだ。

負けると分かっていても、王族として皆の盾になって逃げる時間は稼いでみせる。そうレオーネのなかでは固い決意に変わっていた。

（――後のことは、お兄様がなんとかしてくださるだろう。先生……私は貴方の言った通り皆のために戦います。これでいいんですよね？　私逃げませんよ、みんなのために戦って死にます。

これが…………正しいんですよね？）

「分かりました。では私がお供いたします。他の者は撤退しろ」

「そんな……騎士団長！」

「どのみち私は残るつもりでした。王女様、貴女の献身に感謝いたします」

話し合いの結果、レオーネと騎士団長、同じく残ることを申し出た数人の騎士と兵を残して撤退することになった。そして、いざとなったら王女を逃がすと騎士団長に強く説得された。

私達は戦場を馬で駆けた。

騎士団長を先頭にして、中央に私。そして両端に騎士を置き三角形の陣形だ。

近づくと馬上でも見上げてしまうほど、あの化け物《バウト》は大きかった。

「残るはお前らだけか……」

「賊ごときがよくもやってくれたな。覚悟しろ、スイロク王国軍騎士団長ギルス・パーシアス、参る！」

馬で駆けながら抜剣する。

馬を使って機動力で掻《か》き乱《みだ》しながら時間を稼ぐ作戦だ。

二手に分かれ騎士団長とレオーネで左右を挟みバウトに挟撃を試みる。

両端から繰り出される横薙《よこな》ぎの一閃。

バウトは驕《おご》り、それを避《よ》けようとすらしなかった。

騎士団長の一撃はバウトの体を傷つけることなく皮膚の上で剣が止まる。

だが、レオーネ王女は違った。

レオーネの一撃はバウトの首を浅く傷つけた。

ここに来て初めてバウトは血を流す。

部位が部位だけに小さな傷でもかなり出血しているが問題なさそうだ。

「ほう、そこの女は少しだけやるようだな。レベルにして40いくかいかないかくらいか？　レベルが50近くあったら死んでいたな」

「私を忘れるな！」

騎士団長がバウトの眼球目掛けて突きを放つ。

眼球などの弱い部分なら、と勝機を探っていたのだ。

だが――

「邪魔だ」

バウトは騎士団長を、まるで蚊トンボを払うかの如《ごと》く剣が届く前に殴る。

すると、拳を振り切るままにギルスの首から上がなくなっていた。

「そんな……ギルス騎士団長────!!」

「次はお前の番だ」

「っ!」

レオーネはヒットアンドアウェイを繰り返しながら、なんとかバウトの体に傷を増やしていく。

『もしかして勝てるのでは?』

そう錯覚した瞬間、レオーネの心を折りにくる。

バウトはレオーネの攻撃に対し、剣の刃を指でつまみ白刃を止めて防いだ。

「嘘でしょ……なんで──」

こんなでたらめなことがあってよいのだろうか。

スピードでは模擬戦でも、国の騎士団の精鋭含めて随一と言われたレオーネの剣をいとも簡単に防いだのだ。目の前で起きている状況に目を剝《む》く。

「惜しいな……時間稼ぎのつもりだったのだろうが、狙いが露骨すぎた。こちらから隙を作ってやればこんなことは造作もない。まぁ、お前に俺と戦う気があれば少しは楽しかっただろうがな」

バウトが正拳突きを放つ。

ただの正拳突きではなく、確実に仕留めるための一撃だ。

(あっ死んだ)

目の前の光景がスローに見え、己の死を自覚した。

命を刈り取ろうとする死神の鎌のごときバウトの拳がゆっくりとレオーネに向かってくる。

（恐い――）

死の淵《ふち》に立たされたレオーネは恐怖で頭がいっぱいになる。

（あぁ、嫌だ――死にたくない）

瞬間。目の前で二つの影が拳とレオーネの間に割って入った。残った騎士の二人だった。

二人はレオーネを突き飛ばし自分達が身代わりになろうとしているのだ。

『駄目――逃げて！』

だが、言葉が出なかった。

彼らの行動は、かつてレオーネのために命を捨てようとしたライナナ国の友人、ミスト・ブラウザを彷彿《ほうふつ》とさせた。

徐々に迫る拳が二人の騎士の上半身から上を吹き飛ばした。

その後ろにいたレオーネは打撃を逃れたが、拳圧で数十メートル先まで吹き飛ばされる。

着地の時に頭と背中を強く打ちそのまま意識を手放した。

レオーネとバウトとの闘いは勝負にもならず決着した。

闘いはあっけなく終わった。

少し暴れただけで王国軍の心が折れ、生きている者は皆、遁走《とんそう》していった。

バウトは残された王国軍の陣地へと歩を進める。

兵士は遁走したがまだ強者の匂いはそこにあるからだ。

「王国軍が逃げ出しても大将は逃げないか……。傲慢で愚かな考えだが、嫌いではない」

バウトはこれから起こる闘いに胸を躍らせる。

バウトは匂いのする方へと歩いていくと、他のものより大きな天幕に行き着いた。

「失礼する」

敵とはいえ女性の天幕に入るのだ。断りを入れて中に入る。

するとそこにいたのは――

「もぐもぐ、うまうま」

お菓子を口いっぱいに放り込んだ獣人のメイドだった。

「メイド……聞いていた話と違うな」

バウトは目の前の光景に僅かに動揺した。

王女と思っていた相手がじつはメイドで少女？

いやメイドに扮したレオーネ王女か。

確か歳《とし》は十五くらいと聞いていたが、思っていたよりも遥《はる》かに幼く見える。いや、女性はメイク次第でいくらでも歳は誤魔化せると聞いたことがある。相手を油断させるための罠《わな》かもしれない。

「ぱくぱく、むくむく」

それに己の嗅覚はこの娘を強者だと認めている。

この状況でひたすら食に没頭できるのも大物だからだろう。

とりあえず戦えば分かるか。

「失礼する。レオーネ王女」

「むしゃむしゃ、ちゅるちゅる」

「俺と手合わせ願いたい」

「もぐもぐもぐもぐもぐもぐもぐもぐ」

（ブチンッ）

ガシャン！

「あっ……」

イラついたバウトはお菓子の載っているテーブルを蹴り倒した。地面には大量のお菓子が散乱する。バウトはそのお菓子を踏みつける。

「ウルのお菓子……」

「俺と手合わせ願いたい」

メイドは俯《うつむ》き震えている。

見込み違いか……そう思った瞬間――

「ふん！　ふん！　ふん！」

鋭いパンチの連打がバウトを襲った。

「ぐおおォォォォォォ！」

咄嗟《とっさ》にガードに入るが予想外の威力に体が天幕から出てしまう。ガードした腕にジンジンと痛みが広がっていく。

「俺が押し出された⁉」

予想外の不意打ちだった。

だがそれ以上に目を見張る威力がそこにあった。

「よくもウルのお菓子を……絶対に許さないの」

向けられる強者からの殺気にバウトの体が歓喜していた。

久しぶりに本気で暴れられると。

メイドはバウトに向かって駆け出してくる。

「ふははは！　いくぞ、鬼殺し拳！」

バウトは力強く正拳を突き出し、拳圧でメイドを攻撃する。だが、メイドはより姿勢を低くすることでそれを回避する。

空を切ったバウトの拳圧で天幕が中の二人を置き去りにして勢いよく吹き飛んだ。

二人の通常の身長差は二倍近くある。

メイドが姿勢を低くしたことでよりお互いの体高に差が広がり、目標物をとらえ損ねた拳は空を切り大きな暴風を生んだ――そして他にも効果がある。

「――!?　消えた！」

目線の高いバウトからはメイドが消えたように錯覚した。その隙をついてメイドはバウトの懐まで距離を詰めた。

「下か!?」

「遅いの！」

メイドの全力の拳がバウトの鳩尾《みぞおち》へと突き刺さった。

初めて味わう苦しみに膝から崩れ落ちてしまう。

「ぐうぅう、砕！」

メイドは瞬時に距離を取り、寸前に放たれたバウトの攻撃をかわす。

「むぅ～硬くて手ごたえがなさすぎるの」

「くくっ、くくくく、ふはははははは」

バウトは歓喜の笑い声を上げる。

「これだ！　このような闘いを望んでいた！　感謝する、レオーネ王女。想像以上だ‼」

「レオーネ王女？　何言《い》ってるの？」

「先程の身長差を活かしたクレバーな体運び。相当実戦経験を積んでいるな、レオーネ王女！」

「だから、レオーネ王女じゃないの。耳悪いの？　ご主人様に治してもらえるよう頼んであげようか？」

「それにその無駄な動きのない体術！　良い師に恵まれているな！　光の剣聖は体術も教えているのかレオーネ王女‼」

「いやだから、違っ――」

「なによりレベルが高い！　スイロク王国の王族がこれほどレベルが高いとは思わなんだ。さぁ続きを始めようレオーネ王女――命をかけて！」

「……私ってじつはレオーネ王女なの？　なんか頭痛くなってきた」

バウトはひとしきり笑った後、先程までの雰囲気とは打って変わり真剣なものになった。

先程まではなかった殺気が針のようにメイドの肌に突き刺さる。

メイドの耳と尻尾の毛がザワリと逆立ち、獣人特有の獣の本能がバウトによる殺意と危険を鋭敏に感じ取った。

「コイツ……かなりヤバい？」

バウトを強敵と判断したウルは袖口から仕込んであった武器を取り出し装着する。それは杭《くい》のような鋭い突起のついた凶悪なデザインのメリケンサックだった。

本来の機能である殴打に代わり、刺突に特化している。それゆえより殺傷にも長けており、明らかにウルはバウトを殺す気だった。

「随分物騒な武器だな」

「さっさと終わらせて帰りたいから、これで終わらせるの」

二人はバチバチと睨《にら》み合う。

一触即発の空気の中、ふとそこでバウトの数十メートル後方にグッタリと倒れている本物のレオーネ王女の姿がウルの視界に映る。その時、アブソリュートとの約束を思い出す。

『レオーネ王女だけは生きて連れ戻せ』

「…………」

「ん？　なんだやらないのか？」

ウルから闘気が揺らぎ、不思議に思ったバウトは声を掛ける。

その問いかけに返さず、アブソリュートの命令を思い出したあと、少し考えてウルは撤退を決めた。

「やっぱ戦うの止めるの。面倒だから追ってこないでね」

メリケンサックをしまい戦闘モードから切り替えると、バウトの横を通り抜け倒れているレオーネ王女を背負い、その場から姿を消した。

　バウトは二人が去っていくのをただ見守っていた。

「退《ひ》き際《ぎわ》も弁《わき》えて《ま》いるか……やはりさすがだ。レオーネ王女」

　二人が去ったあと、遠くからブルース達が来るのが見える。

　恐らく合流されるとキツいと判断したのだろうとバウトは考察した。

「お疲れバウト。なんかいい顔してるわね」

「あぁ、レオーネ王女は想像以上だった」

「えっ、そんなに？　確かに強かったけど、貴方が満足するほどだったかしら」

　ブルースとバウトの思い描いているレオーネ王女は同じではない。故にそれに気づいていないバウトはブルースに苦言を呈した。

「お前の目は節穴だな。がっかりだ」

「えぇぇ……」

「ああ、レオーネ王女。次は決着をつけよう」

　そう言い残してバウトは第二都市へと向かった。

第二都市は第三都市のような阿鼻叫喚《あびきょうかん》——とまではいかなかった。

第三都市を盛大に襲ったのは示威行為に過ぎなかったからだ。加えてまた同じことをするにしても時間がかかりすぎる。

故に、領主とその家族、騎士団長の首を掲げることで住民に恐怖を植え付け、反乱の感情を殺し、従わせ支配した。

ウルが撤退に成功した頃、アブソリュートは城の部屋の中で寛《くつろ》いでいた。

豪華な作りをしたソファに座ってひたすら読書に邁進《まいしん》する。正直、レオーネ王女達には悪いが休暇と思っていた。

「アークさん、そんなに寛いでいていいんですか？　シシリアン王子から国王を殺害した犯人を突き止めるよう言われているんでしょう？」

交渉屋がだらけているアブソリュートを見かねて声をかける。

そう、アブソリュートはレオーネ王女に同行を拒否された結果、シシリアン王子から国王を毒殺した犯人を探せと言われていたのだ。

にもかかわらず、アブソリュートが何もせず部屋で余暇を満喫しているのには理由《わけ》がある。

「そんなもの無理に決まっているだろう。探すだけ時間の無駄だ」

アブソリュートは諦めていたのだ。

いくらシシリアン王子からある程度裁量をもらっていたとしても、他国の人間であるアブソリュートには見せられないものは当然あるわけなので、情報が不足しているそんな中で無駄な足掻《あが》きをしたくなかったのだ。

「それに私の見立てでは犯人はかなり高位の人物で、協力者も大勢城にいるはずだ。証拠隠滅も口裏合わせも完璧だろう。それでも強いて容疑者を挙げるなら、宰相。またはシシリアン王子の自作自演、そしてその婚約者のビスクドール、大穴で外部からの暗殺者ってところか」

「なるほど……大変興味深い意見を聞かせてもらったよアーク卿《きょう》。だが、できれば寛ぐなら自分の部屋に行ってくれないかい？　ここは一応執務室で、君に見せられない書類もあるんだが……」

大きな執務用の机からシシリアンは困った顔をして言った。

そう、アブソリュートが寛いでいたのは与えられた自室ではなく、シシリアンが仕事をしている執務室だったのだ。

シシリアンをサポートしているビスクドールも容疑者扱いが不愉快だったのか、鋭い目つきでこちらを睨んでいる。

「断る。一応護衛という名目で城に残っているのだ。私の間合いからは決して出さないぞ。少し離れたところを犯人は狙ってくるかもしれないからな」

悪びれることもなく、本を読みながらアブソリュートは答える。

原作ではシシリアンの暗殺はなかったが、アブソリュートとしてストーリーに干渉しているためイレギュラーが起こる可能性も充分ある。

だからこそアブソリュートは万全を尽くして警護に臨んでいるのだ。

「この部屋には僕とビスクドールしかいないから平気だよ」

「忘れたのか？　その女も容疑者の一人なのだぞ？」

「貴方いい加減にしてください。怒りますよ」

ビスクドールは声に僅かに怒気を含ませる。

「気を悪くしたか？　今の私は疑うことが仕事なのでな。嫌なら聞き流せ」

部屋の空気が悪くなる。

シシリアンは苦笑いを浮かべるしかなかった。

すると部屋の外がにわかに騒がしくなる。

ドアをノックする音が部屋に響く。

念のためにアブソリュートがドアを開けると、顔に焦りの色を滲《にじ》ませる執事の一人がそこにいた。

「シシリアン様！　レオーネ様がお戻りになりました！」

急報は出陣していたはずのレオーネ王女の帰還の知らせだった。


レオーネ王女の帰還を知ったアブソリュートは彼女のいる医務室へと向かう。話ではかなりの重体と聞き、この城の重い空気感からして恐らく作戦は失敗したのだろう。

医務室へと向かう道中、見覚えのある姿が目に映る。

「あっ！　ご主人様！」

ウルだった。

アブソリュートを見つけたウルはパタパタと尻尾を振りながら主人に向かって走ってくる。

「ただいま戻りました！」

元気よく帰還を告げるウル。

見たところ大きな怪我《けが》等はないようだ。

「よくレオーネ王女を連れて戻ってきたな」

「えへへ」

褒めると嬉《うれ》しそうに笑顔を見せるウル。

「戦場はどうだった？」

「気づいたら蹂躙されてたの！　地面もボコボコになってて、災害が起きたみたいになってました！」

「……そうか」

話を聞く限りそれをやったのは喧嘩屋バウトだな。ブラックフェアリーの中でもっとも厄介な男だ。アイツのスキル【大地讃歌】は大地を振動させ地割れを起こすヤバイ効果を持っている。

加えて彼は高レベルのパワー特化型の拳闘士だ。原作において勇者、マリア、アリシア、聖女、レオーネ王女と王国軍が協力してなんとか勝てた怪物だ。

（原作ではアイツのスキルを封じてこちらに有利な状況を作ったから勝てたんだよな。……やはり私が行っていればな）

「私はレオーネ王女に用がある。ウルは部屋に戻って少し休め。少しだが菓子も用意してある」

「わぁ、ありがとうございます。ご主人様！」

ウルはウキウキしながら部屋へ向かう。

それを見送ったあと私はレオーネ王女の下へ向かった。

意識不明の重体で戻ってきたレオーネは医務室に寝かされ治療を受けていた。

「回復魔法《ヒール》」

先ほどから幾度か回復魔法を受けているレオーネ。だが、傷が酷《ひど》いのか顔色が悪いままだった。

シシリアンは手を握り妹の無事を願う。

「私ではこれが限界です。上級くらいの回復魔法でないとこれ以上は……」

今のレオーネの容体はかなり悪い。全身の骨折に加え、一部内臓にまでダメージがありただの回復魔法では精々応急処置が限界だった。

「……そうか」

深刻な雰囲気が流れるなか、医務室に一人の男が入ってくる。

「邪魔をする」

入ってきたのはアブソリュート・アークだった。

「なんですか貴方は！　今は治療中です。出て行ってください！」

部外者の立ち入りに憤慨する神官。

それをシシリアンは手で制止する。

「容体はどうだ？」

「悪いね……これ以上の治療は上級クラスの回復魔法でないと厳しいらしい。少なくともスイロク王国ではそんな人は知らない。ライナナ国の聖女ならあるいは……って感じかな」

疲れ切った顔でそう答える。

自分も体が弱いのに他人の心配とは……兄妹《きょうだい》だな。

「上級なら問題ないんだな？」

「……何をするつもりだ」

アブソリュートは寝ているレオーネの手を握る。

「ちょっと貴方！　何を――」

「黙っていろ。上級回復魔法《ハイヒール》」

先程の回復魔法とは比にならない魔力がレオーネを包み込む。

「ははっ、これは凄《すご》い！」

「ちょっとどいて！　嘘でしょ……本当に上級回復魔法⁉　高レベルかつ回復魔法の才能のある人しか身につけられないはずなのに……」

レオーネの顔色が戻ったことを確認すると、信じられないと言いたげな顔でアブソリュートを見る神官。

シシリアンはそれを面白そうな顔で見ていた。

「彼はライナナ国から来てくれた援軍アーク卿だ。貴族だから口の利き方に気をつけた方がいいですよ」

シシリアンの言葉に顔を青くする神官。

「も、申し訳ありませんでしたー!!」

「失《う》せろ」

「ひっ、失礼しましたー!」

コントの如く颯爽《さっそう》と去って行った。面白い神官だ。

「でも目を覚まさない、レオーネ……」

「レオーネ王女がこの状態だということは、第二都市はどうなった?」

シシリアンはその問いに首を横に振ることで応えた。

つまり陥落したと。

「防衛していた王国軍は壊滅。少しは帰ってきたけど、問題はメンタルだ。恐らくすぐには戦えない。加えて、領主を守っていた光の剣聖は敵に連れ去られたらしい」

アブソリュートは内心で舌打ちをする。

(クソッ! 剣聖が負けるなんて……原作通りになってしまった。あのイベントが発生してしまう)

「レオーネ王女のことは私に任せろ。王子は王子のすべきことをしろ」

「……そうだね。悪いが妹を頼むよ」

シシリアンが部屋から去り、医務室にはアブソリュートとレオーネ王女の二人になる。

「…………………」

「行ったぞ。そろそろ狸寝入《たぬきねい》りはやめろ」

「…………なぜバレたのですか？」

アブソリュートの指摘に観念したのかレオーネ王女は目を開け、上体を起き上がらせた。

「会話に反応していたからな。自分の名前が出るたびに反応していたからバレバレだ。それで、なんで狸寝入りをしていた？」

「……言いたくありません」

「目を覚まさなければ闘いに行かなくて済むからか？」

レオーネ王女は目を見開きアブソリュートを見る。どうやら図星のようだ。

「貴方……どうして」

「お前のような心の折れた人間をたくさん見てきたからな。あとはただの憶測だ」

「……私は民を守りたかった。だからこの国に帰ってきたんです。でも――」

レオーネ王女は声を震わせながら精一杯言葉にしようとしていた。

アブソリュートはそれを黙って聞いている。

「私は何一つ守れなかった。貴方が殺した人質の子供も私が強ければ守ることができた。私が負けたせいで多くの国民が傷つくことになる」

「……お前はよくやったと思うぞ」

「っ!?」

　アブソリュートの慰めが気に障ったのか、レオーネ王女は突如アブソリュートの服を掴《つか》んで自身に寄せ、睨み付ける。

「嘘ですね……どうせ、心の奥では口だけの女と嘲笑《あざわら》っているのでしょう？　あれだけ貴方を否定したにもかかわらず、何も守れなかったのだから……」

「………………」

「私だって、本当は怖いのにそれを押し殺して頑張ったんですよ！　皆が私に期待するから、それに応えようと必死だった！　なのに……何も…………守れなかった」

（……原作と同じ展開だ。流れはかなり違うが、結局は同じ結末に集約している）

　レオーネ王女は良くも悪くも善良で普通の少女だ。だが王族として生まれた彼女は普通に生きることを許されなかった。生まれた時から彼女には王族としての責務、国民の命、期待、これらの重圧が乗っていた。

　これまでは自分が背負ったものに気づかずに生きてきたが、運命はそれを許さなかった。『ライナナ国物語』の原作イベントで主人公と共に彼女は己の器以上の働きをして責務をまっとうしようと足掻いた。

だが、彼女は最後、作者による鬱イベントで、己の守ってきた者達により心が壊されてしまうのだ。

アブソリュートはそれを変えようとした。

だが、原作を覆すことはやはり容易ではないようだ。

鬱イベントが始まることは確定し、これからレオーネ王女には更に困難や苦痛が待ち受けるだろう。

それでもアブソリュート・アークのすべきことは変わらない。

私がすべて背負おう。

これから来る彼女の痛みも罪もすべて——

「レオーネ王女。まだ闘う意志は残っているか？」

「……無理です。私は闘えません」

下を向いたまま否定するレオーネ王女。だがアブソリュートは知っている。原作の彼女はどんなに壊れても、他人のために剣を振るうほど根っからの善人だということを。

「いや、お前はまた闘う。目の前に守るべき存在がいる限り何度でもな」

「…………………」

「もし少しでもお前の心に闘う意志が残っているのなら、私が力になってやる」

「えっ？」

「私のすべてを使ってスイロク王国を、お前を救ってやる」

「信じられません。貴方にはなんの得もないのに、どうして……どうしてそこまでしてくれるのですか？」

レオーネは困惑した。

悪党で知られるアブソリュート・アークが自分を助ける理由が思い当たらない。

思えば、アブソリュートは初めからヤケに協力的だったと思い返す。援軍の依頼も当主不在を理由に断ることも出来たのに受け、賊の集団からレオーネを助け、敵の情報を惜しげもなく開示しレオーネ達を助けた。

一体何故──

「それはお前がミスト達を助けたからだ」

「ミスト君を助けた……って演習の時の？」

「ああ。お前はさっきなにも守れなかったと言ったが、お前の善意で私の仲間は救われた。だから助けようと思った。それが理由だ」

「分かりません。私のほうこそ彼らには助けられたのに……」

「お前がどう思っているのかは知らない……だが、貴女の善意がこのアブソリュート・アークの心を動かした。だから私はここにいる」

「────ッ」

レオーネの顔に一筋の涙が流れる。

自身の行いを認めてもらえて、どこか報われたような気がしたからだ。

「それにな、私は悪だがこうも思う。貴女のような善人はきちんと報われるべきだと」

普段冷血かつ無口なアブソリュートがレオーネにかけるこんなにも心のこもった言葉は、彼女の心の氷を溶かしていく。

普段の彼を知っているからこそ、この熱い言葉が本心からくるものだと理解し胸に刺さるのだ。

「レオーネ王女、もう一度聞く。貴女の心にまだ闘う意志は残っているか？」

「…………」

「それでもまだ立ち上がれないというのなら――すべて私に任せろ」

「……闘います」

レオーネは燃え尽きかけていた闘志を再び燃やし、もう一度闘うことを誓う。

「私に力を貸してください！」

真っ直ぐアブソリュートの目を見つめるレオーネ王女。そこには先程の弱々しさはもうなかった。

「無論だ。だが、既に第二都市も敵の手に落ちた。状況はかなり悪いぞ」

「分かっています。でも何か考えがあるのでしょう？」

「ほう」

何か吹っ切れたのか急に逞《たくま》しくなったレオーネ王女。

（ここにきて一皮剝けたか）

「あぁ。これにはレオーネ王女の力がいる」

「私に出来ることならなんでもします」

「それは頼もしいな」

レオーネ王女からの協力を得られたアブソリュートは作戦の概要を伝えた。

(これからが本当の闘いだな。早く来い悪役ども——ここからはラスボス《アブソリュート・アーク》が相手だ)


第二都市陥落の知らせを受け、緊急に開かれた宮廷会議は荒れに荒れる。

派遣した王国軍は壊滅。第二都市は反乱分子の手に落ちた。

加えて、もっとも王国側の士気を下げたのが英雄である光の剣聖が敗北し、生死不明の状態であることだ。

民には情報を統制しているからなんとか混乱は免れているが、それもいつまで持つか。

「全戦力をもって叩き潰すべきだ!」

「既に一度軍を派遣して敗北しているのに本当に勝てるのですか?」

「他国への亡命という選択肢もあるのでは?」

「祖国を捨てる気か！　恥を知れ！」

　混乱を極める会議室だったがある人物が入り、その場の空気が変わる。

　その場に現れたのは重体の身で帰還したレオーネだった。

「王女様⁉　お体は大丈夫なのですか？」

「ええ、アブソリュート・アークの回復魔法で元通り回復しました。これでまた戦えます」

　そう答えるレオーネを見て周りの者達は感嘆の声を上げた。明らかに出発前のレオーネとは面構えが違っていた。今の彼女には戦う王族としての自信と覇気を感じる。

　妹が纏《まと》う空気の変化にシシリアンは驚き見つめていると、レオーネが真っ直ぐと兄に視線を移した。

「お兄様、今の状況を教えていただけますか？」

「あ、ああ。王国軍が敗北したことで第二都市はブラックフェアリーに占領された。加えて光の剣聖が敵のリーダーに敗北して行方が分かっていない」

「…………」

　辛《つら》そうな顔を見せまいと歯を食いしばり耐えるレオーネ。本当に強くなったとシシリアンは内心成長を喜んだ。

「奴らの次の目的は王都だ。だからその対策を練っているのだが、収拾がつかず今に至る感じだ」

「なるほど、ありがとうございます。まず前線に立つ身としての意見を聞いてください。〝戦いましょう〟。そして勝つのです」

はっきりと、そしてブレない意志を感じさせる言葉に周囲の顔色が明るくなる。

周りはレオーネに賛成する者が過半数を占めている。

そこに宰相が割って入ってくる。

「さすが王女様。私も戦いたい気持ちはあります。ですが王女様、戦うと言いましても王国軍の主力は敗北したせいで壊滅しました。今の私達に勝てる算段でもおありなのですか？」

嫌味な言い方でレオーネを責める宰相。

その発言は、だいぶ周りの顰蹙《ひんしゅく》をかった。

「はい。私に考えがあります」

そう言ってレオーネは作戦内容を皆に説明した。

皆あまりの内容に開いた口が塞がらないようだった。

「ちょっと王女様！　さすがにその作戦は承知できません」

「そうです！　あまりに危険すぎます」

レオーネからの作戦案に反対の声が上がる。

「皆さんのお気持ちも十分理解できます。ですが、戦場を体験した身として言わせてもらえばブラックフェアリーは本当に危険なのです。皆さん、一人で数百人以上を相手にする化け物に平地で勝てると思っていますか？」

「むぅ……」

「実際に私達は敗北しました。彼の殲滅級のスキルは危険です。ですが、私が先程言ったこの作戦なら彼のスキルを封じることができます」

「確かに…………」

「悪くは、ないのか？」

時間が経《た》つにつれて、ポッポッとレオーネを支持する者が増えていく。

他に代案もなく、最終的にレオーネの案に決まった。

「この作戦には皆さん一人一人の力が必要です。皆さん協力をお願いします！」

「「「はい！」」」

「むぅ……」

「宰相も協力してくれますよね？」

「分かりました。我が家に伝わる最強の固有魔法を見せてやります」

皆の意見がまとまり対策が決まった。

ブラックフェアリーが来るまであまり時間がない。

各自、急いで準備に動き出した。

第5章

王　都　襲　撃

This man has the charisma of absolute evil and
will be the strongest conqueror.
"Yes, I am a scoundrel. The best in this country."

*That is needed for
a villainous aristocrat*

完全に日が落ち、辺りが闇に染まった夜、ブラックフェアリーは最後の砦《とりで》である第一都市王都まであと数キロの場所まで迫っていた。見せしめとして第二都市の領主と、その家族を民衆の前で殺害し、民の反抗する気力を削《そ》いだことで侵攻はさらに容易になった。

イヴィル、ブルース、バルトの三人は阿鼻叫喚のその様子を特等席からながめるように観ていた。

そして、王国側が今回の敗北を経て混乱しているだろうことを見越して、第二都市陥落後は一部の配下を残し、主体メンバーはハイスピードで進軍をしたため今に至る。

今、ブラックフェアリー側の士気はかなり高い。

前回の闘いで王国軍、並びに英雄光の剣聖に勝利したことで幹部の強さを見せつけてやれたのが要因だろう。そこに第二都市制圧は、彼らに完全勝利の空気を感じさせた。

「おい、これはどうなってる?」

先頭を進んでいたイヴィルは目の前の予想外の出来事に驚いた。

イヴィルだけではない。ブラックフェアリーの大半がこの光景を見て動揺している。

王国軍は、王都を守るためにあらゆる手段を取るだろうと予測し、相手に準備する時間を与えないために疲れを押して進軍を強行したというのに——

「王国軍がいない?　しかも親切に門も開いてやがる」

門の周辺どこにも王国軍の姿はなく、加えて開門していた。

まるで自分達を歓迎しているかのような、そんな光景に違和感を覚えた。これでは入ってくださいと言っているようなものではないか。

「ここまで明け透けに誘ってくるとはな。王国側も味な真似《まね》をする」

横でバウトが嬉《うれ》しそうに口にする。

誘われているのは間違いない。

「え～？　諦めただけじゃないの？　打つ手なしだから最後は潔くみたいな？」

「どちらでもいい。まだ闘う気があるならその時は捻《ね》じ伏せるだけだ」

イヴィルの言葉にブルースとバウトは同意する。

二人は既に覚悟ができている。最後までイヴィルについていく、そう心に決めているのだ。

「おいバウト、テメェが先頭を行け。無駄にデケェんだから壁になれ」

「……承知した」

ブラックフェアリーの面々は次々と門をくぐり王都に侵入する。初めは待ち伏せを警戒していたが本当に何もなかったのだ。

「どうする？」

「……予定通り王城へ向かう。行くぞ」

無人の通りを歩いていく。夜なのもあるが街には誰もいない。恐らく逃げたか家の中で震えているのだろう。

しばらく歩くと目的地であるスイロク城へと辿《たど》り着《つ》く。スラム街から出たことのない者達はこの壮大な城に感嘆の声を上げる。こんな間近で見ることなんて今までになかったからだ。

「これから城の敷地に入るってのに、ここでも開門しているのか」

「どうやら敵は城の中を戦場にすることを選んだようだな。なんと大胆な」

「背水の陣ってやつね。自分でもう後がないって言っているようなものじゃない」

城門をくぐり抜け城の中に入る。

目標は王族がいるであろう三階にある玉座の間。

「行くぞ。こっちだ」

まるで場所が分かっているかのように歩を進めていく。入り口から見て正面にある階段を上り二階に上がる。そこから三階に上がる階段を目指し進んでいくなか、ついに敵に遭遇する。

前方には待ち構えていた数十人規模の部隊が配置されていた。

「来たぞ！　絶対に通すな！」

「「おおっ‼」」

王国軍は抜剣し、絶対にここは通さないと牽制《けんせい》する。

人数ならばブラックフェアリーが勝る。だが闘う場所が通路となると一度に闘う人数が限られてくるうえ、正面から突破せざるをえない。

「バウト、スキルで蹴散らせ」

イヴィルはバウトにスキルを使って地割れを起こすよう命じ、全滅を試みる。

しかし、大きな拳を受けた廊下の床は衝撃で直径一メートルのクレーターは作れど、亀裂と破壊は生まなかった。

「無理だな。地面にしか効果がないゆえ室内では使えない」

「ちっ……使えねぇ」

「後ろからも来たわよ」

「挟み撃ちか！　なら正面突破だ。後方にいる奴《やつ》らは後ろの兵を足止めしろ！」

前方で待ち構えていた敵はバウトやイヴィルといった力自慢が相手をしていく。対多数用の攻撃手段を封じられたブラックフェアリーはひたすら一対一を強いられる羽目になる。

予想外の足止めを食らっているせいで王国側の援軍がどんどん集まってくる。

「室内に誘ったのはバウトのスキルを封じるためか。豚どもが、考えやがる」

「後ろからどんどん来るぞ！」

「っち！　ブルースお前こいつら仕切って足止めしろ！　俺とバウトでだけで仕留める」

「分かった！」

後ろから来る敵をブルース達に任せて、バウトとイヴィルは道を塞ぐ数名の兵士を殺し、開かれた隙間から目的地へと走った。

目的地の玉座の間の入り口が目に入る。

扉の前には一人のメイドが立っていた。

「メイド？」

逃げ遅れたメイドなのか？

ならば運の悪いことだ。

だがそうではないらしい――

「また会えたな。レオーネ王女」

バウトは嬉しそうに顔を歪《ゆが》める。

メイドは逆に嫌悪感を滲《にじ》ませた表情をしていた。

「レオーネ王女だと？　コイツが？」

「あぁ、第二都市で戦った。間違いない」

「…………」

絶対人違いだが修正するのも面倒くさい。

イヴィルはメイドを睨《にら》みつける。

まだ少女だろうが関係ない。目的のためならガキでも殺す。

「中に入れるのは一人だけなの。そこのデッカイ奴は私が相手するの」

コイツがバウトを？

馬鹿にしているのか？

イヴィルはバウトの力を認めている。ゆえに先程のメイドの発言が侮辱のように聞こえ、眉間に皺《しわ》が寄る。

イヴィルはメイドを殺そうと腰に下げている剣に手をかけようとするが、バウトに制止された。

「行け、イヴィル」

「……っち」

冷静になったイヴィルはメイドの横を通り扉に手をかける。

バウトはイヴィルの背中に向かって声をかける。

「気をつけろイヴィル。中にかなりの強者がいる」

真剣な表情をした忠告に、それがイヴィルの慢心を正すためではなく事実だと理解する。

だがイヴィルはそれを鼻で笑う。

「はっ、誰に口利いてやがる」

両手で重たい扉を開き、イヴィルは玉座の間へと足を踏み入れた。


玉座の間という空間はスラム街出身のイヴィルからしたら別世界のような場所だった。ここまで来る際に見たどの部屋よりも広く、豪奢な作りをしているように見える。

夜にもかかわらず昼のように明かりを照らしているシャンデリアのような形をした魔道具。

玉座まで続いている赤い絨毯《じゅうたん》。細かい装飾で彩られる壁や装飾品の数々。

どれをとっても素晴らしい空間には違いない。そんな空間を豚どもが使っていることを除けば。

玉座の間の奥を見る。

部屋の最奥には国王のみが座ることのできる玉座があり、そこに一人、イヴィルを待ち構えるように座っている者がいた。

男は足を組み、イヴィルを深紅の瞳で見下すように見ている。

初対面のはずなのに、あの男に対して憎しみのように強い感情がうちから漏れ出てくる。

「よく来たな、ブラックフェアリー。歓迎はしないがよくここまで辿り着いたと賛辞を贈ろう」

男は座ったままイヴィルに賞賛を贈る。この見下すような言動、やはり気に食わない。

「お前が王太子って奴か？」

「そうだ、と言ったら？」

「いや、違う。この国の王族は全員青色の髪をしていたはずだ。扉の前にいた獣人もそうだ。あれがレオーネ王女？　笑わせるな、うちのクソ筋肉は騙《だま》せても俺には通じねぇ。テメェは誰だ」

イヴィルは剣を抜きその剣先を玉座に座る男に向かって突きつける。

「言う必要があるのか？　どうせこれから死ぬのに」

ぞくりっ。全身から粟立《あわだ》つような感覚を覚えイヴィルは瞬間的に男から距離を取った。

玉座の男と自分との距離は数十メートルある。その距離からでも間近で体を包むような殺気を感じた。

(この俺が気圧《けお》されただと!?)

「どうした? 逃げるのか?」

「……舐《な》めやがって。【束縛の精霊】……束縛しろ!」

イヴィルの体に巻きついていた鎖が解《ほど》け凄《すご》い勢いでアブソリュートの下へと向かう。

この鎖は精霊が武器化した姿。

また名を【精霊武具】ともいう。

この鎖は魔力を吸い取り、相手を無力化することができる、非常に強力な効果を持つ。

だがアブソリュートは避ける素振りを見せなかった。

「トア――捕まえろ」

アブソリュートの声とともに真っ白な女性の姿をした精霊が現れた。トアはアブソリュートに迫ってくる鎖を、蛇を掴《つか》むようにして捕まえた。

鎖がくねくねと身をよじる動きをする。まるで本物の蛇みたいだ。

「馬鹿な……精霊使いだと!? しかも俺よりもはるかに上位の」

上位精霊を従える目の前の男の底知れなさにイヴィルの背筋が凍る。

上位精霊とイヴィルの従える精霊では格が違う。

もっとも分かりやすく言えば魔力量の桁が違うのだ。

イヴィルの従える精霊は数十人を相手にできるレベルの魔力量であるのに対して、上位精霊は数千人規模、大軍一つを相手にしても戦える。

つまりイヴィルは今、大軍レベルの力に匹敵する精霊と対峙《たいじ》しているのだ。

「トア、返してやれ」

上位精霊は捕まえていた鎖をポイっと投げ捨てた。

鎖はくねくねと動きだし再びイヴィルに巻きついた。

「どうした？　もう終わりか？」

「──化け物がっ」

イヴィルは下手に動けなかった。

光の剣聖を打ち破ったことでイヴィルにも相手の力量がなんとなく分かるようになった。バウトの強者を見極める嗅覚と似たような感覚を身につけたのだ。

その感覚からして目の前にいる相手は自分より遥《はる》かに強いのが分かる。下手に動くといつの間にか殺される。そんな危うさのある空気がこの部屋に充満している。

(近寄ったらやられる)

加えて、他に使役している精霊を使ったとしても、上位精霊がいる限り男には届かないだろう。

(精霊は使えない)

手詰まりだった。

——いや、まだ奴に届く切り札がある。
イヴィルの目に宿っている【幻惑の精霊】だ。
幻惑の精霊の力はイヴィルよりもレベルが上の光の剣聖にも通用した。
幸い、男はずっと目を開いてこちらを見ている。
条件は満たしており、いつでも発動できた。
業腹だが俺では多分この男を殺せない。
なら、悪夢の中で奴のトラウマとなっている人物に殺させるだけだ。
ああ、目の前で苦しみながら死に絶えるコイツの姿を見たい。
「いい夢見ろよ豚野郎【死戦場】」
イヴィルの目が、怪しく光る。
その目を見たアブソリュートは幻覚の世界へと誘《いざな》われた。

第6章

アブソリュート対イヴィル

This man has the charisma of absolute evil and
will be the strongest conqueror.
"Yes, I am a scoundrel. The best in this country."

That is needed for
a villainous aristocrat

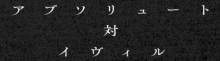

「【死戦場】」

イヴィルの目を見たアブソリュートは意識が奪われ、周囲の世界が先ほどいた玉座の間から違うものへと変わる。

イヴィルの【死戦場】は術をかけた相手の知っているなかで最強の天敵を、幻覚の世界で再現する。その世界でその天敵に負けた場合、精神の支配権を相手に奪われる。だが、アブソリュートは分かっていてあえてイヴィルの幻覚にかかった。既に勝算は見出《みいだ》していた。

世界が完全に変わった。

アブソリュートがいたのは見覚えがある部屋。

その部屋はヴィラン・アークが使っていた執務室だった。アブソリュートは当主であるヴィランが腰掛けていた席に座っていた。

「私がこの席に座っているということは、当主は私ということか。なら……」

アブソリュートは立ち上がり執務室にあるカーテンと窓を開け、外を見る。外の様子を見てアブソリュートは眉間に皺を寄せ険しい顔を見せる。

「………なるほどな」

街を見下ろすことのできるその部屋から見たアーク領の街は、激しい戦闘が行われた後のように破壊し尽くされていた。街の至るところから火の手が上がっている。

「これはどっちだ？　原作のアブソリュートのラストを再現しているのか、それとも違う別のイベントなのか。まぁ行けば分かるか」

アブソリュートは屋敷を出て街の方へと歩き出した。

街を見て回る。

街には王国軍の装備を纏《まと》った死体が散乱している。だが、対照的にアーク領の住民や、アーク家に仕える兵士達の遺体は見つからない。これは原作のラストでアブソリュートが皆に見捨てられ一人で戦った結果だろう。

（やはりこの世界は――――）

しばらく歩くとクリスの家が経営している奴隷商の館だった場所が見えた。私がウルとマリアに出会った場所だ。

そこは街以上にかつての面影がないほど徹底的に破壊され、瓦礫《がれき》の山と化していた。

「…………………」

そこだけではない。

レディの家が経営している娼館《しょうかん》。

昔父に連れられ、行ったことがあるアーク家が経営しているライナナ国最大のカジノ。

かつて仲間達と巡ったことがある場所のすべてが破壊し尽くされた後だった。その光景はまるでアブソリュート・アークのこれまでを否定するかのようだった。

「随分陰湿なことをするな。だが、おかげで分かったことがある」

しばらく歩き回って確信した。

イヴィルによって再現されたこの世界はやはり原作でアブソリュート・アークが死ぬことに

なる戦場。ここはライナナ国の兵士達に蹂躪《じゅうりん》されたアーク領だ。

幻覚と分かっていても腸《はらわた》が煮え繰り返る。

やはり自分が大切にしている物や場所を蹂躪されるのはとてつもない屈辱だ。

私はこの光景を、怒りを胸に留《とど》めておかねばならない。三年以内にアブソリュート・アークを破滅に追いやる最悪のイベントは必ず来る。この光景は敗北した末のアーク領だ。絶対にこの光景を再現させはしない。

その闘いに勝利して、この結末を変えてみせる。そう改めて誓った。


壊された街への怒りを抑えながら見ていると、いつの間にか目の前に人が立っていた。

正義感の強そうな力強い眼差《まなざ》しをした青年。

その風貌は数々の修羅場をくぐり抜けてきた歴戦の戦士の風格を纏い、手には覚醒した勇者しか持つことのできない聖剣を握っていた。

その人物をアブソリュートは知っている。

いや、彼がこの幻覚の世界で自分の前に現れることを確信していたのだ。

「やはりお前だったか勇者アルト」

原作『ライナナ国物語』の主人公にして勇者。

アブソリュート・アークの天敵として姿を現したのは数々の困難と強敵を打ち負かし、勇者のスキルを覚醒させ、聖剣を発現させた勇者アルトだった。

「確かに私を殺すのはお前しかいないだろう。だが、ここまで街を徹底的に壊すほどお前は私が憎いのか勇者アルト！」

「……………………」

勇者はアブソリュートの問いに答えず無言で聖剣を構える。その構えは、今はアブソリュートのメイドであるマリア・ステラを彷彿《ほうふつ》とさせた。

「マリアの真似事《まねごと》か？　いや、そういえば原作ではマリアが勇者に剣を教えているのだったな」

「……………………」

勇者からの言葉はない。

彼の憎しみと敵意のこもった目だけがこちらに向けられている。だがそれで充分だった。勇者と悪は決して交わらない。両者の間にあるのは共通して敵意だけ、それが分かれば後は存分に殺し合える。

勇者がアブソリュートに向かって襲い掛かる。

速い――

勇者が高速でアブソリュートとの距離を詰める。

学園でやり合った時とは比べ物にならない速さだ。

それにあの体運びは学園の時では見られなかった動きだ。

勇者アルトはアブソリュートの心臓を狙い、鋭い刺突を繰り出す。

彼の攻撃はまさしく一撃必殺になり得る一撃だった。

かつてアブソリュートは彼に才能がないと言った。今でもその考えに変わりはないが、これ程の技を身につけるのにどれだけの努力があったことか。

これは幻覚で想像上の勇者に過ぎない。

だが、アブソリュートの記憶から忠実に再現している。彼の実力は原作と変わらないはずだ。

「見事だな、勇者アルト」

勇者アルトの攻撃が届く前にアブソリュートは自身の剣で勇者の体を一刀両断した。

「マリアや聖女エリザ、アリシアの三人がいればもっと善戦できたかもな」


「ふん、悪夢の中で泣《な》き喚《わめ》け豚野郎」

この技に絶対の自信を持つイヴィルは、もはや勝負がついたとアブソリュートに止《とど》めを刺すために近づく。

だがその油断が命とりだった。

幻覚にかかったのは時間にして僅か一瞬。

アブソリュートは勇者を打ち破り幻覚を解いたのだ。

そしてそれはイヴィルにも伝わった。

「っ!?　ぐおぉぉ……馬鹿な――自身の最強の天敵を打ち破っただと!?」

強力な力には代償がある。

自身の目をトリガーとして精霊の力を行使したイヴィルは、それが破られたことで眼球にダメージを受けてしまう。目の血管が切れ、血の涙が流れる。

破られれば自身に返ってくる。

これがイヴィルの【死戦場】だ。

玉座から立ち、段差の下で苦しむイヴィルを見下ろしながらアブソリュートは言った。

「確かに勇者はアブソリュート・アークの天敵だ。私を死に至らしめるほどのな。だが、それは奴《やつ》が万の兵士と頼れる仲間を得てからの話だ」

アブソリュートは一瞬で自分の間合いまで詰め寄り、動揺しているイヴィルに剣撃を放った。

「悪の剣撃《ブレイドアーク》」

「ぐはっ！」

あまりの衝撃と威力でイヴィルの体が吹き飛ぶ。扉を巻き込み、通路の壁に埋め込まれ意識が刈り取られた。

「一対一でアブソリュート・アークが勇者に負けるわけがないだろ」

時間にして僅か数分。

この勝負は、相手の策を真っ向から打ち破ってみせたアブソリュート・アークが格の違いを見せる形で決着した。


アブソリュート対イヴィルの闘いの裏で行われている因縁のカード。

ウル対バウト。

互いに同じ格闘スタイルで闘う二人の勝負はバウトが有利とする形で進んでいた。

初見では予想外の彼女の力に驚いたが、二回目になると体格が大きくレベルも高いバウトが圧倒的に有利だった。

あと十分くらい戦えば自分が勝つだろう。

そう思っていた時――

ドォン！

突如玉座の間の大扉が吹き飛ばされ、彼が通路の壁に激しく叩《たた》きつけられる。

彼は壁にめり込み動かなかった。その人物の正体は、先程玉座の間へと入っていったブラックフェアリーのボス、イヴィルだ。

「嘘《うそ》だろ……なに負けてやがるイヴィル！」

バウトが叫ぶがイヴィルには聞こえていない。

かろうじて呼吸はしているがしばらくは戦えないだろう。

中からもう一人出てくる。

漆黒の髪に深紅の瞳を持つ人物。

バウトはその者を見て衝撃が走った。

（もう一人強い奴がいると思ったがコイツか）

自身の嗅覚が警鐘を鳴らしている。滅多に嗅いだことのない格の違う実力者だ。

「よくやったなウル。足止めご苦労。レベル70相手に獣化のスキルなしで渡り合えたなら上出来だ」

ぼろぼろになったメイドの少女に優しげな声で労《いたわ》りの言葉をかける男。

その男がバウトをその赤い目で捉えた。

「ここからは私が相手になろう。構わないな？　喧嘩屋《けんかや》バウト」

その言葉にバウトは薄く笑った。


王国軍を振り切ったブルース達はイヴィル達の向かった玉座の間へと遅れて辿《たど》り着《つ》いた。

だが、彼らが目にした光景は信じられないものだった。

「嘘でしょ……なんで負けているのよイヴィル！」

目に映ったのは敗北し、壁にめり込んだまま意識を失ったイヴィルの姿。そして黒髪に赤い目の男とイヴィルを背に敵と相対するバウトの姿だった。

「あの男は、あの時の――!?」

声に反応して赤い目の死神がコチラに向く。

あの時腹を貫かれた記憶が蘇《よみがえ》る。

「やはり生きていたか。存外しぶといな」

かつて自分を殺しかけた男がまた目の前に現れ、立ち塞がっていることに恐怖する。

だが今はそれよりもイヴィルだ。

ブルースはイヴィルの下へと駆け出す。意識はないが息はある。目や口に血が流れた痕があるが、問題は体についた大きく切り裂かれた傷から流れる出血だ。

「早く手当しないと！」

「ブルース！　イヴィルを連れて撤退しろ」

ブルースはイヴィルに肩を貸すようにして担ぐ。

「バウトは？」

「コイツと喧嘩してから行く。必ず追いつく先に行け」

「……分かった。あんた達撤退するわよ」

それ以上は何も言わずブルースはイヴィルを担いでその場から立ち去る。バウトの強さは誰よりも知っている。彼なら無事に帰ってくると信じてその場を預けたのだ。

「逃がすと思うか？」

アブソリュートは背を向けて撤退していくブルース達に追撃を試みる。すると追おうとするアブソリュートの前にバウトが立ち塞がる。

「待てよ。喧嘩しようぜ？」

「……一方的なものになるぞ？」

仲間を逃がすために自ら囮《おとり》になったバウト。

そのおかげでアブソリュートからの追撃はなかった。

標的を仕留めきれずに逃走することは敗北を意味している。ブラックフェアリーを中心とした内乱での初めての敗北。歴史を振り返るとこれは内乱が成功する最初で最後のチャンスだった。

(仕留め損なった)

アブソリュートはブルースに担がれ去る、イヴィルを見てそう思った。

体ごと一刀両断する勢いで放った一撃だったがイヴィルの命を絶つに至らなかった。

アイツが体に巻いている鎖【束縛の精霊】が咄嗟《とっさ》に間に入りガードしたのだろう。

詰めが甘かったか——

いや、それは違う。

殺すつもりで戦ったのにそれでも生き残ったイヴィルを褒めるべきだろう。

反省を切り上げアブソリュートは目の前の男に視線を移す。

身長二メートルを超える大柄な男。

ブラックフェアリー序列二位喧嘩屋バウト。

推定レベル70超えにして、原作設定上の強さで限定すれば十本の指に入る男。間違いなく強敵だ。

「次はお前か?」

【威圧】を込めて相手を睨《にら》む。

だがバウトは威圧を意に介さず、嬉《うれ》しそうに獰猛《どうもう》な笑みを浮かべる。

「あぁ、代わりに俺が相手しよう。さぁ喧嘩だ」

拳を固めバキバキと音を響かせ挑発するようにこちらに殺気を振り撒《ふ　ま》くバウト。

その姿は獲物に飢えた肉食獣を彷彿とさせた。

「下品な殺気だ」

アブソリュートはこの会話中も周囲に魔力を展開している。いつでも攻撃が可能だ。

両者が睨み合い、一触即発の空気で周囲が張り詰める。

するとその空気に水が差される。

「いたぞ！」

バウトの後方にある通路からぞろぞろと王国軍の援軍が現れ、バウトとアブソリュートを囲む。

（おかしい）

バウトやイヴィルといった別格の強さを持つ相手に兵力は無意味なため、最低限以外は策に回していたのに。

（一体どこから？）

少し考えていると騎士の一人が前に出て、先頭に立った。

よく見ればレオーネの馬車を護衛していた騎士だ。

「アーク卿、我らはレオーネ王女の命で応援に参りました！」

どうやら現場指揮官であるレオーネ王女がこちらに回したらしい。恐らく戦場でバウトの強さを体感したゆえに居ても立ってもいられなかったのだろう。

（全く余計なことを……）

アブソリュートは内心で毒づく。

「いいぜ、何人でも相手になってやる」

本来であればピンチととれる状況にバウトが鼻で笑うようにして言う。

その中でアブソリュートは考えた。

バウト相手に騎士達は足手纏いだ。

それにレオーネの指示で犠牲者が多く出ることで、せっかく立ち直りかけていたメンタルがまた曇られでもしたら困る。

少し悩んだ結果、アブソリュートはある秘策を思いつき実行する。

「喧嘩屋バウト」

「なんだ」

「お前に決闘を申し込む」

「決闘だと？」

「お前風に言うなら喧嘩か？　一対一《サシ》でやろう」

バウトは驚いたような顔を見せる。

数の優勢を自ら手放すアブソリュートが理解できないのだろう。

それは味方でもそうだ。

「なっ⁉　賊相手に何を言っているのですか⁉」

騎士達はアブソリュートを非難する。

敵に情けをかけるのかと。

バウトでなく他の者ならば、全員で囲んで殺してしまえと言うだろう。

相手は敵であり、情けをかける必要などないのだから。

原作でもバウトは仲間を逃がした後、勇者達に囲まれて戦った結果敗北し殺されてしまう。

それでもアブソリュートが決闘を提案したのは犠牲を減らすため、そして己の矜持《きょうじ》を守るためだ。

アブソリュートには一人敵地で囲まれた状況にあるバウトが、未来の自分の姿に重なって見えた。原作においてアブソリュートを死に追いやった、正義の名の下に行われた数の暴力。

美学のカケラもないそれをアブソリュートは否定する。

とはいえ手段は否定するが、別にそれを行った勇者を否定するつもりはない。

だが、アブソリュート・アークならばたとえ同じ立場でもその方法は選ばない。原作の彼ならばきっと私と似たようなことをするだろう。

彼なら、自身との死闘を冥土の土産にバウトを殺したはずだ。

私はアブソリュート・アークの名を汚《けが》すような真似だけは絶対にしない。

故に、今回の決闘だ。

決闘であればその闘いは二人だけのものになる。他人が干渉できなくなるのだ。

「面白い――。いいだろう」

バウトは乗ってきた。

相手側には利点しかない上、バウトの性格からして嬉しい申し出のはずだ。一対一で強者と闘える機会を逃すはずがない。アブソリュートはそこを突いたのだ。

「で？　この喧嘩、何を懸けるんだ？」

「お前が勝ったのなら私は恐らく死んでいるだろう。お前を阻む壁はなくなるのだ。その時はお前達の目的を果たすなり味方の下へ急ぐなり好きにしろ」

「へぇ……いいのか？」

「アーク卿！　そんな勝手な！」

「よい。私が許可しよう」

避難していたはずのシシリアンが護衛をつれてアブソリュートの下へ現れる。シシリアンはアブソリュートの勝手な取り決めを許可した。

なぜ許可したのか？

それは、アブソリュートは取り決めに無抵抗だと言っていないからだ。アブソリュートは抜け道をあらかじめ用意していた。それに気づきシシリアンは許可したのだ。

「私がこの二人の決闘の証人となろう」


二人は決闘の場を玉座の間へと変えた。

王国軍や貴族が二人を遠巻きにぐるりと囲み闘いを見守る。

決闘をする二人が互いを睨み合う。

「ブラックフェアリー序列二位バウト。熱い時間にしようぜ」

「アーク公爵家次期当主アブソリュート・アーク。それはお前次第だ」

「アブソリュート・アーク、死んでも後悔するなよ」

挑発するように言うバウト。

だがアブソリュートはその挑発を嘲笑《あざわら》うように言い返した。

「やれるものならやってみろ。私を殺せるのは勇者だけだ」

「「…………………」」

互いに拳を構えたまま次第に口数が少なくなり静寂の間が続く。

柄にもなく喧嘩屋バウトは慎重になっているようだ。

（仕方ない、先手はくれてやるつもりだったが、動く気がないのならこちらから行かせてもらおう）

アブソリュートが動き出す。

圧倒的なステータスから繰り出されるスピードで、一瞬でバウトの懐に入り込む。

（もらった）

アブソリュートの拳がバウトの腹に繰り出されようとする時――

「待っていたぞ、アブソリュート・アーク」

バウトのカウンターパンチがアブソリュートの攻撃より早く当たった。戦場にて何百人の騎士達を破壊してきた強力な一撃。

ドォン！　と、硬いものが衝突したような重低音が周囲に響き渡る。

拳は確かにアブソリュートの体に命中した。

だが、アブソリュートはまるで効いていないかのように平然としていた。

「馬鹿な――――効いていないのか」

　様子見の一撃とはいえ並の戦士ならば即死の一撃であった。だが相手は並の戦士ではなく世界最高峰のレベルを持つ悪なのだ。

「元から先手はくれてやるつもりだった。次は私の番だな」

　アブソリュートは両手でバウトの顔を摑《つか》みとり顔面に向けて頭突きをかました。

「っ――――!?」

　よろめくバウト。自身の防御力を上回る一撃に驚きを隠せなかった。ここから二人の戦いは本格化していく。

「行くぞ悪党。本番はこれからだ」

　イヴィルを背負ったブルース達ブラックフェアリーは城を後にして城門へ向かっていた。

　自分達を逃がすために囮となって城に残ったバウトのおかげで追手が少なくなり、戦力を減らすことなく、なんとかここまで戻ることができた。

「ブルースさん城門が閉じられています！」

城門前に着くと開いていたはずの門が閉ざされていた。何人かで開門を試みるがびくともしない。

これはまずい。

完璧に罠《わな》だと確信した。初めは自分達が狩る側だと思っていたが今は逆の立場になってしまった。自分達は嵌《は》められたのだ。

「そこまでです！」

鈴の音のような澄んだ声が響き渡る。

声の方を見ると、レオーネ王女が兵士達を連れてブルース達の後方に現れた。今この場にいるブラックフェアリー側の戦力は三百に満たない。それに対して明らかに向こうはそれ以上の数の戦力を揃《そろ》えている。

（まずい――これは絶体絶命の危機だ！）

「クソがっ！　やってやるよ！」

「ブルースさん⁉　男！　男の感じ出てます！」

女性的な口調から男らしいドスの利いた声でブルースがレオーネを睨む。

瀕死のイヴィルを守らねばならない。自分達の窮地に興奮し、普段の様子さえ崩したブルースに部下がアワアワする。

倍以上の兵力に囲まれた中、ブラックフェアリーの必死の抵抗が始まった。

レオーネ王女は内心驚いていた。

まさか本当にアブソリュート・アークの言う通りになると思わなかったからだ。

ブラックフェアリーを城まで誘い出し、城門を封鎖して逃げられないようにする。

単純だがとても効果的な作戦だ。

それだけでなく、殲滅《せんめつ》系のスキルを持つバウトを、室内戦に持ち込むことでそのスキルを封じて弱体化させ、それで賄っていた分の敵の兵力を抑え込み畳みかける。

加えて、城という王国側にとって動きなれた場所が戦場になることでこちらに地の利があることなどの利点も兼ね備えている。

本来、スイロク王国の貴族や、それに準ずる者であれば王城を戦場にするなど口にするだけで不敬だと非難される。そもそも誰も考えつかないだろう。

だが、アブソリュート・アークは他国の人間であり、人質すら殺す非常にドライな考え方をする人物で、良くも悪くも手段を選ばない。故に、何にも配慮することなくもっとも効果的な一手を考えることができたのだろう。

アブソリュート・アーク――恐ろしい男だと改めて感じる。だが味方である今、とても頼もしい。

もし第二都市の時にアブソリュート・アークの同行を断っていなかったら、こんなことにならなかったのではないか。

嫌な考えが頭をよぎるがそれを振り払い、レオーネは目の前の敵に集中する。

ここですべてを終わらせる。

その決意を胸にレオーネ達は戦闘を開始した。


時を同じくして、玉座の間。

アーク家次期当主アブソリュート・アークとブラックフェアリー序列二位喧嘩屋バウトとの互いに引かない怒濤《どとう》の拳の応酬に、いつの間にか周りの者達は呼吸を忘れて魅入ってしまっていた。

嵐のように激しい攻撃を繰り出し、攻撃を回避せずすべて受け止めてみせるバウト。

それとは対照的にバウトの攻撃を紙一重で回避しながらクリティカルな一撃を当てていくアブソリュート・アーク。

男同士互いに譲れないものを懸けた拳と拳による一騎打ち。そこには悪だの敵だのそういった煩わしいものはなく、ただ純粋に熱く胸にくるものがあった。

辺りは多くの王国軍もといギャラリーに囲まれている。

ある騎士が言葉を漏らす。

「凄《すご》いな……」

「ああ、あのバウトって野郎かなりの化け物だぞ。なんで拳の衝撃波だけで床と壁が割れるんだよ」

「それもだけどあのライナナ国から来たっていうガキだよ。さっきから何発か攻撃食らっているはずなのになんで平然としていられるんだ」

「――っ！」

「拳が空を切っただけで行き場の失った衝撃波が壁を破壊するほどの力のある一撃だぞ？　一体どういうスキルを持っているんだ？」

驚きを通り越して呆《あき》れてくる。これほどの力を持つバウトも、それに立ち向かっているアブソリュート・アークもどうかしている。だが泥臭い拳の応酬と、男なら一度は憧れる超パワーを持つ二人。惹《ひ》きつけるものがそこにはあった。

彼らはただ二人の戦いに目が離せなくなっていた。

避けず受けて殴られた箇所は赤く腫れ上がり、バウトの全身が熱を帯びたように熱くなる。

それでも笑いながら拳を振るう姿は修羅を彷彿とさせる。

闘いながらバウトは感謝していた。

ようやく自身と対等に殴りあえるアブソリュート・アークの登場に――

アブソリュートと巡り会わせてくれたすべてに心から感謝していた。

バウトは幼い頃から恵まれた体格と強力なスキルを持っていた。スラムという貧しい場所で育ったが、この力のおかげで不自由なく暮らしていた。スラムは弱肉強食の世界、敵対するものを撃退するうちに自分に歯向かう者はいなくなった。そして近づいてくる者も――

それゆえバウトという男は孤独だった。バウトの力に恐怖し、まるで腫れ物を扱うように遠巻きにされてきた。

バウト自身も周りとの力の差に悩んだ。

手加減しながら闘うのは息苦しかった。

何も考えず純粋に闘いたかった。

自分のこの力と対等に渡り合える存在。

それだけが望みだった。

それが今、叶《かな》わないと思っていた最高の舞台《バトル》の中にいることにバウトは歓喜した。

びりびりと肌を突き刺す殺気に駆け引きを交えた激しい攻防。これこそバウトが求めていた喧嘩だ。

(楽しいな。なぁお前もそうだろう？　アブソリュート・アーク)

初めて自分と対等に戦える相手を前にしてバウトは心の中でそう語りかける。返事はないが彼も心のどこかでそう思ってくれているような気がした。

だが、二人の闘いに邪魔が入ってしまう。

パァーーーン!!

何かが破裂したような音が室内に反響した。

「ぐっ!?」

「誰だ！」

バウトは出血する右腕を左手で押さえる。

どうやら先程の発砲音はバウトに向けての攻撃だったようだ。

「見たか汚らわしい賊め！　この先祖代々から伝わる固有魔法【魔弾砲】の威力はどうだ！

お前ら何をしている！　今だ！　全員やれ！」

攻撃したのは筒のような魔道具を肩に担いだ宰相だった。

(貫通に特化した固有魔法か。はっ、やはりそう簡単に望みは叶わないか。俺はただ、熱い闘いがしたかっただけなんだがな)

「何をしている！　宰相である私の命令が聞けないのか！」

周りにいる王国軍の騎士達が尻込みしながらも、剣を抜きかけたその時――

「ダーク・ホール」

アブソリュートの黒い魔力が宰相の足下にまで薄く拡張する。

ズギャアーーーン!!

宰相の真下から黒い魔力の腕が放たれ強烈なアッパーをおみまいした。

「グフん……」

宰相は空中で何回か回転したのち、背中からドサリと地に倒れ落ちた。

まるで時間が停止したように周りは静まり返っている。

シシリアン王子、そして周りにいる王国軍の騎士達は驚愕している。

全員が見ている前でアブソリュート・アークが味方の、しかも宰相に手を出したのだ。

アブソリュートは周りにいる騎士達を一瞥《いちべつ》し、手を出すなという意味をこめて牽制《けんせい》する。

バウトも一瞬、アブソリュートのまさかの行動に目を微《かす》かに見開く。

「邪魔が入ってしまった。すまなかった」

「お前が謝ることではない。それより味方のお偉いさんだろう？　よかったのか？」

「味方ではない。それより腕をかせ。治療して仕切り直しだ」

バウトはアブソリュートの漢気《おとこぎ》に体が震える。

敵である自分との勝負のためにここまでしてくれるなんて……。

「不要だ。元はと言えば己の油断が招いたことだ。このまま続けよう」

バウトは片腕のまま構えなおす。

己の油断に対する戒めの意味もあるが早く続きがしたかったのが本音だ。

アブソリュートは呆れたのか小さくため息をついた。

馬鹿な男だと思ったのだろう。

だがコレでいい。せっかく燃え上がってきた闘志が冷めないうちに闘いたい。

右腕など不要。

この場では熱い闘志だけあればよいのだ！

「……そうか。なら仕方ない。【ダーク・ホール】」

先程の魔力の腕が地面から現れてアブソリュートの右腕を掴む。

すると——

バキィッ!!

鈍く、顔を顰《しか》めたくなるような音が響いた。

本人は痛みを見せないが間違いなく骨が砕けた音だった。

アブソリュートの右腕がだらりと垂れ、腕から血が流れている。骨が皮膚を突き破り、ぐちゃぐちゃになっているのだろう。早く治療しなければ恐らくしばらくは使うことができないはずだ。

「っ⁉　何をしている！　血迷ったか⁉」

「これで条件は同じだ。あとで言い訳するなよ」

その言葉で腕が使えない自分に配慮し、アブソリュートが自身の腕を封じたことに気づいた。

武者震いが止まらない。

「——ああ勿論《もちろん》だ」

一体この男はどれだけ自分を歓喜させれば気が済むのだろう。

言い訳などするはずがない。いや自分に負い目を持たせないための方便だろう。

アイツは俺と同じ馬鹿だ。

誇り高き馬鹿だ。

アブソリュート・アーク、本当に出会えてよかった。

「恐らくこれが最後になるだろう。悔いは残すなよ」

「ああ全力を尽くそう」

短い言葉を交わして数瞬、両者は一斉に動いた。

「鬼殺し拳!!」

左腕からの正拳突きを空に放つ。拳圧がアブソリュートを襲う。だが、それを避けることなく凄《すさ》まじい拳圧を正面から受け切って距離をさらに詰めた。

両者、お互いの間合いに入る。

アブソリュートの方がバウトより遥《はる》かに速い。

それは分かっていたことだ。だからバウトはアブソリュートの左腕の動きに集中して攻撃を回避してからカウンターで全力の一撃を打ち込もうと考えた。

アブソリュートが左腕を振りかぶり、バウトの顔面に向けて攻撃を繰り出す。

(読んでいた!)

当たれば致命傷になりかねない一撃を紙一重で避けることに成功した。

(勝った――――)

バウトは勝利を確信する。

後はこの渾身《こんしん》の一撃を人体の急所である心臓に打ち込むだけだ。

「楽しかったぜ、アブソリュート・アーク」

勝ちを確信した瞬間、下から繰り出された衝撃でバウトの意識が揺らいだ。

それはバウトが警戒から外したアブソリュートの右腕による一撃だった。

「嘘だろ。折れた右腕で殴ってくるだと……」

ここに来て警戒していなかった折れた右腕による一撃。この一撃はバウトの顎を砕きその衝撃は脳を揺らした。

視界が揺れ、意識が朦朧《もうろう》とする。

「悪くなかったぞ、喧嘩屋バウト」

（ああ、俺もだ）

「悪いなイヴィル……俺はここまでだ」

その声を最後にバウトの意識は途切れた。


バウトが倒れ、立っているのはアブソリュート・アーク。

アブソリュートの勝利だ。

一拍の間を置いて周りにいる騎士達は歓声を上げる。

強敵であるバウトを素手対素手の、しかも決闘という形で見事に倒したのだ。

騎士から見たら、バウトは拳を振るう度に周りを破壊しこちらが剣を振るっても傷つかない化け物だった。だが、そんな何倍もの体格差がある化け物を相手に、年若い青年であるアブソリュートが勝利を掴むという奇跡に騎士達は興奮を隠せなかった。まるで物語の一端を見ているかのようだった。

だが、沸いている周囲の空気とは裏腹にアブソリュートは難しい顔をしていた。

喧嘩屋バウト……強敵だった。

(やはりパワー特化型の高レベルキャラに対して肉弾戦で戦ったのは頭が悪かった。いくらアブソリュート・アークが万能型《オールラウンダー》で肉弾戦でもそこそこ戦えるといってもステータス的に言えば魔法系に偏っているからな、正直かなり危ない橋を渡っていた気がする。魔法なしの縛りプレイで勝てて本当に良かった)

正直魔法を使えばかなり楽な戦いだったと思う。

しかし、高レベルの相手というのはなかなかいるものではない。そんな相手に肉弾戦で勝てたのだからこれから先、似たような相手と戦っても対処できるはずだ。

今回の経験は本当に貴重だと思う。これから、勇者やライナナ国と戦っていくならこの経験は必ず活《い》きてくる。

(――まだまだ強くならなければ)

「アブソリュート・アーク……素晴らしい戦いだった。君がこの国に来てくれて本当に良かった」

「そうか。だが、随分と城を壊してしまったな」

アブソリュートとバウトの戦いで玉座の間は半壊していた。床に大きな亀裂やへこみができ、壁には大きな穴がいくつも空いていた。

「これくらい、勝利できるならいくら壊してもらっても構わない。……後は、レオーネが作戦通りやってくれれば――」

「王国軍の勝利になるな」

撤退するブラックフェアリーを閉じ込め、殲滅する作戦。うまくいけばいいのだが……。

そう考えていると玉座の間にレオーネ王女が息を切らしながら入ってくる。

すると彼女の口から予想していた最悪の言葉が放たれる。

「お兄様申し訳ありません。敵を、逃してしまいました」

「なんだと⁉　出入り口である城門は封鎖していたはずだ、一体何が起きた？」

どうやらまだ戦いは終わりそうにはない。

アブソリュートは内心で深くため息をつかずにはいられなかった。

バウトとアブソリュートが戦闘を繰り広げているなか、レオーネも着実にブラックフェアリーの面々を追い込んでいた。

三百人近くいたメンバーも半数ほどに削られ、倒すのも時間の問題である。

なかでも最も活躍していたのがレオーネだった。

王族にもかかわらず前線に立ち、失った自信を取り戻すように剣を振るい、敵を倒していく。

「悔しいけど……格下には通用するわね」

だがレオーネ本人はオーガの上位種や、バウトといった格上との戦闘を思い出し自嘲した。

バウトとの戦いの際、レオーネ王女は思うように剣を振るえなかった。それは相手が強かっただけではなく、自分の心が問題であった。

死の恐怖を乗り越えることができない弱い自分。

それが途轍《とてつ》もなく悔しかった。

「王女様！　門がっ！」

「嘘でしょ……なんで!?　なんで門が開いているのよ！」

そんな中、外側から厳重に封鎖されているはずの城門が開き始めた。

（話が違うじゃない……!!）

この作戦の根幹である敵の逃げ道をなくす。それがこの出来事ですべて無に帰す。

ブラックフェアリー側も驚いたような様子だが、この機を逃しはしなかった。

「門が開いたわ！　あんた達逃げるわよ！」

メンバーの誰かがブルースの声に応えるように煙幕のスキルで騎士達の視界を奪う。その間にブラックフェアリーの面々が次々と城門をくぐって城から逃げていく。

まずい……騎士達は全身鎧《よろい》を身に纏っているため、咄嗟の機動力がない。

煙幕が消え、視界が晴れる頃にはブラックフェアリーは撤退していた。

「至急追撃隊を編成して奴らを追ってください！」


「封鎖していた門が開いて逃げられた……か」

「城門の外側に見張りをつけていたはずなのですが……彼らもいなくなっていました。今、追撃隊を派遣して彼らの足取りを追っています」

レオーネが悔しげに言う。

どうやら内に潜んでいる鼠《ねずみ》が悪さをしたようだ。

奴らに荷担する内通者が奴らを逃がしたのは間違いない。

それも作戦を知る立場にいるというのだからかなり高位の者だろう。

「気にするな、奴らの主戦力は捕らえた。次ぶつかれば必ずこちら側が勝つ」

アブソリュートは拘束されているバウトを見て言葉を漏らす。

「お前のおかげで仲間達は助かったか……誇れ、喧嘩屋バウト。お前の犠牲は無駄ではなかったぞ」

自らを犠牲にして仲間達を生かした戦士に心からの賛辞を贈った。

こうしてブラックフェアリーの王都攻略は失敗に終わった。勝者はスイロク王国軍――この勝利によってスイロク王国軍の反撃が始まった。

第7章

第二都市奪還作戦

This man has the charisma of absolute evil and
will be the strongest conqueror.
"Yes, I am a scoundrel. The best in this country."

That is needed for
a villainous aristocrat

城での闘いに敗北したブラックフェアリーは第二都市まで撤退を強いられた。

今は元領主の屋敷を根城としてメンバーの治療を行っている。幹部であるブルースが中心となって、寝る間を惜しみ傷ついた者の手当をしている。

「はぁ～……」

ブルースは大量のベッドが並んだ部屋でため息をこぼす。

今回の作戦で敵の策に嵌《は》まり、多くの犠牲を出してしまった。

ボスであるイヴィルは意識不明の重体。傷口は塞いだが失った血液が多すぎてしばらく動けないだろう。

そして自分達を逃がすために殿《しんがり》を務めたバウトは結局戻ってこなかった。

「必ず追いつくって言ったじゃない」

付き合いの長い友を亡くし、より気分が落ち込む。

でも今は状況がそれを許さなかった。

「大変です！　騎士達が屋敷を取り囲んでいます！」

「なんですって⁉」

窓の外から状況を確認すると騎士達が武器を持って屋敷を取り囲んでいる。

入り口を固めているのでまだ侵入はされていないが時間の問題だろう。

王都での闘いで多くの犠牲者を出してしまった。

消耗も激しく力で黙らせることもできない。

こんな時バウトかイヴィルがいれば……。

「おや？　おやおや？　お困りですかブルースさん」

「レッドアイ！　戻ってたの⁉」

声の主はレッドアイ。

ブラックフェアリーの幹部だ。所用で王都での闘いに参加していなかったが、戻っていたとは知らなかった。

背中に自身の身長より大きな縦長の箱を背負って室内に入る。

「そうなんですよ！　ボスがさっさと所用を済ませろって言うから私、急いで終わらせて走って戻ってきたんですよ！　見てくださいこの脇汗！　えっ、臭い？　くんくん……うおえっ、くっさ！　どうりでこの部屋臭いと思ったら、私のせいですか？　どうもすんませんでした！」

「ごめんレッドアイ。貴方《あなた》のお話はユニークで私は好きだけど、今はそれどころじゃないのよ」

ブルースはレッドアイに今の状況を説明した。

「――っと、いうわけなの。今戦力不足でピンチってわけ」

「おおっ！　それはそれは。その問題なら私、力になりますよ。見てくださいこの腹筋、昔はお尻のように割れてたんですけど、今はボールみたいに丸くなっちゃって……くぅ！」

「……レッドアイ、今は冗談言ってる場合じゃ――」

「ああ失礼しました。ですが力になれるのは本当です。こちらをご覧ください」

そう言うと背負っていた縦長の箱を下ろす。

よく見るとそれは棺桶《かんおけ》だった。

レッドアイが棺桶を開ける。

すると中から一人の男が出てきた。

ブルースは棺桶の中にいたソレに驚愕した。

「任せてください！　コイツがあんな奴《やつ》らすぐ追っ払いますから」

「……何これ、どうなってるの？　どうしてコイツが？　そもそも大丈夫なの？」

棺桶から出てきたソレに疑惑の目を向ける。

正気を失ったような空虚な瞳、あきらかに意識がないように見える。

確かにコレならこのピンチも乗り切れるかもしれない。だが——

「……貴方ホント趣味悪いわ」

「いやいや、そんなことないですよ。では、いっちょやったりますか！」

まるで新しいおもちゃを試したくて仕方ない子供のように声を弾ませるレッドアイ。だが、
彼が持ってきたソレはおもちゃのような生易しいものではなかった。

「敵を殲滅《せんめつ》しろ。光の剣聖」

救国の英雄が敵としてスイロク王国に牙を剝《む》く。

王都から逃げたブラックフェアリーを追跡した王国軍は、潜伏先を取り囲み逃げ場を塞いだ。

王都では、あと一歩のところまで追い詰めたはいいが、何者かが門を開けたせいで逃してしまった。

もう失敗は許されない。

皆、ここで殲滅する覚悟でこの場にいた。

「絶対逃すなよ」

「「はい！」」

「おい！　誰か出てくるぞ！」

「前衛、剣を抜け！」

騎士達が警戒するなか、屋敷から出てきたのは白銀の鎧《よろい》を身に纏《まと》った中年くらいの男だった。

だが、その男の姿をスイロク王国で知らない者はいなかった。

「貴方は、剣聖様⁉　無事でしたか！」

屋敷から現れたのは、行方が分からず生死不明となっていた救国の英雄光の剣聖、アイディール・ホワイトその人だった。

騎士達の剣呑《けんのん》としていた空気が僅かに緩み、誰もが英雄の帰還に安堵《あんど》する。

「よかった。本当によかった……生死不明と聞いた時はどうなることかと」

剣聖に心酔する隊長は涙を流しながら彼を迎える。

ゆっくり歩いてくる剣聖に構えていた剣を下げ、彼の目の前にまで行く。

すると——

グサッ
剣聖の持つ宝剣が隊長の体を貫いた。

「えっ…………剣聖……様？」

そのまま切り捨てられ隊長が崩れ落ちる。

「剣聖様……一体、何を…………」

すると、剣聖はそのまま抜剣している騎士達に向かって剣撃を繰り出した。

英雄の目にも留まらぬ攻撃になすすべなくやられ、数人が地面に伏す。

残っているのは戦意のかけらもない、怯《おび》えて動けなかった者達だけだった。

「すげぇ！　圧倒的だ！　よし俺らもやるぞ！」

剣聖の加入で調子に乗った者達が騎士達を追撃しようと剣を抜き屋敷から出る。

するとレッドアイが何やら叫びだす。

「ちょっと、駄目ですよ！　剣を抜いたら！」

「何で？　今が結構チャンスじゃない？」

レッドアイの様子に不思議そうにするブルースが聞く。

「今の剣聖は敵味方の判別がつかないんです！　剣を抜いたり、敵対行動を取ると誰でも攻撃するんですよ！　ほら来たあぁぁぁぁぁ！」

光の剣聖が次はブラックフェアリーに牙を剝く。

ブルース達は手に負えない剣聖を第二都市に放置してアジトのある第四都市へ去っていった。


ブラックフェアリーを王都から撃退してから数日後、追撃を任せていた王国軍からある知らせを受けて再び宮廷会議が開かれることになった。

あらかじめ大まかに内容を把握していた上層部の顔色は最悪だった。

「皆よく集まってくれた。先日の戦いからまだ数日しか経《た》っていないなか申し訳ないが、まだ闘いが終わっていない。休むのは闘いが終わってからにしてくれ。それでは追撃隊からブラックフェアリーの動向を説明してくれ」

　澄んだ声でシシリアンが会議開始とともに追撃隊の帰還者に報告を促した。

「はい、王都から逃走したブラックフェアリーは第二都市に引き返し領主邸に潜伏しました。我々は住民の協力を得て奴らを包囲し、人海戦術で押し切ろうとしました。ですが…………妨害が入り……作戦は失敗しました。追撃隊は一部を除いて全滅し、ブラックフェアリーは再び逃走してしまいました」

「妨害とは何があった？」

「…………」

「もう一度聞く、何があった？」

「剣聖様が……謀反《むほん》を起こしました」

「馬鹿なっ！　ありえん！」

「何かの間違いではないのか？」

　これは嘘《うそ》だと言わんばかりに会議の場が騒然とする。

　救国の英雄である彼が敵に寝返るわけがないと。

　これは何かの間違いだと。

　報告された内容を真実だと受け取ることができなかった。

　その騒然としたなか、末席に座ったアブソリュートは帰還兵からの報告について静かに考えていた。

（色々と策を巡らせたが結局は最悪のイベントを迎えてしまった。光の剣聖にイヴィルの情報を渡せば初見殺しを回避して勝てると思ったが、どうやらイヴィルの方が上手《うわて》だったようだ）

「話が進まないな……アーク卿はどう思われる？」

「とりあえず現地に行かないことには話が進まない。第二都市は経済の要《かなめ》、早急に取り戻す必要がある」

ここまでは皆同じ見解なはずだ。

第二都市が一日稼働しないだけで数億近くの損害が出るのだから。

問題はここからだ。

「その上で剣聖が立ち塞がるようであるなら排除せねばなるまい」

「「「………」」」

アブソリュートの言葉に皆押し黙り、辛《つら》そうな表情を見せる。

光の剣聖とは民衆、そして貴族や王族にとってもそれだけ偉大で替えの利かない人物なのだ。

「私が行って確かめてこよう。腕には自信がある、剣聖にも引けを取らないはずだ」

アブソリュートの提案に異議を唱える者はいない。

彼の武勇は先日の戦いで証明されたからだ。

だがここで一人声を上げる者がいた。

「私も行きます。光の剣聖は……先生は、私の師ですから」

レオーネ王女だ。

剣聖を師と仰ぐ者として、いざという時は自らけじめを取るつもりなのだろう。

自らの選択が破滅へと続くとも知らずに――

「分かった。今回は二人に任せよう。どうか剣聖の問題を解決し、第二都市を取り戻してくれ」

こうして第二都市奪還作戦が始動した。


アブソリュートとレオーネは第二都市を奪還するために百名程の隊を編成し、向かった。

今回の相手はブラックフェアリーの手に堕《お》ちた光の剣聖。アブソリュート達はその真否を確かめ解決へと導き、第二都市を奪還せねばならないのだ。

城から出発して半日、第二都市へと到着した。

第二都市は世界一大きな漁港と貿易港を持ち、港町として有名だ。普段は漁師達の活気と他国から来る人達で街は盛えているのだが今はその面影もなく静まりかえっていた。

まるで街に誰もいないような錯覚に陥りそうになるが、気配を探るとどうやら家の中に閉じこもっているだけのようだ。

警戒と不安、僅かに期待のこもった視線がアブソリュート達に注がれている。

到着し、馬から降りると追撃隊の生き残り数名がレオーネ達を迎えた。

膝をつき礼を尽くす騎士達。

「お待ちしておりました、王女様」

「ご苦労様です。それで先生はどこにいるのですか？」

レオーネは挨拶もそこそこに剣聖の所在を確認する。

(早く……早く先生の無事をこの目で確かめたい)

その思いでいっぱいだった。

「それが……街をずっと徘徊《はいかい》しております」

「街を徘徊？」

「一度見ていただいた方が早いと思います。どうかこちらへ」

騎士達に連れられ街を歩く。すると向かいに人影が確認できた。

青白い肌をした中年の男。白銀の鎧を身に纏っていることから彼が光の剣聖だと推察できる。

白銀の鎧は返り血で染まり、歩く度に血が滴っている。

光の剣聖は定まらない足取りでフラフラとコチラへ歩いてくる。

「剣を抜かない限り攻撃はしませんが、攻撃しようとしたりすると敵と認識されます。ご注意を」

向かいから歩いてくる光の剣聖に向かってレオーネは叫んだ。

「先生……先生、私です！　レオーネです！」

「…………」

光の剣聖に反応はない。

まるで機械のようで、個として意志を感じられない。

それに僅かに香る死臭がレオーネをより不安にさせた。

「先生――」

「やめておけ、レオーネ王女」

アブソリュートが剣聖の下へ駆け寄ろうとするレオーネの手を掴《つか》み制止する。

「よく見ろ……お前も気づいたはずだ」

「……分かりません……何を言っているのか」

嫌だ。

――これ以上は言わないで欲しい。

――そうすればまだ僅かな希望に縋《すが》っていられるから。

しかし、アブソリュート・アークはそんな甘えは許さないと言わんばかりにはっきりと現実を突きつけた。

「アレはもう死んでいる」

「あ、あああぁぁぁぁぁ――!!!!」

アブソリュートの言葉がレオーネの心に重くのしかかる。理解したくなかった。

だが目の前にいる尊敬した師には明らかに生気がない。

赤黒い血を垂れ流し、顔色は戦場で戦死した騎士達を彷彿《ほうふつ》とさせた。そして彼の目は何も映さず虚空を見ている。

光の剣聖はレオーネ達になんの反応も示さず彼らの目の前を通り過ぎていった。

「先生………どうしてそんな姿に」

「関係あるかは分からないが、人間をアンデッドに変えることができる人物がいるらしい。もしかしたらそいつが関係しているのかもしれない」

聞いたことがある。

確か帝国の貴族で、女当主だという。

その人物は過去に勇者に倒されたネクロマンサーの血を引いているらしい。

『死を司《つかさど》る魔女カラミティ・ノワール』

（彼女が関係している？　一体何故《なぜ》？　先生が一体何をしたって言うの？）

変わり果てた師を見てショックを受けたレオーネは、涙を流しながら剣聖の後ろ姿を見えなくなるまで追っていた。

レオーネ王女達は、第二都市を守護する騎士達が使っていた宿舎を拠点にして対策を練ることにした。

広い会議室の中にはアブソリュートを含めた主要な関係者数人が集まり会議を行う。

重苦しい空気の中、アブソリュートが口火を切った。

「全員分かっているとは思うが、アレは完全にアンデッド化している」

原作と同じだ。

原作でも光の剣聖はアンデッド化し、勇者達の前に現れた。聖魔法を使える勇者と聖女の二人はアンデッドと相性が良く、レベル差を覆して勝利を収めたのだ。

実際に見るまで確証はなかったが、青白く血の気を失った肌の色に加え、何度も嗅いできた鼻につく死臭。

間違いなく死んでいる。

だがレオーネ王女はいまだ希望を捨て切れずにいた。

「…………本当にそうなのでしょうか？　敵に操られているという線もまだあるのでは？」

「信じたくないのは理解できる。だが現実を見ろ……お前も分かっているだろうレオーネ王女。逃げるな」

「――――っ⁉」

「アーク卿！　王女様になんてことをっ！　もう少し言い方を考えていただきたい！」

「協力はすると言ったが優しくするとは言っていない。それに本当に剣聖のことを思うならこれ以上晩年を汚《けが》さないようにしてやるべきではないのか？」

（どうするレオーネ王女？　お前がどうしようと構わないがあまり時間はないぞ。第二都市の奪還に時間をかけている暇はない。早く奪還してブラックフェアリーの討伐に向かわないと最悪奴らが国外へ逃亡する恐れがある。反乱の芽は早めに摘むべきだ）

アブソリュートは黙り込んだレオーネ王女に言葉を重ねることなく見守る。

レオーネ王女は暫《しば》し俯《うつむ》き考え込んだあと、顔を上げて決意した目でアブソリュートを見た。

「……すみません。貴方の言う通りですね。一応覚悟はしていたつもりですが、揺らいでしまいました。先生の名誉をこれ以上汚す訳にはいきません。どうか私に力を貸してください、アブソリュート・アーク」

「ああ、分かった」

アンデッドとは、かつて生き物であったものが死んでいるにもかかわらず、活動しだし、生者を襲う魔物の一種だ。

厄介なのが奴らの固有スキル【自己再生】。どんなに傷を負っても再生する回復力が奴らの強みだ。

その反面、聖魔法には極端に弱く、レベル差があったとしても有効な場合が多い。原作の時も最終的にはレオーネ王女が倒したが勇者と聖女の二人のアシストによる効果が大きかった。

(――だが今回二人はいない)

聖魔法は千人に一人と使い手が少なく、しかも剣聖レベルのアンデッドを祓《はら》うとなるとかなり限られてくるのだ。

スイロク王国には今の剣聖を祓えるほどの力を持った者はいないらしい。

アブソリュート・アークも唯一聖魔法だけは適性がない。故に別の方法で倒すしかないのだ。

ちなみにもっとも有名な倒し方は成仏だ。

原作の光の剣聖も最終的には成仏という形で敗北した。

勇者達の聖魔法を浴びて心が人間に戻りかけていた部分はあるが、最終的には弟子であるレオーネ王女の成長を目の当たりにしたことで成仏した。

（他にも重りをつけて海に捨てる、バラバラにして山に埋めるなどあるがレオーネ王女の理解は得られないだろう）

倒す方法を皆で模索しているとレオーネ王女から提案があった。

「生前、私は先生と手合わせの約束をしていました。恐らく私と闘えば先生は成仏する可能性があります。少なくともそれほどの絆《きずな》はあるつもりです」

「王女様、それは危険すぎます！」

次々と反対する声が上がる。

アブソリュートも内心反対だ。

彼女が戦えば原作のように心が壊れてしまう可能性があるからだ。

だが、彼女の決意は固いようだ。

「お願いします。弟子として、剣士として先生の最後の相手になりたいんです。私に戦わせてください」

彼女は決して折れないだろう。

だからアブソリュートが折れることにした。

「好きにすればいい。だが、危なくなったら介入するぞ？」

アブソリュートからまさか承諾を得られると思っていなかったのか、レオーネは力強く感謝の言葉を返した。

「――っ！　ありがとうございます！」

（いい感じのところで介入してから後のことを考えよう）

こうして剣聖の対策を終えた。

後は戦いの日である明日を待つだけである。


いざ決戦当日。

レオーネは第二都市の中心にある大広場で光の剣聖を待った。

周囲に騎士達を配置して、民衆への被害を抑えると同時に、いざとなれば後ろにいるアブソリュートが割って入る算段だ。

少しして光の剣聖が現れた。

フラフラとおぼつかない足取りで歩いている。

「先生……最後に手合わせ願います」

言いながらレオーネが抜剣し構える。

するとと光の剣聖の足取りが止まった。

虚空を見ていた瞳に僅かに意志を感じた。

すると鋭い剣気がその場にいる全員に降り注いだ。

光の剣聖が本気になった証拠だ。

「ああ……待っていた…………」

「えっ？」

唐突に光の剣聖が喋《しゃべ》った。どうやら僅かに意識が残っているようだ。

「其方《そなた》と戦えるのを……待《ま》ち侘《わ》びていた」

「先生……死してなお私との試合を待ち侘びてくださっていたなんて」

レオーネは感激の涙を拭いながら改めて剣を構えた。

剣聖も宝剣を抜き、両者が睨《にら》み合う。

「さあ…………戦おう」

「はい！」

その言葉を合図に両者共に動いた。

二人の影が重なりあった時、両者の刃《やいば》が衝突――――――しなかった。

「えっ？」

光の剣聖はレオーネ王女を素通りして、別の人物に斬りかかろうとしていた。

「さあ、戦おう！　ヴィラン・アーク！」

「何故？」

光の剣聖が斬りかかったその人物はアブソリュート・アークだった。


十五年前、スイロク王国に一人の英雄が誕生した。その男の名は――

アイディール・ホワイト。

後に『光の剣聖』と呼ばれ、大陸最強候補の一人に数えられる男である。

その男が英雄と呼ばれる理由。それは聖国、いや『空間の勇者』からスイロク王国を救った事が起因している。


ドンドンと王宮に相応《ふさわ》しくない音が響きわたる。

「国王様！　緊急です！」

国に仕える内務官の一人が紙を持って王の執務室に飛び込んできた。

「何事だ」

スイロク王国十五代国王ライアンは咎《とが》めるような声で内務官に声を掛ける。

四十歳という、国王にしては若手ながらも国を治めてきた貫禄がそこにはあった。

「こ、これをっ！」

手渡されたのは国璽《こくじ》の押された正式な文書であった。国王はその文書に目を通すとあまりの内容に驚愕の表情を浮かべる。

「ばっ、馬鹿な……」

その文書に書かれていた内容を要約すると――

『スイロク王国はリ・オールド共和国に協力し、戦争における物資の提供による援助、並びに我が国の内乱誘発を行いました。直接的関与はなくともこれを敵対行為と見做《みな》し、『宣戦布告』を致します。　聖国教皇　大聖女コスモス』

それはライナナ国、アースワン帝国に並ぶ大国『聖国』による戦争の始まりを告げる知らせだった。


戦場となったのはスイロク王国にあるとある平原。

そこに走っている人影があった。

「はぁ……はぁ……はぁ」

走っていたのは騎士の鎧を脱ぎ捨てインナーのみの男だ。

男の名前はアイディール。

彼はスイロク王国の辺境に位置する村の木こりの三男坊だった。誰からも期待されず、家業を継ぐ長男のスペアのスペアだった彼は長男が家業を継ぐと同時に剣を携え王都へと旅立ち、騎士としての道を歩んだ。

天から授けられたとしか言えないスキルに剣の才能、その二つが彼を後押しし、武器を持てば不敗の天才だった。

『剣を持てば彼に勝る者はいない』

誰もがそう話し、初めは否定してもいつしか彼自身もそう思うようになった。

そんな時、彼に転機が訪れる。

ある時、スイロク王国は聖国に敵対していた国を陰から援助していたことが明るみに出た。

そのため、聖国、いや『空間の勇者』の怒りを買ってしまい戦争が起きてしまった。

勿論、当時騎士として名を馳《は》せていた彼も出陣した。大陸最強と言われる空間の勇者を自分が討ち取ると仲間達を鼓舞して戦場を駆け回った。

結果から言うと、アイディール・ホワイトのいた軍は彼を除き全滅した。

空間の勇者の【空間操作】で纏まっていたはずの騎士達はいつの間にか孤立させられ、分散した兵は次々と討たれていった。

彼自身も空間操作により孤立し、同じ場所をぐるぐると駆け巡っていた。

辺りは戦場とは思えないほどの静けさ。

なによりおかしいのは一万もいた味方が誰一人として見当たらないこと。

（おかしい……ここは確かに戦場のはずだ。なのに敵も味方も誰もいない、まるで俺一人が別空間にいるかのようだ）

しばらく走り続けるとようやく同じ所から抜け出し、しばらく歩くと人影が見えた。そこにいたのは今回の戦争の主犯、空間の勇者だった。

それだけではない。

彼の周りには数多くの仲間達の屍《しかばね》が倒れていた。

なかには見覚えのある者もいる。

「スイロク王国騎士五千人目確認。排除する。【空間操作《エリアスキル》・再起動《リブート》】」

抑揚のない平坦な語り口で彼は言った。

まるで心がないような冷えた語り口だ。

アイディールは剣を抜き構える。

「騎士アイディール参る」

空間の勇者に向け走り出した。

彼が空間の勇者に立ち向かえるのは自身が最強であるという自負からである。

自分こそが真の世界最強だと信じているからだ。

「【空間操作《エリアスキル》・斬《キルムーブ》】」

空間の勇者は何もない空間で剣を振るう。

素振りでもない、ただそこにある見えない何かを切っているように見えた。

するとアイディールのスキル気配感知が発動した。

走っていた彼は咄嗟《とっさ》に体を翻し地面へと転がった。

一体何が起こったのか。

それは彼の体が知っていた。

彼の左の視界がぼやけて見え、その後はアイディールの左目から足首までの左半身が鋭利なもので切り裂かれたようにぱっくりと裂けていたのだ。

「ぐ、うおおぉぉぉぉ」

裂けた体から鮮血が飛び散った。

(危なかった。避けなければ目の前の死体のように問答無用で切断されていた)

(見えない斬撃に、避けたにもかかわらずこの威力)

(アイツ——思った以上にヤバイ)

「空間操作・斬」

空間の勇者は追撃するように剣を横に振るう。

ほぼ反射に近い速度で体を地面スレスレに伏せた。すると後ろにあった木々が奥にあるものも含めてすべて切断されていた。

自分に同じことができるか？

一撃一撃に実力差を思い知らされ嫌になる。

「ハハッ……」

乾いた笑みが出てくる。

(何が最強だ、私はとんだ井の中の蛙《かわず》ではないか)

アイディールは初めて恐怖を覚えた。目の前の圧倒的な強者に。

(怖い……あの無機質な目が怖い)

(ヤバい……体がぶるって動けない)

「空間操作・斬」

――命を諦めかけた時、二人の間に人影が割って入り空間の勇者の攻撃を剣で受けきった。

現れたのは黒髪黒目の男。

身につけている鎧には見たことのない家紋が埋め込まれていることから、貴族ということが分かる。

それもかなり高位の。

「私のスキルを受け止めた？　貴方は何者ですか？」

空間の勇者は短く問いかけた。

「ヴィラン・アーク」

世界最強の勇者とライナナ国最恐の悪、決して交じり合うことのない二人が初めて邂逅《かいこう》した瞬間だった。

これが後の光の剣聖アイディールと、アブソリュートが生まれる前、ギラついていた頃のヴィラン・アークの初めての出会いだった。

「アークって確かライナナ国にそんな貴族が……」

「スイロク王国からの救援で援軍として来た。まぁ、もうほとんど終わっているようだがな」

ヴィランは周りに散乱しているスイロク王国の騎士達の遺体を見て言った。

アイディールは援軍と聞いて僅かに安堵する。

だが、相手は世界最強の勇者。油断はできない。

空間の勇者はヴィランに問いかける。

「疑問。先程私のスキルをどうやって無効化した?」

防御不可だった勇者による攻撃。それをヴィランは何のことなく受けたのだ。表情に変化はないが雰囲気は明らかにヴィランを警戒していた。

「いいぜ。冥土の土産に教えてやるよ。【精霊召喚】」

ヴィランの詠唱後、魔法陣が現れ一体の精霊が現れる。

現れたのは天秤《てんびん》を持ち冷たい雰囲気を感じさせる美しい女性の精霊。

「コイツは【秩序の精霊】。コイツは契約者に対するスキルの効果を無効化する。つまり今のお前は一般人という訳だ」

（スキルの無効化……なんという強力な精霊なんだ。これで空間の勇者の強みを消したぞ）

「精霊使いか、理解した。だがスキルが使えないなら力で押し通るまでだ。警告する。ヴィラン・アーク、貴様は排除対象ではない。速やかにこの場から立ち去れ。さもなくば排除に移る」

勇者が何もないところから剣を取り出した。

聖属性の魔力を帯びた剣、あれは覚醒した勇者のみが使える聖剣だ。

「俺からも一つ警告してやる。俺に指図するな、埋めるぞコラ」

一触即発の空気が流れる。

二人の殺気がぶつかり合い、ビリビリと肌に感じた。

（凄《すご》い……この人、世界最強の男にメンチ切ってる。ヴィラン・アーク――とんでもない男だ）

「気をつけてください。あの勇者、空間系のスキルを使います。転移でかく乱もありえますよ」

「黙れ、俺に指図するな。死ね」

「ええ……」

どうやらこの貴族もかなり無茶苦茶な人のようだ。

「「……………………」」

急に二人は睨み合い、場が静寂に包まれる。

そして合図もなしに二人の死闘は幕を開けた。

正直二人の戦いは次元が違っていた。

強い……そしてあまりにも速すぎた。

目で追うのも辛いほどだ。

二人が剣を振るうたびに大地が裂け、地形が変わっていく。強さの次元を超えた超越者対超越者の、神話を彷彿とさせる戦いにアイディールは胸を弾ませた。

空間の勇者は世界最強の名に恥じない実力者だった。

あの強力なスキルもそうだが、レベルが段違いに高い。一国を滅ぼしたのも納得の実力だ。

対するヴィラン・アークも精霊の力で勇者のスキルを封じ剣術戦に持ち込んだ。とんでもない隠し球を持っていたものだ。

その後、二人の死闘は三日ほど続き、ヴィランが勇者の片方の目を奪ったところで勇者が撤退し、幕を閉じることになる。

空間の勇者との戦いが終わった後、スイロク王国と聖国は停戦を結ぶことになり、戦争は終結した。

あの日唯一生き残ったアイディールは空間の勇者を撃退した功績を讃《たた》えられ、爵位と領地を授かり英雄として大々的に発表された。

「何故だ……空間の勇者と戦い、スイロク王国を守ったのは貴方なのに……何故僕だけが賞賛されて貴方には褒美や労《ねぎら》いが何一つないんだ、おかしいだろう！」

アイディールは叫ぶ。自分は空間の勇者と戦い、運良く生き残っただけの男だ。

真に賞賛されるべき人間は他にいるというのに。

「気にするな……というのもおかしな話か。ふっ、お前はお前で身に覚えのない偉業で囃《はや》し立《た》てられいい迷惑だろうからな。これから大変になるぞ」

目の前の男は意地の悪い笑みを浮かべながら言った。この男は友好国であるライナナ国から援軍として来てくれた恩人、空間の勇者と闘い追い返した本人だ。

アイディールはそれに瞬時に言い返した。

「僕のことはどうだっていい。だが、真の功労者が、命を賭して我が国を守ってくれた恩人が、本当の英雄が……報われないなんてあってはいけないでしょうが！　我が国はそこまで腐敗しているのか！」

「いや、これはスイロク王国ではなくライナナ国の問題だ。俺の家門が闇組織と繋《つな》がっている噂《うわさ》は他国でも知られているだろ？　故に悪が英雄視されるなんてあってはならない。ライナナ国の王が手を回しているのだろう」

「悪人だろうが関係ない！　貴方は一人で僕を……国を救ってくれた。僕達のために戦い、血を流してくれた、それを知っているのに何もできないのが……」

――悔しい。アイディールは苦悶な表情でそう言った。

男は困った顔をしながらアイディールに言う。

「変な奴だ、お前は。そうだな、ならお前が覚えていて欲しい。ここであった事を、俺が何を守り闘ったのかを」

若き光の剣聖はその言葉に深く頷《うなず》く。悔しいが今の自分に出来ることはそれだけだ。だがいつか必ず恩を返そう……そう誓った。

「あぁ、僕は忘れない。あの死闘を……貴方の献身を決して忘れない」

男は光の剣聖の言葉に満足したのか背を向けてこの場を去ろうとする。

「俺は！」

アイディールは男の背中に向けて叫んだ。

「俺は強くなる！　貴方から預かった英雄の名に恥じないように！　……ヴィラン・アーク、もしまた会えたら、その時は手合わせ願いたい」

スイロク王国を救った男、ヴィラン・アークは彼の言葉に背を向けたまま手を上げて了承し去っていった。

その後、アイディール・ホワイトは壮絶な修行を経ることで全国から剣豪の集まる『剣聖杯』を勝ち抜き『剣聖』の称号を得る。

そして、光の剣聖として知らぬ者がいないほどその名前を轟《とどろ》かせたのだった。

「待っていた！　待っていたぞ！　ヴィラン・アーク‼」

レオーネ王女を待っていると思われた剣聖が襲い掛かったのはなんの因縁もない人物。その場に同行という形で居合わせていたアブソリュート・アークだった。

「あの時の借りを今返そう！　俺と闘え！　ヴィラン・アーク‼」

「――人違いだ」

剣聖の凄《すさ》まじい剣戟《けんげき》を咄嗟に抜剣し受け止める。暫しの間ジリジリと鍔迫《つばぜ》り合《あ》いが続く。

（こいつ、今ヴィラン・アークって言ったか⁉　私の父が剣聖と因縁があったのか。それに借りを返すって一体どれほどの恨みを買っているんだ？）

アブソリュートは内心でここにいない父に毒づく。

ヴィラン・アーク――アーク公爵家当主にして、ライナナ国の闇組織を束ねる悪の長《おさ》。今は落ち着いているが若い頃は近づく者すべてを傷つけるような残虐な振る舞いで大層恐れられたそうだ。

アブソリュートが知る限りでもいくつかそういった話がある。

訪れた戦場で敵味方問わず殺し尽くし、最後に立っていたのはヴィラン一人だけだった。

ある貴族の家を襲撃、屋敷を破壊し尽くしたあと令嬢を攫《さら》って手籠《てごめ》にした。

敵対する貴族の当主にその当主の子供の指を切り取って繋げたアクセサリーをプレゼントした、などエピソードに事欠かない男だ。

恨まれるのは慣れているが、父の業が息子であるアブソリュートに降ってくることを理不尽だと感じる。だが剣聖がアブソリュートを標的にするのは好都合だ。

これでレオーネ王女を守ることができるからだ。

アブソリュートは鍔迫り合いをしている剣聖の刃を自身の剣で受け流した。一瞬力の行き場をなくし体幹が揺らいだ剣聖の体をアブソリュートが蹴りで吹き飛ばす。

「ぬぅっ！」

剣聖は吹き飛ばされるも空中で体勢を整えて着地した。

「剣聖ともあろう者が不意打ちとはな。一度死んでプライドもなくしたか？」

「さすがだヴィラン・アーク。さぁ、次はお前からこい！」

「……やはり会話は成り立たないか」

アブソリュートはただ己の未練だけが残った妄執の化身となった剣聖を哀れに思った。

相手はかつての救国の英雄。

生前には多くの民を救い人々に希望を与えた偉大な人物だ。

その死後がこうして汚されていいのか？

誰よりも矜持《きょうじ》を大切にするアブソリュートには、今の剣聖の姿は見るに堪《た》えなかった。

原作では勇者の聖魔法によって浄化できたが今はそれほどの使い手はいない。

ならば私が彼の未練を晴らして解放してやらねばならない。

アブソリュートは剣聖をアンデッドに変え、誇りを汚した敵を絶対に許さないと誓う。

『カラミティ・ノワール』。決して楽には死ねんぞ。

「私が地獄に送り返してやる、いくぞ！　剣聖アイディール・ホワイト！」

「ヴィラン・アークゥゥゥゥ‼」


火花が飛び散るほどの激しい剣戟の応酬。

厳しい研鑽《けんさん》と苦悩の末に磨き抜いた師から繰り出される大技の数々。剣聖はかつてレオーネが憧れたソレを出し惜しみなく披露していく。

周りにいる騎士達はソレを見て感嘆の声を漏らした。

同じ剣を使う者ならば彼が使う技がどれほど凄いか理解できるからだ。

打ち込んだ剣を一瞬で反転させて二回切ったように錯覚させる剣技【暗転】。

繋ぎ目が分からないほどに完成された二重連撃【二重《ふたえ》】。

刃に魔力を乗せて斬撃を飛ばす【染め尽くす白《ホワイトアウト》】。

繰り出される達人技の数々に騎士達は魅せられた。

レオーネはその姿を見て涙が流れた。

「本当に……先生が待っていた相手は私ではなかったんですね」

レオーネの心の中に僅かに嫉妬の炎が灯る。

どうして私じゃないのか――

私の先生なのに――

だが、レオーネは己の醜い感情に蓋をした。

弟子なら二人の戦いを見届けよう。

先生の最後を目に焼き付けよう。

そう思ったからだ。そして何より、気持ちを抑えた最大の理由が目の前にある。

アブソリュート・アークは剣聖の技をすべて見事に受け切ってみせている。

いくらアンデッドになって繊細さが欠けていても先生のあの剣技は脅威だ。レオーネであってもあれを受け切るのは難しいだろう。

それをアブソリュート・アークは初見にもかかわらず無傷で受け切っているのだ。

驚くべき反応速度。

アブソリュート・アーク。やはり彼はかなりの実力者だと再確認する。

疑問なのが、彼が一向に反撃しないことだ。ただ受けるだけで一度も攻撃せずまるで剣聖のすべてを引き出そうとするかのような戦い方だった。

自身ではこうもできないだろう。

レオーネは二人の戦いを剣士として憧れを抱きつつも、やはり最後は私が相手をしたかったと再び嫉妬した。


アブソリュートは相手からすべてを引き出すように闘っている。なぜならこれは単純な勝負ではなく言うなれば心の戦いだからだ。

剣聖の体はアンデッド、破壊しても再生し体力の概念がないゆえ際限なく動き続ける。

つまり、今の剣聖は殺せないのだ。

アブソリュートがとった行動は相手のすべてを受け切ること。格の違いを示したのちに必殺の一撃を食らわす、そうすることで相手の心を負かすのだ。

「さすがだ……ヴィラン・アーク」

繰り出す剣技を次々と受けられる剣聖の賛辞は嬉《うれ》しくも、どこか悲しげだった。

よく見れば彼の体が徐々にひび割れていっているのが分かる。

それは勝負の決着が近いことを表していた。

「もう他に手がないのなら次で決めるぞ？」

そう言って剣を構える。

恐らく次の一撃ですべてが決まる、そんな気がした。

すると——

コツンッ！

アブソリュートの頭に何か硬い物がぶつけられた。

頭にぶつかり地面に落ちた硬い物を見ると、それは五センチにも満たないほどの道端に落ちているような小さな石だった。

「石？」

アブソリュートは石の投げられたであろう方角を見る。犯人は住宅の二階からこちらを見ていた、少年と呼べる年頃の子供だった。

「け、けんせいさまを……けんせいしゃまをいじめるな！」

少年は体の震えを抑えながらアブソリュートに向かって叫んだ。

アブソリュートは知らないがこの少年は剣聖がイヴィルから助けた少年である。少年には剣聖がまだ生きていてアブソリュートにいじめられているように見え、勇気を持って介入してきたのだ。

少年はコチラをジッと見つめるアブソリュートに恐怖しながらも、自分を助けてくれた剣聖を守るために叫んだ。

「けんせいさまはぼくを助けてくれたんだ！　だから虐《いじ》めるなあぁぁぁぁぁ！」

耐えきれず泣き出してしまった少年。

声が裏返りながらも必死に叫ぶその姿を見てレオーネや騎士達は心を痛めた。

すると――

「そうだ！　剣聖様はあいつらに操られてるだけなんだ！　だから殺さないでくれ‼」

「お願い剣聖様を助けて！」

「やるなら俺をやれ！」

閉じこもっていた家から若い男、妙齢の女性、中年の男が出てくる。

それだけで終わらない。

家に閉じこもっていた民衆が次々と出てきて剣聖にエールを送った。大人も子供も関係なく声を張り上げ一心に剣聖を応援する。

「剣聖様ぁー！　頑張れぇ‼」

「負けるな剣聖！　そんなすかしたクソガキやっちまえー！」

「頑張ってー！」

「剣聖頼む！　勝ってくれ！」

まるで街にいる皆の心が一つになったかのように感じた。

小さな火の粉がいつの間にか街全体を飲み込み大きな空気を作ったのだ。

アブソリュートが悪で剣聖が被害者という空気を。

子供の健気《けなげ》な訴えをきっかけに周りの人間の心を動かしたのだ。

剣聖がこれまで民衆のために貢献してきた実績、民衆の思いを少年が代弁したことで全員の心についた火。そして、アブソリュート・アークのスキル【絶対悪】によって印象が操作され全員の敵として認識されたことによってこの空気は作られたのだ。

加えて、民衆を混乱させないために剣聖の現状についての情報を知らせなかったのが裏目に出てしまった。

結果、街全体が剣聖の味方になりアブソリュートが完全にアウェーになってしまった。

アブソリュートは街全体から放たれる罵声や敵意を浴びながら剣聖に語りかける。

「……これは凄いな、この街全員がお前の味方だ。死してなおこれだけ慕われるとは、きっとそれだけのことをお前は民衆にしてきたのだろう」

アブソリュートは冷静だった。

嫌われ者の彼は罵声を浴びるのは慣れている。

アブソリュート・アークはこれくらいで取り乱すような柔《やわ》な精神の持ち主ではない。

(剣聖を倒せば、きっと私はスイロク王国の敵として認識されるだろう。原作のレオーネ王女のように……。だが、それでも私がやるべきことは変わらない。私は己を貫く)

すべてを敵に回す覚悟でアブソリュートは剣を上段に構える。その動作に全く躊躇《ためら》いはなかった。

改めて互いに剣を上段に構えて闘いを再開する。

「いくぞ、剣聖アイディール・ホワイト」

「あぁ来い、ヴィラン・アーク！」

アブソリュートは駆け出した。

待ち構えている剣聖の間合いへと――


闘いのさなか、剣聖の意識はまるで夢を見ているようだった。

体に心はなく、ただ己の欲のまま闘う機械のようだ。だがその機械の内にある思い出のような、心の残穢《ざんえ》は待ち望んでいた相手との死闘に感謝していた。

イヴィルとの闘いに敗れた剣聖は暗闇の中にいた。

上も下も分からないただ黒く染まった世界。

どこまでも続く果てしない闇の中に一人。

だが気分は悪くない。

まるで永遠に寝ているかのように、穏やかな空間だったのは覚えている。何も考えず、ただ無を享受し、まどろみに身を任せていた。

「…………………」

自分の声すらも聞こえない無音の世界。

不思議と寂しさも感じなかった。

永遠に続くかと思われた時間。

それは呆気《あっけ》なく終わりを迎えた。

(なんだ………あれは?)

光すらない闇の中で青白い肌の細い手が突如として現れ、剣聖の魂を優しく包んだ。

「目覚めなさい。固有魔法【死者の世界】」

闇の中にいた自分を誰かが引っ張り上げ、気づけば自分は元の体へと戻っていた。

生前の意識に霞《かすみ》がかかっているような曖昧なものだが、意識はある。

戻った意識の中で初めに目に映ったのは見覚えのない、まるで地下室のような光の閉ざされた部屋と、背筋が凍りそうになるほど冷たい目つきをした赤い目の女だった。

二十代くらいの見た目で、腰くらいまである長い黒髪に喪服のようなドレスを着ているその女は、どこか不吉さを感じさせたが、その相貌は息を呑《の》むほど美しかった。

目が覚めた。だが、体はいうことをきかなかった。自分の意志で体を動かすことができない。

眠っていた魂を一度離れた肉体に戻されて無理矢理封じこめられ、結果アンデッドとして再びこの世に舞い戻ったのだ。

「【染め尽くす白《ホワイトアウト》】」

剣聖の持つ宝剣の魔力が刀身を振り下ろすと同時に放たれる。

宝剣に蓄えられた膨大な魔力が剣聖の斬撃に乗せられ、より強力な一撃となってアブソリュートを襲う。

間違いなく剣聖の一番自信のある必殺技だ。

だが、アブソリュートはこれを待っていた。

相手の自信のある必殺技を撃ち破り格の違いを示すことのできるこの時を——

アブソリュートの上段に構えた剣に黒い炎が纏われる。その黒い炎は刀身よりも大きく燃え上がる。

これから繰り出すのは我が父の剣技。

剣聖が待ち望んでいるヴィラン・アークの剣技だ。

「【黒炎斬《こくえんざん》】」

剣聖の放った魔力が黒い炎を纏った斬撃によって切り裂かれる。まるで二つに割るように黒炎の斬撃は魔力を突き破る。

「……見事だ」

その斬撃は剣聖の技を切り裂くに止《とど》まらず剣聖の体をも切り裂いた。深く切り裂かれた剣聖の体から黒い血が飛び散る。

「感謝する……ヴィラン・アーク。そしてすまない」

そこでぷつりと糸が切れたかのように剣聖の体がばたりと倒れた。

倒れゆくなか、満足げな顔でアブソリュートを見ていた。


これで借りは返せただろうか。

あの時の英雄の称号を、賞賛を与えられるべきは其方だった。

剣聖を倒したことで称号は無理でも、その実力は皆に認められ賞賛されるだろう。私にはそれぐらいしかできない。それしか其方に返せない。

意識が薄れていく。

アンデッドになった体が灰となって徐々に崩れていく。

崩れていく自分の体を見て、今度こそ自分は死ぬのだと実感できた。

ヴィラン・アーク。

私を倒した彼が後に賞賛されることを心から願う。

あの戦争で得た英雄の称号は私には重いものだった。故に私は必死だった。

この称号に見合う男にならねばと。

本当の英雄にならねばと。

そうして己を磨いていくうちに私は剣聖となった。

本来なら空間の勇者を退けたヴィラン・アークこそ、その称号に相応しい。

ほとんど消えかけている意識のなかでこれまでに出会った人々との記憶が走馬灯となって脳裏に蘇《よみがえ》る。

スイロク王国の民の顔、隊長……王女様、そして妻に娘。

ほとんど他人のために費やしてきた人生だった……。

「だが、いい人生だった」

剣聖の体が燃え尽き灰となって消えた。

今度こそ剣聖は本当の死を迎えることができたのだった。


民衆や王女が見守るなか、剣聖とアブソリュート・アークの闘いはアブソリュートの勝利で決着がついた。

アブソリュートによって切られた剣聖の体は灰になって消えていく。最後剣聖はまるで人の心が戻ったかのように穏やかな顔を見せ消えていった。

光の剣聖の死亡。

その現実を皆は受け入れることが出来なかった。街は暫しの静寂に包まれそして——

「け、剣聖様…………うわぁぁぁぁぁぁぁ！」

「なんてことを…………」

「剣聖様を……剣聖様を返せ！」

「殺せっ！　誰かアイツを殺してくれ!!」

　慟哭《どうこく》、呪詛《じゅそ》のような恨み節、罵声すべてがアブソリュートに降り注ぐ。

　先程とは比べ物にならないほどの数の民衆からの怒声が大気を揺らす。今のアブソリュートは民衆の愛する英雄を殺した敵と認識され、その恨みを一身に受けていた。

　剣聖を打ち破った瞬間、アブソリュートは民衆の敵となったのだ。


　彼らの罵声を浴びながら、アブソリュートは少し安堵した。

（ああ、この罵声を浴びるのが自分で良かった）

　原作のレオーネ王女は自らの師を死に追いやった罪悪感とこの罵声に、心が壊れた。

　幸い、近くにいるレオーネ王女には民衆は頭が回らないようだ。これなら自分が恨まれるだけで済む。アブソリュート・アークとして彼女《レオーネ王女》に何ができるかずっと考えていた。

　その結果が民衆の恨みを代わりに引き受けることだ。

　そうアブソリュートは思っていた。

アブソリュートは剣聖の使っていた宝剣を回収し、レオーネの下へ歩いていく。

レオーネ王女は複雑そうな表情でアブソリュートを迎えた。

師を失った悲しみにアブソリュートへすべて押しつけてしまった罪悪感が彼女を苦しめる。

「ごめんなさい……貴方に押しつけてしまった」

「お前が気にすることではない。私が勝手にやったことだ、すべての罪は私が背負う」

アブソリュート・アークは気にする素振りを見せなかった。だが逆にそれが強がっているようでレオーネの心を強く締めつけた。

……平気なはずがない。

民を救うために戦った彼がこのような扱いを受けて平気なはずがないのだ。

人の口に戸は立てられない。

光の剣聖という、各国に名を馳せる強者を彼は打ち破ったのだ。

これからアブソリュート・アークの名前は各国に広まることになる——英雄を殺した人間として。

(貴方はそれでいいの？　少なくとも貴方はすべてのスイロク王国の民を敵に回した。いくら他国の人間であってもこれだけの人間から恨まれるなんて、私は耐えられない……)

この日、世界は偉大な英雄を一人亡くした。

そして、その英雄を殺した男の名前も後世にまで伝わったという。

第二都市を奪還されたブラックフェアリー。王国軍はその勢いのまま進軍し、第三都市まで奪還してみせた。

現在、ブラックフェアリーの面々は本拠地である第四都市に身を寄せている。

第四都市はスイロク王国の四大都市の一つとして数えられているが、今はほぼスラム街と化している。

そこはボロボロの整備のされていない家や建物が並び、街全体から悪臭が漂い、まるでゴミ溜《た》めのようだった。

それでも一応人は住んでいる。犯罪歴のある者や捨てられた子供、金のない者、訳ありが集まりそれぞれがコミュニティを作り生活している。

十五年ほど前は、ここはまだ街として機能しており、今ほど酷《ひど》くはなかった。

貧しいながらもそこには社会としての営みがあり、人が暮らせる環境ではあったのだ。だが、聖国との戦争で第四都市から多くの市民が徴兵されたことにより治安が悪化する。加えて、領主も代替わりしたことで悪政がより酷くなったのだ。

ブルース達は本拠地である地下施設に潜伏していた。

怪我人《けがにん》などを除いたメンバーは大広間で暫しの休息をとっていた。連戦や敗北が続きメンバー達の顔色が絶望的に悪い。空気も重く、いつも以上にどんよりして士気は最悪だった。

徐々に士気を上げていく王国軍に対して、日を重ねるごとに味方が離反していく。

「わりぃが俺は抜けるぜ！　あんな作戦無駄だったんだ」

「俺もだ。処刑されたらたまったもんじゃねぇ」

「俺も」

空気に耐えかねた者が去るとそれに便乗して次々とこの場を去っていく。

無理もない。イヴィルの恐怖による支配とバウトの魅力で成り立っていた組織だ。どちらかがかけた時点で結末は決まっていたのだ。

半分以上が組織を抜け数千人いたメンバーも残りは数百人程となる。

むしろよくここまで残ったものだ。

残った者のほとんどが国を、貴族を恨んでいる。たとえ死ぬとしてももう奴らの下に屈することをよしとしない者達だ。

それほどにスイロク王国という国に絶望しているのだ。

「ブルースさん！　王国軍がやってきました！」

見張りの者から敵がやってきたことが伝えられる。

イヴィルやバウトがいない今、序列四位の自分が指揮をとらねばならない。

ブルースはメンバー達の前に立ちこれからの指示を出す。

「はっきり言うけど、私達の負けよ」

「「…………」」

「でもね、私達が行動を起こさなければ第四都市はずっと放置されていた。人攫いも貴族による悪政もずっと続いていた。行動を起こさなかったら死んでいたわ、そうでしょ？」

多くの者が同意する。

彼らはただ生きたかった。

自分の生活が脅かされていたから、行動を起こした。生きるために奪った。それぐらい追い詰められていたのだ。

「私はまだ死にたくないけど貴方達はどう？」

「「生きたい!!」」

「なら闘わなくちゃね。全員街に潜んで騎士達を狩りましょう。ここは私達の街だから彼らにはお帰り願いましょうか」

ブルースの指示の下、メンバー達は街に散開していく。彼らの最後の闘いが幕を開けた。

　レオーネ王女率いる王国軍はついに最終決戦の場である第四都市に踏み入った。

「……嘘、これがスイロク王国の都市だっていうの」

　レオーネが見た光景を例えるなら敗戦国の末路だ。まるで占領され、何もかも奪われたように活気もなにもありはしない。街全体から悪臭が漂い、ゴミ箱の中にいるようだ。

「これが第四都市だ。あの反乱はこのままここにいては死を待つだけだと思って行動した結果なんだろうな」

　アブソリュートがそう言うとレオーネは悔しそうな顔を見せる。

　今回は慰めたりしない。これはスイロク王国の問題であり、彼女達が変えていかなくてはならない課題だ。存分に悔しい思いをしてもらわないといけないのだ。

「それでも彼らがしたことは許されることではありません。自分のために他人の暮らしを侵していい理由があってはならない」

「……そうか」

　レオーネ達は再度覚悟を決め敵の下へと歩き出した。

地上の方から喧騒《けんそう》が聞こえ始め、最後の闘いが始まったことを察するブルース。

だが彼は戦闘に参加せず、私室で何やら作業にいそしんでいる。地下にある病室で眠っているイヴィルのために粗末ながらも回復薬を作製していた。

彼がいればまだ闘える、そう信じているからだ。

イヴィルの負った切り口は深く、回復薬だけでは完治できずにいる。ブルースを完治させたような最上の回復薬があれば話は別だが。

「出来たわ。愛情たっぷりの回復薬。これでイヴィルも目覚めるわ」

急がないと王国軍がここまでやってくる。

完成した回復薬を持って私室を出て駆け出そうとしたその時――

「えっ？」

ブルースの腹から刃が突き出した。

突然の出来事に頭が回らない。だが何者かが背後から自分に剣を突き刺したのは理解できる。

ブルースは誰が自分を刺したのか確認するために後ろを向く。

「嘘……でしょ？　な……んで、貴方達が――」

犯人は予想外の者達だった。

「いや〜、もうこの組織に勝ち目はなさそうですからね。元々ある方の命令で潜入していただけなのでそろそろ本職に戻ろうかと。ブルースさん、今までクソお世話になりました！」

剣でブルースを突き刺したのは同じブラックフェアリーの幹部の者達。

剣で腹を貫いたのは序列六位ジャック。

後ろでニヤニヤといやらしい笑みを浮かべているのは序列七位レッドアイだった。

ジャックは貫いた剣をブルースから引き抜く。ブルースは貫かれたダメージにより全身に力が入らずそのまま地に俯《うつぶ》せに倒れた。

「私達は元々帝国の闇組織から潜入していたんですよ。貴方達のクーデターを成功させ、漁夫の利を頂くために。でも、それも貴方達の敗北で失敗に終わりました。なので、次の目的を果たそうかと」

「次の、目的？」

「イヴィルを殺すか生け捕りにして私達の主《あるじ》の下に連れて帰ることです」

「⁉」

（イヴィルを殺す⁉　生け捕り⁉　一体何故？）

血が流れすぎたのか頭が働かない。異様に体が寒く意識が薄くなってきた。

「おや？　もう限界ですか？　まぁ貴方にはお世話になったので止《とど》めを刺すのは大変心苦しい。どうかそのままお休みください」

そう言い残すと二人はブルースを置いてイヴィルの下へと向かっていった。

「い、イヴィル……」

遠のく二人の背中を見て、かすむ意識のなかブルースは走馬灯のように過去を思い出す。

忌まわしくも美しかった思い出。

ブルースは生まれ時から歪《いびつ》な存在だった。

体は男で心は女。

自身の認識している性別が体と異なっていたのだ。

そんな周りから浮いた存在はスラム街からすると格好の標的だ。ストレス発散の捌《は》け口《ぐち》として酷い暴行を受けた。

周りと自分が違うことの何が悪いのか。自分はただ生まれてくる性別を間違えただけなのにどうしてこのような罰を受けなければならないのか。辛く苦しい日々を送っていた。

そんな自分を救ってくれたのがイヴィルだった。

十六年前。

当時ブルースがまだ七歳だった頃の話。

スラム街に数ある派閥の一つにブルースは所属していた。派閥と言ってもスラムの端っこを陣取っている十数人の人間が集まっただけの弱小派閥。人数も力も底辺の集まりだ。

派閥の仲間は困窮した生活にストレスが溜まり、当然そのストレスの発散先は一番立場の弱いブルースに向かう。

「きめぇんだよ！　ブルース！」

「ぐっ……」

ブルースより年上の者達が彼をサンドバッグのように蹴り続ける。

子供相手に容赦のない暴力がブルースを襲う。

ブルースは身を丸め、ただ終わるのを待つしかなかった。

これでもマシな方だ。

もっとも酷かった時は縛り付けられ、ブルースの睾丸《こうがん》が潰れるまでそこに石を投げ続けられたこともあった。あれは酷かった。

恐らくこれは自分が死ぬまで続く。そう思っていた。

そんな地獄から救い出してくれたのがイヴィルだった。派閥のアジトに乗り込んだイヴィルとバウトはブルース以外のメンバーをあっという間に蹂躙《じゅうりん》した。

「お前もコイツらの仲間か？　っていうか女かお前？」

「……仲間じゃない、奴隷だった」

ブルースは彼に自分のことを話した。

体と精神の性別が違うこと。

それを理由にコイツらから虐げられてきたこと。

彼は黙って最後まで聴いてくれた。

敵ではないと分かったのか私への攻撃はやめてくれた。制圧を終えた彼らはアジトを出ようとする。

　するとイヴィルは振り返ってブルースに言った。

「どうするお前も来るか？」

「えっ？　……でも、私」

　こんな私でもついていっていいのか。そう伝えると、

「そんなもんテメェで決めろ。テメェの人生なんだ、性別くらい好きに自称していいんじゃねぇの？」

　初めてそんなことを言われた。

　性別に悩んでいた自分を仲間に誘い、こんな自分を肯定するような言葉をかけてくれたことに涙が流れる。

「…………行ぎだい」

「それもお前が決めろ。この派閥はなくなった。お前の自由だ」

　そしてブルースは彼の仲間になった。

　彼らと過ごす日々は夢のように楽しかった。

　彼らといるとこれまで自分がどれだけ不自由だったかを如実に理解した。

　私は結局性別をどちらかに決めなかった。

　女性として生きていきたくても、イヴィルやバウトの足手纏いにならないために戦うことを考えるとこのスラムでは決定的な選択はできなかった。

男であり女、そういうどっちつかずの選択をとることにしたのだ。

それをイヴィルに言うと――

「それもお前の自由だ」

そう言ってくれた。

スラム街という何もない環境でも彼らといられればそれだけで良かった。

だが幸せな日々は唐突に終わりを告げる。

イヴィルが突然自分達の前から姿を消した。

これまで何も言わずにアジトを空けることのなかった彼が何日も戻ってこなかったのだ。

私達は懸命に捜索したがついぞイヴィルを見つけることは出来なかった。

急になんの前触れもなく姿を消したことから、もしかしたら人攫いにあったのではないかと仲間内では噂になった。

第四都市を実質支配している『ギレウス』という組織は人身売買をしのぎにしており、スイロク王国にいるレアスキルを持つ子供を他国に売り飛ばしているという話だ。

もしかしたらイヴィルも奴らに捕まり他国に売り飛ばされたのかもしれない。そう考えると不安で堪《たま》らなかった。

イヴィルはブルースにとって特別な人間だからだ。

ブルースにとってイヴィルはそれぐらい大きな存在になったのだ。

初めて自分を否定しなかった人。

辛い環境から自分を救い上げてくれた恩人。
そして——初めて好きになった人。

イヴィルはそれから十年程経って帰ってきた。

背は伸び、体も逞《たくま》しくなっていたがその顔にはかつてのイヴィルの面影を感じた。

「イヴィル、今までどうして——⁉」

言葉を投げかけるが、イヴィルの憎しみに満ちた顔つきを見て最後まで言えなかった。

「仲間を集めろ。ギレウスを潰すぞ」

私はその一言で彼に何があったのか悟った。

ブルースは何も言わず彼の言う通りに仲間を集め、『ブラックフェアリー』を結成した。

そして力を蓄えた後にギレウスを潰した。

リーダーは逃したが実質これでブラックフェアリーはスラム街の支配者になった。

だがイヴィルはそこで止まらなかった。

ギレウスの次はスラム街を出て第四都市をものにし、そしてイヴィルはあろうことか国を相手に敵対した。

そこで私達は彼の憎しみの深さを知った。

彼の憎悪は国を揺るがすまでになったのだ。

何度か彼を窘《たしな》めようとする者もいたが、彼はその度に見せしめのように大勢の前でその者を痛めつけた。

凄惨に苛烈に何度も責め苦を味わわせ、いつしか彼に忠言する者はいなくなった。

イヴィルは組織を恐怖で支配したのだ。

彼は変わった。

かつての自由を愛する彼はいなくなったのだ。

それでも私は彼についていった。

たとえ変わっても、あの日私を助けてくれたのは紛れもなくイヴィルだから。

今でも胸を熱くしてくれる言葉をかけてくれたから。

私は彼を愛しているから。

それだけで命を懸けるに充分だった。

たとえその先に道がなかったとしても。

「お願い…………生き…………て」

その言葉を最後にブルースは意識を手放した。

長い眠りから、イヴィルは意識を取り戻した。

上半身を起こし体を見ると全身に包帯が固く巻かれ、傷口は縫ってあるようだった。

「つうっ！」

まだ切り裂かれた痛みが残っている。

あまりに深い切り傷はただの回復薬では完治できなかったのだ。傷口を粗雑ながらも懸命に縫いあわせ、片時も惜しまず看病を続けてくれた者がいたからこそイヴィルは目を覚ますことができたのだ。

辺りを見渡すとスラム街のアジトの部屋だと気づく。

「俺はアイツに負けたのか……」

自分の目の前に立ち塞がった赤い目のガキの顔を思い出す。屈辱で頭がおかしくなりそうだった。

「クソが！　あの後、どうなった？　おい！　ブルース‼　誰か部屋に来い」

ベッドの上で叫ぶ。

どれくらい寝ていたのか？

あの後どうなったのか？

考えることは山積みだった。

バタバタと外から誰かが向かってくる音が聞こえ、その後勢いよく扉が開かれた。

「遅《おせ》えぞ！　何してやがっ——⁉」

怒鳴りかけるイヴィルに向かって数本の短刀が投げられる。イヴィルは咄嗟に腕を十字にクロスしてそれらが急所に刺さるのを防いだ。

「ッ⁉」

短刀はイヴィルの腕に突き刺さりベッドの上に血が流れる。イヴィルは攻撃した人物を睨んだ。

「生きてやがったのか、ジャック」

イヴィルを攻撃したのは剣聖に殺されたはずの幹部。

ブラックフェアリー序列六位無音のジャックだった。

おかしい、彼は剣聖に首を刎《は》ねられ亡くなったはずだった。だが彼は実際に目の前にいる。

刎ねられた首には大きな縫い目が確認でき、それは彼が一度死んだことを意味していた。

レッドアイは剣聖の他にも、ジャックの遺体も密《ひそ》かに回収し彼もアンデッドに変え、使役していたのだ。

「いやいやいやいや、隣！　隣！　私もいますよっと。おはようございますボス。寝覚めの挨拶はいかがでしたか？」

　そして彼の横には同じく幹部のレッドアイの姿があった。ボスである自分に向けての挨拶がこの攻撃というのはいささか冗談がすぎる。

　急所に向けて三ヶ所。

　間違いなくこちらの命を奪う目的の攻撃だった。

　イヴィルはレッドアイを睨んだ。

「テメェらついに裏切ったのか？」

「裏切ってはいませんよ。初めから味方ではありませんでしたから。その言い方からしてボスも薄々気づいてはいたのですね。感心、感心」

　レッドアイは帝国から武器を輸入し、イヴィル達に破格の安値で卸していた。ブラックフェアリーのメンバーは千人を軽く超える。それだけの数を闇組織に売るなら何かしら帝国側からアクションがあると思っていたがそれもなかった。

　ということは帝国側にバレないよう細工した奴がいるということだ。それなりに武力と権力のある誰かが。

「はっ、俺はハナから誰も信用してはいねぇよ。テメェのような豚野郎は特にな。どうせあのゾンビババアのパシリだろ？」

「そこまで分かっているなら話は早い。私の目的は裏切り者である貴方の始末です。理由はお分かりですね」

「知らないな。俺はアイツの仲間になった覚えはない」

「この状況なのに、そんな太々《ふてぶて》しい態度を取れるとは素直に尊敬しますよボス。最後に聞きますがノワール家に戻ってくるつもりはありませんか？　貴重な精霊使いを私達も手放したくはないのですよ」

最後の通告。

これを受け入れなければ、今のイヴィルでは彼らに抵抗すらできずに殺されるだろう。だがイヴィルはベッドから起き上がり、立てかけてあった剣を手に取った。それは彼に戦意が失われていない証拠だった。

レッドアイに向け中指を立てて言い放つ。

「誰に口利いてやがる。くたばれ豚野郎」

「…………そうですか。ではお別れです、すぐにブルースさんや他のお仲間の下まで送って差し上げます。これまでお世話になりましたボス」

そうしてレッドアイは右手を上げ合図を送る。

攻撃の合図だ。

ジャックとレッドアイの連れてきた数人の腕利き達。

レッドアイの手下達が一斉にイヴィルに襲い掛かる。

剣を構えたものの、今の自分にアイツらに抵抗するだけの力はなかった。全身が鉛になったかのように重く、思うように動かない。傷口から血が滲《にじ》み、巻かれた包帯が赤色に染まっていく。

正直立っているだけでやっとだった。
それでも彼が抵抗しているのは誰にも俺は屈さないという気持ちの表れだった。
相手に奪われてばかりの最悪な人生だった。
そんな人生のまま終わっていいのか？
駄目だ……俺は俺を縛るしがらみから抜け出し自由に生きると決めたのだ！
『自由になりたい？』
どこかで聞いたような声が聞こえた。
絡みつくようなねっとりした声音だ。
自由になりたいに決まっているだろ。
『なら私を受け入れて？　一つになりましょう』
怪しい言葉だが何故か疑う気になれない。
そうすれば自由になれるのか？
『貴方次第よ』
どうせこのままでは俺は死ぬ。お前を受け入れる、だから俺を自由にしろ。
『契約は完了したわ。じゃあ貴方の体、貰《もら》うわね』
次の瞬間、イヴィルの体に巻きついていた鎖が口からイヴィルの体の中に入っていく。
そしてイヴィルの意識は途絶えた。

アブソリュートがブラックフェアリーのアジトである四階建の廃墟に突入する。

この廃墟は過去にギレウスがアジトとして使用していたもので、二階より上はダミーで本来のアジトは地下にある。

アブソリュートは原作で地下のことを知っていたため迷わず地下に通じる隠し扉を発見した。扉を開くとそこには地下へと続く階段が暗い口を広げている。

イヴィルがいるのは原作では最下層のボス部屋。

アブソリュートは最下層に向けて階段を嘲笑《あざわら》うように飛び降りた。


最下層まで辿《たど》り着《つ》いたアブソリュートはボス部屋を探そうとする過程で足を止める。

部屋の扉の前に重傷を負った人物が倒れていたのだ。顔を見るとそいつは、ブラックフェアリーの序列四位ブルースだった。

腹部の急所を背後から刃物で刺されたのか背中から大量に出血していた。

床には回復薬とみられる液体や瓶が散乱しており、それが運良く傷口にかかったことで今はまだ生きながらえているのだろう。だが、このままでは間違いなく死亡する。

アブソリュートは少し思案した後、彼を治療することにした。

この反乱を終えた後、最後に責任を取る者が必要だ。

ケジメのため、国民の怒りと憎しみ、そしてすべての罪を背負って死ぬ者が。

「上級回復魔法《ハイヒール》」

出血を止め、彼の生命を死なない程度に回復させた。

これがブルースにとって幸運だったのかは分からない。もしかしたらここで死んでいたほうが良かったのかもしれない。彼はこれからすべての罪を背負い死ぬことになるのだから。

「治療はした、恐らく死ぬことはないだろう。ではな」

「…………」

そう言い残してアブソリュートは部屋から去っていった。

最下層の最奥にもっとも大きな扉を見つけた。

扉の奥から血の臭いを感じる。

あの独特の鉄の臭いだ。

間違いなくここにイヴィルがいることを確信した。

アブソリュートは扉を開ける。

扉の向こう側に何かあるのか少しつっかえている感触がある。力でこじ開けるようにして扉を全開にする。すると目に映ったのは――

空中で手足と首に鎖が繋がれ息絶えているブラックフェアリーの幹部のジャックとレッドアイ、そしてその部下達の死体。

だが奇妙なのはまるで水分を抜かれたように干からびて死んでいるのだ。

まるで何かを吸い取られたかのように――

「お前がやったのかイヴィル。いや、『束縛の精霊』」

壁際に佇《たたず》む者を睨む。

そこには目で見て分かるほど濃密な魔力を背中から翼のように生やしたイヴィルがいた。どこか神秘的で蠱惑的《こわくてき》なその姿はまるで『黒い妖精』。彼らブラックフェアリーを象徴しているかのようだった。

「…………」

奴はアブソリュートを睨んでいるが、その瞳はどこか虚空を眺めるように虚《うつ》ろだった。

かつてのイヴィルのような荒々しい殺気ではなく、静かで重くのしかかるような殺気を放つそれがイヴィルではないことを一目見て理解できた。

（あれは精霊に体の支配権を奪われている。原作と同じだな）

原作において、勇者との闘いでピンチになったイヴィルは束縛の精霊に心の隙をつかれ、体を乗っ取られてしまうのだ。恐らくこれはその状態と言っても過言ではないだろう。

束縛の精霊は独占欲の強い精霊だ。人に善悪があるように精霊にも善悪が存在する。アブソリュートが契約している『献身の精霊トア』は人の心と体に寄り添う献身的な性格の善良な上位精霊だ。

だが、束縛の精霊の性質は限りなく悪に近い。普段イヴィルの体に巻きついていたのは彼女の独占欲の表れだろう。気に入った相手に執着し、束縛する。まるでメンヘラのようにタチが悪い。恐らくイヴィルの心の闇が気に入っていたのだろう。

束縛の精霊がイヴィルの体と同化して操っているのだ。

あちらはアブソリュートに凄まじい殺気を向けている。

正直こんな短期間でリベンジマッチは不毛すぎてあまりやりたくないが、今のイヴィルはバージョン2ぐらいのそれだからまぁいいか。

「これが最終ラウンドだ。いくぞイヴィル!」

二人の最後の闘いが幕を開けた。

原作においてイヴィルと勇者の闘いは非常に拮抗《きっこう》したものとなっている。

本来のレベルで比較すればいくら勇者、マリア、アリシア、聖女の四人がかりとはいえレベル50を超えるイヴィルの相手にはならない。

だが勇者のスキルによる戦闘時のステータス強化と、敵対する者への弱体化により格上のイヴィルは勇者と同じ土俵に立って戦わざるをえなかった。

「あああぁぁぁぁ――――！」

イヴィルを後一歩のところまで追い詰めた勇者達だったが、その時イヴィルに異変が起きた。

イヴィルは体を束縛の精霊に奪われ同化してしまった。

今のイヴィルは半精霊のような存在だ。

体の支配権を奪った束縛の精霊は、イヴィルの声帯からは考えられない異様に高い声を上げる。

精霊に体を奪われたイヴィルは魔法陣から鎖を召喚し、勇者達へ反撃した。

数十本にも及ぶ大量の鎖が勇者達に襲い掛かる。

「一本でも厄介だった鎖があんなに沢山――――アリシア！」

「分かってる！　固有魔法【魔弾】！」

手で鉄砲の形をつくり、魔力の球を鎖に向かって打ち出した。イヴィルの鎖は魔力を吸収するが魔法を無効化する訳ではない。

魔弾を鎖に何発か命中させて弾《はじ》いていく。

だが明らかに弾数が足りていない。

「ごめん全部は無理っぽい！」

アリシアが大声で謝罪する。

そこで後ろにいる女騎士が前に出る。

鎧を纏ったマリアだ。

「大丈夫。後は私に任せてください。聖女様！」

「【聖女の祝福】」

聖女の強化付与の魔法を受け、マリアは鎖を剣で捌《さば》いていく。

「はぁぁぁぁぁぁぁぁぁぁ！」

達人顔負けの見事な剣技で二十近くある鎖から仲間を守るマリア。

「アルト！　頼みました！」

「任せろ！【ホーリーアウト】」

皆が粘っている間に勇者アルトはイヴィルに強力な一撃を放つ。勇者の体から全方位に放たれた聖属性の魔力がイヴィルを襲う。勇者だけが放てる悪《あ》しき者だけを裁く一撃、ホーリーアウト。

イヴィルは咄嗟に全身に鎖を巻くことで防御をする。だが、勇者は構うものかと全出力で攻撃した。

「あ、あぁぁぁぁぁぁぁぁぁぁ――――！」

断末魔のような悲鳴が響き渡り、そしてイヴィルは倒れた。

「やった……のか？　やった！　みんな勝てたよ！」

強敵だった。

決して一人では勝てなかったと思う。

みんなの勝利だ！

喜びを隠せず後ろを振り返る。

するとそこには鎖に簀巻《すま》きにされて転がっている仲間達の姿があった。

「みんな⁉　嘘だろ……確かに倒したはずなのに」

勇者がイヴィルの方を向くと彼は地面に倒れながらもコチラを、確かに睨みつけていた。

イヴィルが手を虚空に掲げゆっくりと握り込んでいく。

「────！」

「────！」

イヴィルが手を閉じるにつれてアリシア達の鎖の圧迫が強くなる。アリシア達が脱出しようともがくが鎖からは逃げ出せない。

まずい、このままでは鎖で圧迫され死んでしまう。

勇者はイヴィルに止めを刺すために駆け寄ろうとするが足が動かなかった。

足下を見ると地面から鎖が生えて勇者の足を拘束していた。

（くそ、魔力はさっきの一撃でもうないのに！）

今の勇者に打てる手はなかった。

「嫌だ！　みんなを守るんだ。俺は勇者なんだ、みんなを助けなければ！　悪党なんかに負けてはいけない！　俺が助けるんだあぁぁぁぁぁ！」

すると勇者の体が光りだし、目の前に一本の剣が現れた。

勇者には分かる。目の前の剣が聖剣だということが。勇者アルトの思いに呼応して現れたのだと。

勇者は咄嗟に聖剣を掴みとり、そしてイヴィルに向けて投擲《とうてき》した。

「いっけぇぇぇぇぇぇぇぇっ！」

勇者によって放たれた聖剣は音速を超えたかのような速度で加速しイヴィルの頭に突き刺さった。

「あ、ああ……俺は――自由」

何か言葉を口にした後、イヴィルは力尽きた。

「みんな！」

イヴィルを仕留めたことで鎖は解《ほど》け、仲間は皆無事だった。今度こそ本当に終わった。

俺達がスイロク王国を救ったんだ！

原作ではギリギリではあったもののなんとか精霊と同化したイヴィルに勝利を収めた勇者達。四人という数を活《い》かした連携に終盤での勇者の覚醒。あらゆる要素が重なった結果、運が傾いたと言えるだろう。

ではイヴィルの相手がアブソリュートだったらどうなるだろうか。

序盤のボスキャラとラスボスが戦ったらどうなるか。

どの作品においても皆一度は考えたことがあるだろう。

私は序盤の敵キャラが味方になり、最後までインフレについてきてラスボスといい勝負を繰り広げる展開が好きだ。

一旦下がっていたキャラの格が大幅に上がる感覚がたまらないのだ。

ライナナ国物語でも似たような雑談が繰り広げられたことがある。アブソリュートとイヴィルは相性の差でイヴィルが勝つのではないかと。

魔法寄りの万能型のアブソリュートと、魔法系特効を持つイヴィルの勝敗はかなり意見が分かれていたのを覚えている。

もし、原作でそのような展開があったら盛り上がるかもしれない。演出上結構イヴィルが食い下がってくる可能性も大いに考えられる。

だが、現実は物語のようにはいかない。

現実は残酷なほどに無情だった。

「よし、終わりだな」

一仕事終えたようなさっぱりした声。勝者は——アブソリュート・アークだった。

そしてその足下には両手両足をへし折られ大量の魔力の手に押さえつけられ拘束されたイヴィルの姿があった。

勝負は数分も経たずに決着した。

原作同様に数十本の鎖を召喚し攻撃するイヴィルに対してアブソリュートは数千本の魔力の腕を生成してオーバーキルしたのだ。

イヴィルの鎖は魔力を吸収する故魔法特化のアブソリュートには相性が悪かった。だが、アブソリュートは相性の悪さをレベルとステータス差で打ち消し勝利を収めたのだ。

イヴィルの鎖はアブソリュートにはかなり危険だ。故に万が一が起こる前に勝負を決めたのだ。

殺してはいない。

イヴィルには聞きたいことがあるからだ。

（まぁ元に戻るかは運次第だが）

アブソリュートは契約している精霊トアを呼び出した。

「トア──【献身】だ」

献身の精霊であるトアが持つスキル【献身】は、精神を落ち着かせる効果を持つスキルだ。

精神に作用する珍しい魔法でメンタルを整えるのに役立つ。加えて威圧や混乱といった精神に異常《デバフ》を与えるスキルを無効にできる。

今のイヴィルは精霊に体を乗っ取られている状態。イヴィルの心の闇につけ込み体の支配権を奪うタチの悪さ。だからその心をトアのスキルで安定させて精霊を追い出そうという作戦だ。

トアがイヴィルの体を包み込むように抱きしめる。

イヴィルが光に包まれていく。

それにつられてイヴィルの黒い魔力は影を潜め体内にいた精霊を追い出した。

空虚だった瞳に力が戻ってくる。

「ぐっ……テメェは、あん時の──そうか俺は負けたのか」

イヴィルは意識を取り戻した。

アブソリュートは倒れているイヴィルに向けて言い放った。

「私はアブソリュート・アーク、お前を二度倒した男だ」

そしてこう続けた。

「さぁ、話をしようかイヴィル」

激しい戦闘の末に決着がついた。

地面に仰向《あおむ》けに倒れ拘束されているイヴィルとそれを見下ろすようにして立っているアブソリュート・アーク。

「さぁ、話をしようかイヴィル」

「話だぁ？　テメェと話すことなんか何もねぇよ。消えろ豚野郎」

決着がついてなお、強気な姿勢を崩さないイヴィル。

さすがだ——やはり悪役はこうでないと。

最後まで相手に屈しない。

勝負には負けても心は折れない。

まさに理想の悪役だ。

だが、アブソリュートは彼に聞きたいことがあるゆえ少し狡《ずる》い手を使うことにした。

「もし、話をしてくれるならお前の仲間が出来るだけ殺されないように手を尽くそう」

バウトとイヴィルが負けた時点でブラックフェアリーに勝ちの目はない。負けた彼らの運命は処刑一択だ。それを彼は分かっているので大人しく相手の要求を呑むことにした。

「……………………チッ、なんださっさと話せ」

「お前に聞きたいことがある。何故この騒動を起こした？」

「……………………」

「喧嘩屋バウトに消失のブルース。皆がお前を生かそうとした。こんな勝ち目の薄い闘いの中でもだ。きっと彼らにそれだけ思われることをお前はしてきたのだろう。だから私はお前が何を思って戦っていたのか、それが知りたいのだ」

原作ではイヴィル達が一方的に悪く書かれていた。

だが、同じ悪役のアブソリュートには彼らにもそれなりの理由があったのは分かる。

小さくため息をついた後、イヴィルは語り出した。

「俺は……俺が自由になるためにアイツらを利用しただけだ」

そしてこう続けた。

「俺は――奴隷だった」

イヴィルは物心ついた時から漠然と現状に不満と息苦しさを感じていた。

スラム街という閉鎖された空間で行われる領地争いに、今日の飯にもありつけるか分からない貧困。生きていくうえで付き纏うこの状況や、闇組織の大人にびびってへこへこする息苦しい生活に生きづらさを彼は感じていた。

イヴィルという男は自由な人生を求めた。彼の言う自由とは誰にも干渉されず己の力で生きていけることを指す。子供である自分には何もなかった。

子供の頃の自分はまず力を求めた。

十六年ほど前のスラム街では派閥争いが繰り広げられ何度も激しい抗争が行われた。

それに生き残るためにイヴィルは仲間を求めた。

腕っ節の強いバウト。

レアなスキル持ちで金策や食料の調達に長《た》けたグリード。

癖の強い奴が多いスラム街でもマルチに人と付き合えるブルース。

仲間を集めたイヴィルは派閥を作り上げた。

そして結成から数年後、ようやくスラムの頂点に立ったのだ。

だが、スラムの頂点に立ってなお、イヴィルは自身の環境の不自由さに悩んでいた。次は仲間達を鬱陶しく感じたのだ。

スラムの派閥のトップになったイヴィルを多くの人間が慕い、彼の下には人が集まるようになった。それがたまらなく嫌だった。まるで奴らが自分をスラムに縛り付けているような気がした。

（違う。俺が求めた自由はこれじゃねぇ）

だからイヴィルは決心した。

スラムから抜け出して自由になろうと。そしてイヴィルはリーダーという重責も彼を慕う仲間も捨てスラム街から去ろうと一人旅立ちを決意した。

だがそれが不幸の始まりだった。

ある日の夜、一人でスラム街を出ようとしたイヴィルは行動に移した。

スラム街といえど夜は月明かりのみなので基本的には誰もいないわけだ。だが、イヴィルが行動に移した日は例外だった。

スラムを出ようとしている彼の前に数名の大人が立ち塞がったのだ。

「なんだお前ら、失《う》せろ！」

イヴィルは内心冷や汗をかく。

目の前にいる大人の一人に見覚えがあったからだ。

スイロク王国の闇を支配し、奴の部下を通して何度かやり取りしたことがある人物。

人身売買組織ギレウスのボス、オリオンだ。

オリオンはイヴィルにこう言った。

「俺と一緒に来い。いい所に連れてってやる」

連れの男達はニヤニヤと笑っている。

間違いなく人攫いのターゲットになっている。

それに気づいたイヴィルは逃げだそうとするもすでに周りは囲まれている状態だった。

イヴィルに逃げ場はなかった。

（まずい――）

そう思った瞬間に頭に強い衝撃を受け、イヴィルは意識を手放した。


気がつくとイヴィルは見覚えのない場所へと連れてこられていた。そこは窓のない閉鎖的で広々とした部屋、恐らく地下だと思われる。

周りを見ると自分の他にも三十人以上のガキ達が攫われていた。

「起きろ奴隷どもっ！」

室内に怒号のような声が響き渡り、周りにいる子供達が萎縮する。

現れたのは軍服を纏った体格のよい男。

「総員傾注！　我はこれから貴様らの飼主になるサー・ノワールだ。帝国へようこそ、我らは貴様らを歓迎しよう」

全員が状況を飲み込めず固まっている。

どうやら俺は帝国へ連れてこられたようだ。

イヴィルは意を決してサー・ノワールに問いかけた。

「……俺をどうするつもりだ？」

「ほう。貴様、名は何という？」

「………イヴィル」

サー・ノワールがイヴィルの下へ歩いてくる。

すると思いきり力を込めた蹴りがイヴィルの腹に叩《たた》き込まれた。

「かはっ‼」

あまりの衝撃に体が吹き飛ばされ地面に転がる。

「誰が勝手に喋っていいと言ったゴミが！　立場を弁《わきま》えろ」

ゴミを見る目でイヴィルに向かって吐き捨てた。

「き、きゃあぁぁぁぁぁぁぁぁぁぁ！」

それから数拍置いて、周りにいた子供達から悲鳴が上がる。恐怖で泣き出す奴に失禁して震えている奴、周りは混乱状態だった。

「黙れぇぇぇぇぇ‼」

怒号が悲鳴をかき消し、全員の視線がサー・ノワールに注がれる。彼は倒れているイヴィルの頭をブーツで踏みつけた。周りに立場の違いを植え付けるように。

「貴様らはこれから奴隷としてその命を帝国、ノワール家のために使ってもらう。喜べゴミムシども、貴様らの無価値な命に帝国が意味を持たせてやるのだぞ」

それから地獄の日々が始まった。

イヴィル達はサー・ノワールの奴隷となり、この身に余る屈辱と痛みを施された。

サー・ノワールは帝国の闇組織の人間で、ギレウスからレアスキルを持っている奴隷を買い取り、その人間を集めては戦力を作ろうとしていた。後から知った話だが、スイロク国の貴族も帝国との繋がりがあり、ギレウスのことを含め黙認しているため大事にならないそうだ。

奴隷は替えも利くし危険な場所に送って帰ってこなくても困らない。要は使い捨ての兵士だ。

イヴィルも何度も危険な任務に送られた。

暗殺、強盗、恐喝、詐欺、犯罪になるようなことは一通りやらされた。捕まりそうな時は仲間を犠牲にして逃げのびる日々。

たまに人体実験としてどこかから連れてきた精霊を使役させられたりもした。中には邪精霊という危険なものもいて何度も命を危険に晒《さら》された。

初めは抵抗したが、ここに来る時に契約魔法で縛られているのが分かり無駄だと理解した。

それでも命令に従わなかった者は見せしめとして変態どものおもちゃにされた。

ここは地獄だ。

スラムにはまだ自由があったがここには微塵《みじん》もない。

ここで徹底的に埋めこまれたのは弱肉強食の価値観だ。

奴隷という弱者の自分達は、支配者という強者には逆らえない。弱者のイヴィルは強者であるサー・ノワールに逆らえないということだ。

強者とは自由なのだ。

俺は弱かったから強者であるギレウスに捕まり、売り飛ばされた。だから強くなるために苦しみに耐え、泥水をすすり、俺は強くなるしかなかった。

いつまで続くか分からない地獄の中で生きるにはそれしかなかった。

しかし、そんな地獄の毎日にある日終わりが見える。

奴隷となってから年月が経ち、イヴィルにとある転機が訪れた。

任務に出ていたサー・ノワールが敵の手によって死亡との知らせが来た。結果、彼との契約魔法が無効となりイヴィルは自由になった。

サー・ノワールの部下達がイヴィルを逃すまいと立ち塞がる。

「どけ豚ども！　俺は自由だ‼」

ノワール家によって拷問に近い訓練を施され強者となったイヴィルはサー・ノワールの残した組織を壊して自由になった。

ノワール家から逃げ出した俺は自由を手にした。

邪魔くさい仲間も俺の自由を奪う敵もいない、もう誰からも縛られることがない自由を手にしたのだ。

そう思っていた。

だがいざ手にしてみたら満足していたのは初めのうちだけで、それ以降は奴隷の時のような支配されている感覚に落ちていた。自由を手にしたはずなのに頭によぎるのは捨てたはずの故郷と仲間達の姿。

気づいたらイヴィルはスイロク王国のスラム街に戻ってきていた。

(何をしているんだ？　せっかく自由になったってのに)

「もしかして……イヴィル？」

「お前…………ブルースか」

スラムを歩いていると古い知り合いと出会った。

昔自分の下にくっついていた奴だ。

かなり痩せ細っているがなんとか生きていたようだった。

「イヴィル、今までどうして――!?」

こいつもしかして俺を待っていたのか?

俺なんか忘れてここから出ていけばいいのによ。

それを犬みたいに尻尾振って何年も待ってやがるんだから……本当に救えねぇ奴だ。

治安の悪さが如実に表れている頭の悪そうな住人。

不自由を感じさせる閉鎖的な空間。

何も変わっていなかった。

その光景にイヴィルは安堵ではなく怒りを覚えた。

――ああ、やはり俺の心はスラム街に囚《とら》われたままだった。なぜ自由になったのにここに戻ってきたのか今なら分かる気がする。

奴隷になった時、いつもどこかしら心の隅にスラム街での思い出があった。それが鎖となってまた俺をこの地獄に連れ戻したのだ。

ここは俺を縛る牢獄《ろうごく》だ。

ここを壊さないと俺は自由になれない。

だから俺は反乱を起こす。

スラム街が……スイロク王国が、豚どもの支配下にある限り俺は自由になれない。

この世は弱肉強食だ。

俺は弱かったから売り飛ばされ奴隷になった。

ギレウスの奴らやこれに絡んでいる貴族は憎いが弱い俺が一番悪い。

だが俺は強くなった。あの豚どもよりも。

この世は弱肉強食だ。

これからは俺が豚どもを食らう番だ。

「仲間を集めろ。ギレウスを潰すぞ」


イヴィルの話は壮絶だった。

まさかガキの時にギレウスに捕まって売り飛ばされるとは……ギレウスは潰されても文句言えないな。

彼の過去には同情できる。奴隷として人間以下の扱いを受け、自由を奪われ続けてきたのだから。

だがイヴィルは嘘をついている。

いや、気づいていないのかもしれない。

「反乱を起こしたのは、自由になるため……か。イヴィル……それは違う」

「なんだと？」

「お前は初めから自由だった。奴隷から解放された時点でお前は自由だったんだ。だが、お前は自由ではなくスイロク王国へ戻ることを選んだ。それだけ大切なものがこの国にあったんだろ？」

「…………違う」

過去を切り捨て、自分のためだけに生きていけば良かったにもかかわらずイヴィルはスイロク王国に戻ってきた。

「仲間……か？」

「っ⁉」

コイツは意外と執着深い性格をしているようだ。

だから自分の仲間や自分の自由が奪われたのが我慢できなかったんだ。

「お前を縛っていたのは国でも貴族でもなく、お前自身だったんだイヴィル」

「…………」

聞きたいことはもう聞いた。

コイツをこれからどうするべきか少し悩む。

「そいつ殺さないの？　じゃあヒィルが殺すね」

突然高く澄ました声が空間に響く。

その瞬間。

アブソリュートの視界に突如、人影が現れたかと思うと倒れていたイヴィルに向けて剣を突き立てた。

だがイヴィルは咄嗟に体を反らし急所を外す。剣はイヴィルの左肩に深く突き刺さった。

「ぐっ……離れろ！」

剣を突き立てた相手を引き離そうと至近距離から蹴りを放つ。しかし、その蹴りは空を切り、相手はイヴィルの目の前から消えた。

「どこ行きやがった⁉」

「あはは！　惜しい惜しい！」

無邪気な声が部屋中に反響する。

いつの間にか相手は部屋の入り口まで移動していた。

初めて相手を視認する。

部屋に入ってきたのは二人組。

一人はアブソリュートとイヴィルの間に割り込み、イヴィルに剣を突き立てた人物。

纏っているのはジャケットに下はショートパンツの軍服。

サイドテールを揺らしながらコチラを挑発するような笑みを浮かべている少女。

そしてもう一人は燕尾服《えんびふく》という、戦場に相応しくない格好の若い男。だがその立ち姿は気品を感じさせ、恐らく上級貴族に仕える執事だろうと推測できる。

「お前達何者だ？」

怒りを滲ませた声でアブソリュートが二人に問いかける。

会話中に割り込まれたことに腹を立てていたアブソリュートの声は怒りに満ちていた。

「はあ？　アンタこそ誰よ。悪いけどヒィルは忙しいの。見逃してあげるからさっさとおうちに帰りなさい」

手のひらを振り、虫でも追い払うような仕草をする少女。言動からしてどうやらかなり気の強い性格のようだ。

「悪いがそれは出来ない話だ。その男《イヴィル》は私の獲物だ。そしてお前らはあろうことかこの私から獲物を掠《かす》め取《と》ろうとしているコソ泥というわけだ。ここから先は慎重に言葉を選べよ。もし言葉を間違えたなら――」

アブソリュートは少女に剣先を向けて言い放つ。

「先に・お前らから・排除する・ことに・なる」

（こんな奴らが介入する場面は原作にはなかった。だが、アブソリュート・アークとイヴィルの誇りをかけた闘いに土足で踏み入ったからにはただで帰すわけにはいかない）

アブソリュートの態度が気に食わないのか不機嫌そうな顔で見つめる少女。

「何？　アンタ死にたいわけ？　邪魔するなら、アンタから――」

　少女が言い終える前に隣にいた執事の男が手で彼女の言葉を遮る。

「お待ちなさいヒィル。ここは私が説得します」

　そう言うと彼は一歩踏み出し、礼を尽くすように深々と頭を下げた。

「お初にお目にかかります。私《わたくし》どもは帝国から参りました。ノワール家の者です」

　涼しげな声で深々と敬意を払うように礼をし、名乗る執事。

「ノワール家だと？」

　ノワール家――それはこの世界でアーク家と並ぶ闇の力を持つ組織だ。表向きは帝国貴族の一つだが、その闇組織の力で帝国内外で絶大な影響力を持っている。

　その影響力は皇帝すらノワール家の傀儡《くぐつ》と言われるほどだ。

　ちなみに、ライナナ国にも隙を見つけては手を出してくる、アーク家の敵だ。アブソリュートは心の中で彼らを敵認定し、いつでも殺せるよう魔力を室内に展開した。

「申し遅れました。私ノワール家家臣筆頭。執事のネクロと申します。そしてコチラが――」

「ノワール家次期当主ヒィル・ノワール。お目にかかれたことを光栄に思いなさい」

「ヒィル・ノワールだと？」

　ヒィル・ノワール。彼女は原作に出てくる敵キャラの一人だ。ライナナ国で後にある事件を起こし、勇者達と争うことになる人物だ。

（なるほどな、これですべてが合点がいった。このスイロク王国イベントを起こした黒幕はノワール家だ）

何故スラム街出身で金もツテもないイヴィル達が数千人分の武器を用意できたのか。

何故ノワール家当主カラミティ・ノワールが光の剣聖をアンデッドにしたのか。

すべては帝国——ひいてはノワール家がスイロク王国を手に入れるためだったのだ。

もし、イヴィル達が革命を成功させたら裏で彼らを操るなどして実質の占領地とする。失敗しても敵対する闇組織がいなくなったスイロク王国を楽に裏で支配できる。

すべて何年も前からノワール家によって仕組まれていたのだ。

「貴方様のお名前をお聞かせ願えますか？　さぞ高貴な方だと推察いたしますが？」

執事の質問で我に返るアブソリュート。

失態は頭の片隅に置き、とりあえず現状に向き合う。

（まぁ、分からなかったのは仕方ない。ひとまずコイツらをどうにかしよう）

「ライナナ国から来たアーク公爵家次期当主アブソリュート・アークだ」

「アーク家ですって⁉」

「アブソリュート・アーク……その赤い眼《め》。なるほど、なるほど」

二人は程度に差はあれ、驚いた様子を見せた。

それも仕方がない。

アーク家がノワール家を敵視しているのと同様に向こうもアーク家を敵視しているのだから。

「失礼、予想外の方だったので取り乱してしまいました。アブソリュート様とお呼びしてよろしいですか？」

「？　好きにしろ。どうせ後から殺し合う短い付き合いになるからな」

妙に恭しいのは癪《しゃく》に障るが、アブソリュートは気にしないことにした。

「ありがとうございます。話を戻しますが、そこにいる者《イヴィル》は以前我が家《わや》から逃げ出した脱走兵でずっと行方を追っていました。我々は裏切り者を決して許しません。どうか彼を引き渡してはくれませんか？」

「だから何だというのだ？　それはお前らの問題であり、私には関係のない話だ。私が引く理由にはならない」

あまりだらだらと話を聞く気にもならない。

密かに魔力を展開し攻撃しようとした瞬間、次に執事から放たれた言葉に驚き、思わず攻撃を止めてしまった。

「いえ、引いてもらいます。じつは既に帝国軍が国境付近にまで来ているのです」

「ほう？」

「国境に近いこの都市から攻め落とす予定ですので、このままでは貴方様も被害を受けるでしょう。もしすぐに引き渡すのならアブソリュート様の安全は保障いたします」

（おいおい、マジか⁉　コイツらやりやがった）

「貴様ら…………戦争を起こすつもりか」

帝国軍がスイロク王国侵略に向けて進軍していた。

これは以前から計画されていたことで、かなり綿密に練られたものだった。

スイロク王国は現在闇組織の人間が反乱を起こし、国全体が混乱している。それもかなり酷い有様だそうだ。

男は殺され、女は犯され、まるで敗戦国のような惨状だ。

帝国はこの惨状を他国に流布し、帝国が鎮圧に向けて進軍するという大義を持たせた。これで侵略に対する反感を少なからず減らせる。

進軍したのは帝国軍第二師団総勢七千名。

団員の平均レベルが30を越える帝国の主力部隊だ。

主力を迷わず投入するあたり、帝国の本気度が窺《うかが》える。

もうすぐ帝国軍は国境を越えて、スイロク王国を占拠する。再度士気を上げるため第二師団責任者のマーシャル・ダーツ少将が兵士達に向かい語りかける。

「これから我々は賊に占拠されたスイロク王国を救うために進軍を開始する。これは決して侵略にあらず、賊によって苦しむ人々を救うための闘いである！　もう一度言おう、これは決して侵略ではない。我々は正義だ！　思う存分命を燃やせ！」

「おおおぉぉぉぉぉぉぉぉぉ！」

罪のない人々を救うという大義名分の正義を掲げ、帝国軍がスイロク王国へ向けて歩み出した。

アースワン帝国の闇組織ノワール家。

仮に世界の闇組織で序列を作るならそのトップ組織として皆ノワール家を挙げるだろう。

アーク家はライナナ国という一国内で動いているのに対して、ノワール家は世界に拠点を置き活動している。

彼らはスイロク王国の反乱のように裏から国を支配しようと暗躍している過激派だ。闇組織というカテゴリーの中ではほぼ同格として位置付けられているが、積極的に動いている分組織力はノワールが上を行っている。

その組織の人間が国を動かして軍隊を派遣し、国を占領しようとしている。裏で駄目なら表立って強引に大義名分をぶら下げてでも力を行使する。まさに過激派だ。

　そしてアブソリュートはその過激派に遭遇し、現在脅迫を受けていた。

「私どもの目的はそこの者《イヴィル》を回収することです。もし引き渡していただけるなら私達並びに帝国軍は貴方様には手出しはしないことを約束いたします」

（もし引き渡さないのなら、屈強な帝国軍が私を襲う……か、ずいぶんな脅迫だな）

「いかがでしょうか？」

　選択肢を与えるように見せて実質一つの答えをアブソリュートに選ばせようとしている。

敗北宣言とも言える言質《げんち》を――

　アブソリュートが素直にイヴィルを引き渡せばノワール家の脅しに屈したという事実が残る。要求に応じなければスイロク王国と同様に帝国軍がアブソリュートにも牙を剝く。

　他人からすればあまりにも理不尽に見えるその選択をアブソリュートは迫られているのだ。

（ノワール家や帝国と事を構えるのはどう考えても悪手に他ならない。相手は軍事国家だ。兵力数は周辺諸国に劣るが質で言ったらライナナ国や聖国を上回る。正直もっとも敵に回したくない相手だ）

　考えるまでもない。

　自分の命が惜しければ要求を吞むと言えばいい。

　頭《こうべ》を垂れて膝をつき慈悲を乞えばいい。

　誰もそれを止めはしないし、非難することもないだろう。

故にアブソリュートは彼らの要求に対してこう答えた。

「そうか――――断る」

ハッキリとイヴィルの引き渡しを拒絶した。

ノワール家の二人は大きく目を見開いている。

「アンタ今なんて言ったの？」

「断る、そう言ったのだ」

「アンタ……馬鹿なの？　そいつ渡せば見逃してあげるって言ってんのよ？　断ったら私達の敵として帝国やノワール家に本格的に狙われることになるのよ、意味分かって言ってる？」

「無論理解している。貴様らがアブソリュート・アークに、ひいてはアーク家に喧嘩を吹っかけていることをな。だからその喧嘩買ってやろう、そう言っているのだ」

これは個人で済む問題ではなく、アーク家の沽券《こけん》に関わる問題だ。売られた喧嘩は買わなくては示しがつかない。

それに彼らは喧嘩を売る相手を間違えた。

帝国軍がこれからアブソリュート・アークを襲う？　巨大闇組織ノワール家に目をつけられる？

だからどうした。

私はアブソリュート・アーク。大国ライナナ国を相手に一人で戦った男だ。原作を超える人類最高峰のレベル93、この物語のラストを飾る悪役を前にしての脅しにしてはあまりにも弱すぎる。

「闘うなら相手をしてやる。お前らの持ち得るすべてをもってかかってこい。だが、覚悟しろ。私は悪だ。こちらもお前らを決して逃がしはしないし、中途半端には決して終わらせない。一人残らず殺してやるぞ悪党ども」

アブソリュートは剣先を二人に向けそう言い放った。

強敵を前に傲岸不遜にして豪気な振る舞い。

圧倒的に優位な立場のはずの二人にはさぞかし狂っているように見えるだろう。

戦力差を知らぬ馬鹿か、引くことを知らぬ愚か者だと。

だがこれでいい。

悪とはどんなに相手が強敵でも決して屈してはならない。己は間違っていないと――自分の意志を最後まで貫かねばならない。

少なくともイヴィルや原作のアブソリュート・アークはそうしてきた。

だから私は誰にも屈しない。誇り高きアブソリュート・アークの人生を歩む者として彼の誇りを汚すことは絶対に許されない。

「さぁ来い悪党ども。私を殺しに来い――私を倒せるのは勇者だけだがな！」

「…………」

ヒィルが僅かに後ずさる。

アブソリュートの狂気にも近い覇気と圧力に押され無意識に体が引いてしまっていた。

逆に隣にいる執事は変わらない笑みを浮かべていた。

「素晴らしい啖呵《たんか》ですね。この状況下で己を曲げない強い意志、さすが誇り高い一族の血を引くお方だ」

「交渉……と呼べるかはかなり怪しいが、確かに決裂した。後は殺し合いで決めるしかあるまい」

「ふむ……それは困りましたね。こちらに貴方様を害する意志はないのですが……」

白々しい奴だ。

あれほど脅しをかけておいて何をいまさら。

読めない奴だ。だが、もう一人の方はそうは思っていないようだ。

「何言ってんのよ。ノワール家を敵にするって言ってるんだからここで殺しちゃえばいいじゃない！」

ヒィル・ノワール……好戦的な彼女はどうやらアブソリュートを殺すつもりらしい。

ちなみにアブソリュートは彼女を殺すつもりはない。彼女はいるだけでマイナスになるトラブルメーカーだから。敵にいてくれた方が助かる。

「いけませんヒィル」

対する執事は殺すのは反対らしい。

「うっさいわね！　勝手についてきたくせにヒィルに口答えするな！」

なんか知らないが私を巡って二人が争っている。

（初対面なのにこんなことってあるんだなぁ）

だが正直時間の無駄なので戦ってさっさと終わらせたい。

「おい、ヒィル・ノワール。やる気ならさっさとこい」

制止する執事を押《お》し退《の》け、ヒィルはアブソリュートと向かい合った。

「ふふん。アンタなんかこのヒィル・ノワールがぶっ殺してやるんだから！」

「出来るのか？　養子のお前に」

「――――――――」

アブソリュートの言葉に一瞬言葉が詰まる。

そして人を見下す憎たらしい笑みが徐々に怒りの表情へと変わっていく。

「――殺す!!」

虎の尾を踏んだアブソリュートにヒィル・ノワールが襲いかかる。

アブソリュートがヒィルを迎撃しようと構える。

「――!!」

だが一瞬で視界からヒィルが消えてしまう。

ヒィル・ノワールの持つスキルは【神速】。

まるで転移したかのような速さで動くことができる。

スピード系のスキルの中でも最上位の能力だ。

「くたばれ！」

「――！」

どこかからヒィルの声が聞こえた。

するとアブソリュートの背後から殺気を感じた。

咄嗟に横にステップを踏み避けるも、アブソリュートの衣服の肩の部分が浅く切り付けられていた。

完璧に避けたつもりだったが若干向こうの方が速かったようだ。

だが、ヒィルは攻撃の後で隙ができ、アブソリュートに背中を見せていた。そこをアブソリュートが切りつけようと剣を振るうがヒィルはまたスキルを使って目の前から消えた。

「速いな。なら【風を支配する悪《ウィンド・アーク》】」

アブソリュートは上級風魔法を使用して強力な暴風を発生させた。家具すら吹き飛ぶ程の暴風が室内で猛威を振るう。

暴風を障害として相手のスピードを下げようという試みだ。

だが、それは失敗に終わる。

次は右から殺気を感じバックステップで避ける。

その次は左から――上、下、上、右と攻撃が続きアブソリュートもそれを避け、たまにカウンターを狙うもスピード最上位のスキルを持つヒィルの方が僅かに速く、攻撃が当たらない。

「……やるな」

暴風の中、まるで意に介さず次々とアブソリュートを切り付けていく。

（なるほど。スピード系だが空間系に近いスキルだな。レベル差があっても追いきれないなら線ではなく点で捉えるしかないな。なら――）

アブソリュートは風魔法を解除する。

そればかりか剣を構えるのすらやめて静かに神経を研ぎ澄ませる。

そこへヒィルの刃の嵐がアブソリュートを襲う。

まるで弄《もてあそ》ぶようにアブソリュートの体を切り付けていく。

「あははは、もう諦めちゃった？　やっぱりアーク家の跡取りなんて大したことないじゃない！」

「…………」

「そうだ！　アンタをぶっ殺せばきっとママもヒィルを認めてくれるわ。アンタを殺してヒィルがノワール家の当主になるの！」

自身の優位を悟ったのか気分が高まってきたヒィル・ノワール。

【神速】のスキルを活かして、徐々に相手を弱らせるのがヒィルの戦闘スタイルだ。一見慢心とも言えるがこれは彼女の慎重な性格ゆえに編み出されたスタイルだ。

「死ね！」

アブソリュートの胸元まで近づいていたヒィルが、短剣をアブソリュートの心臓めがけて突き刺した。

グサリと貫通した感触。

生暖かい鮮血がヒィルの顔に飛び散った。

「ふふん。アブソリュート・アーク討ち取ったり」

達成感に笑みが零《こぼ》れるヒィル・ノワール。

だがそれは時期尚早だ。

「それはどうかな？」

「――はっ⁉」

ヒィルは目を見開いた。

アブソリュート・アークは生きていた。

「ようやく捕まえたぞ。ヒィル・ノワール」

貫通していたのは心臓ではなく彼の左手だった。

ヒィルの短剣を、左手を犠牲にすることで防いだ。

それだけでなく短剣の貫通した左手で彼女の手を掴み、逃げられないようにスキルを封じたのだ。

「ちょっ！　放しなさい！」

ヒィルがもがくがアブソリュートの左手からは逃げられない。

「歯を食いしばれ、ヒィル・ノワール」

「や、やめ――」

アブソリュートの右フックがヒィル・ノワールの肋骨《あばらぼね》の内の奥深く、心臓の近い場所に突き刺さった。

「かはっ――」

彼女は体内の酸素をすべて失ったかのような錯覚を覚え地に膝をつける。

「貴様らは一つ勘違いをしている。貴様らのその戦略をアーク家が知らないと思うか？」

「なんですって？」

ノワール家だけでことを進めていたら分からなかったかもしれない。だが、一国の軍を動かすとなると情報を完璧に防ぐのは不可能だ。

私は知っているのだ。

彼が、ライナナ国の闇を牛耳《ぎゅうじ》る悪の支配者が既に動いていることを。

「どうやら彼の言うことは本当のようですね。今本隊の方が何者かに攻撃されています」

「いったい……どうなっているの？」

通信用の魔道具で戦況の情報を受け取った執事。

苛立《いらだ》たしげに心の内で舌打ちをした。

（やはり来ていたかアーク公爵家当主ヴィラン・アーク）

スイロク王国国境。

アブソリュートがヒィルと戦っている同刻。

スイロク王国と帝国との国境の平原には死体が散乱し、剣や弓などが墓標のように戦場に突き刺さっていた。

攻め滅ぼすはずの帝国軍が謎の集団から攻撃を受けているのだ。敵の数はおよそ百名。十倍以上の戦力差にもかかわらず帝国軍は劣勢を強いられていた。

戦場の中で推定五メートルを超える大きな男が、棍棒《こんぼう》を振りながら帝国軍に猛威を振るう。

「ヨイショォォォォォォー」

「「ぎゃあぁぁあぁぁあぁぁあぁぁ」」

「コイショォォォォォォー、はぁぁ……どっこいしょぉぉぉぉ!」

まるで巨人が人類を蹂躙しているかのような光景が繰り広げられている。無茶苦茶に棍棒を振っているだけのように見えるがその圧倒的なパワーは防御不可。

「なんであいつがこんなところに……〝山賊王ヤマカガシ〟」

今猛威を振るっている巨人は全世界の山賊の頂点に立つ男。かつて一人の男に敗れるまで世界の山を渡り歩き、暴れ尽くした生きる伝説。

アーク家傘下『山賊連合会』頭領――特殊暗殺部隊所属山賊王ヤマカガシ。

レベル60
「おっ、アップルが囲まれてるべ。巻き込まれたら危ないから離れるだ」

ヤマカガシは視線の先で帝国軍に囲まれた少女を見つけ、彼女から距離を取っていった。


ヤマカガシの視線の先に一人の少女がいた。

魔法使いのような先端の折れたとんがり帽子を深く被《かぶ》り、耳に林檎《りんご》を模したピアスをつけた十代半ばほどの少女。戦場の真ん中で挙動不審な少女が魔法の杖《つえ》を抱きながら帝国軍に囲まれて震えている。

「ふ、ふぇ～、囲まれちゃったよお～」

「帝国に牙を剝いたことを後悔させてやる……死ね！」

帝国軍の強靭《きょうじん》な騎士が少女に向けて剣を振るった。

少女は咄嗟に防御をしようと魔法を使う。

「ぴっ！　きた！　ふぁ、火球《ファイヤーボール》」

少女が使ったのは初級魔法の火球《ファイヤーボール》だった。レベル30を超える強靭な肉体を持つ帝国軍を攻撃するなら火力が不足している魔法だ。

通常の魔法使いならば。

彼女の持っている魔法の杖が光り出す。

これは彼女の魔力の密度に耐えきれず杖が暴走しているのだ。

すると次の瞬間、魔法が暴発した。

ドゴーーンッ!!　と轟音《ごうおん》が戦場に響く。

ただの暴発ではなく周囲を巻き込む大爆発が戦場に起きたのだ。

彼女の周囲にはクレーターができ、取り囲んでいた帝国騎士や周囲にいた者達は爆発に巻き込まれて死亡していた。

生き残ったのはクレーターの中心にいる魔法を発動させた本人のみ。

「ふ、ふぇ～また失敗しちゃった～」

数年前ライナナ国のとある村で村が跡形もなく崩壊した事件が起こった。当事者を除き唯一生き残った目撃者の話では、村の少女が魔法を使った結果だということが分かった。その後、同様の事件が多発し、そのすべてに少女が関わっていることが判明。

ライナナ国は少女を危険人物と指定し、指名手配しているがいまだ行方を追っている最中だ。

それが今爆発を起こしたこの少女。

アーク家特殊暗殺部隊所属（保護観察）爆弾魔アップル・ヴァール。

レベル55

「服もボロボロ……もう、やだ～」

「ちゅっ♡　ちゅっ♡　ペロ、くちゅ…………はぁはぁ――」

戦場の端で淫らな音を発している者がいた。

頭にティアラをのせた一見かなり人目を引く見た目の女性。扇情的な露出の多い格好をしている。

その女性と帝国軍の騎士が混じり合っていた。

「チュルチュルチュルチュルチュル――ぷはっ」

まるで何かを吸い取るようなバキューームキス。

すると帝国騎士の体が徐々に萎《しな》びていく。

彼女との接吻《せっぷん》が終わるころにはカラカラの干物のように枯れ果て命を落とした。

かつて空間の勇者によって滅ぼされた亡国リ・オールド共和国。その王族の固有魔法【ドレイン】は生命をも吸収して取り込んだという。

彼女こそ、その王族唯一の生き残り。

亡国リ・オールド共和国第八王女――現在アーク家特殊暗殺部隊所属ヴァイパー・クエス。

レベル40

彼女の周りには同じようなカラカラの死体が散乱していた。

「うふ♡　百人切りしちゃった。ああ、なんて淫らな女なの――。こんな淫らな私でも閣下は愛してくださるかしら。ねぇ、ボアちゃん」

「いや、無理だと思う」

ヴァイパーの後ろから小柄な忍び装束の女が近づく。

元『アサシンギルド』のエースだったアサシン。

指名手配犯無音のジャックを弟に持つ殺人鬼――アーク家特殊暗殺部隊所属暗殺者ボア。

レベル40
「そんなことないと思うの。私はいつでもアブソリュート様の母親になる準備はできてるから。あとは閣下の返事待ち――焦《じ》らす閣下も素敵♡」

「……若様も貴女《あなた》が母親は嫌だと思う」


悪夢のような光景だった。

緻密な連携と高い平均レベルを誇る第二師団がたった百人ほどの集団に圧倒されている。

「報告します！　第一先行部隊全滅です」

「同じく第五、第七、第八部隊全滅です。至急指示を――」

慌ただしく聞こえる全滅の報告。

第二師団団長マーシャル・ダーツは己の目を疑った。

こんなことがあり得るのか？

いや、あり得るのだろう。現に目の前で起きているのだから。

現実逃避したくなる思考を元に戻して今やるべきことを考える。

我々の目的はスイロク王国へ進軍すること。

だが、この被害では不可能だ。

作戦は失敗……とるべき指示は撤退だ。

「撤退する――今すぐ撤退の合図を鳴らせ！」

悔しいが私達の敗北だ。

そう指示を出すと一人の騎士が急いでこちらに向かってくる。よく見れば第二師団の中でも上位の実力を持ち『要塞』の二つ名で知られている騎士だ。

「師団長お逃げください！」

「ああ、今撤退の指示を出したところだ」

「違います！　今すぐこの場から離れてください。鬼が……鬼が――ぎゃあぁぁぁぁぁ！」

切迫している様子で逃走を呼びかける騎士。

その胸を槍《やり》が貫いた。

貫いた犯人を見れば、額に二本のツノが生えた鬼が確かにそこにいた。

鬼は鬼族という亜人種で大陸から離れた孤島に住むと言われている戦闘民族だ。

鬼は騎士を貫いたあと十秒も経たずに周囲にいる騎士達を殺した。

鬼の瞳が私を映す。

「第二師団団長マーシャル・ダーツ……その首貰い受ける」

鬼の槍が騎士団長を襲う。

速く、そして力強い槍が騎士団長の心臓を貫いた。

死の間際彼は思い出した。

かつてその巨大な力で暴虐の限りを尽くした一人の鬼がいた。帝国で問題となったその鬼は討伐の対象となり騎士団が派遣される。だが、騎士団は鬼に敗北し惨めな敗走をすることになる。

当時私もその場にいた。

あれから二十年近く経つが、よく見れば当時の面影がある。

帝国から消えたと言われていた奴が再び目の前に現れるとはなんとも皮肉な話だ。

そう内心で自嘲し命を引き取った。

アーク家特殊暗殺部隊隊長にしてヴィラン・アークの右腕鬼神ヒバカリ。

レベル74
第二師団の団長があらかじめ撤退を指示していたことで帝国軍が逃走を始めた。

ヒバカリは追撃を開始し、帝国軍を一人でも多く狩っていく。逃走する経路に人員はいるがその数は僅か一人。しかもブランク持ちの主人だ。

千人以上撃ち漏らしている。

正直かなり多い。

あの方のことだから心配はいらないと思うが負担は少ないに越したことはない。そう思い、狩りながら主人の下へと急いだ。


主人の下へ駆けつけたヒバカリはその光景に絶句した。

その光景を一言で表すなら、赤。

血潮の赤である。

積み上がった死体の数は千近くある。

（もしかして一人も撃ち漏らしていないのか⁉）

そんな中で死体の山を玉座のようにして座る一人の男がいた。

黒髪に黒い目をした男――ヴィラン・アーク、レベル80
ヒバカリは主人に向けて膝をつき、報告する。

「ヴィラン様。帝国軍第二師団団長を仕留めました。この闘い貴方の勝利です」

「ご苦労、ヒバカリ」

この千の死体の山を築いたヴィラン・アーク本人は全く疲れた様子も見せず淡々としていた。

畏敬の念が胸の奥から湧き上がる。

ああ、あの狂人と呼ばれていた頃の主人が帰ってきた。最近は滅多に戦場に出なくなったがその実力は健在だ。

やはりアーク家の当主は貴方以外有り得ない。

不敬だと分かっていてもそう思わずにはいられなかった。

「ふぅん……アーク家の当主様だけじゃなく直属の特殊暗殺部隊を連れてくるなんて随分と慎重になったものね」

どこからか声がした。

誰もいなかった空間だが初めからそこにいたように自然とそいつはそこにいた。

現れたのは戦場を嘲笑っているような喪服のドレスで着飾った女性。髪は腰まである長いストレートの黒髪、目は血のように赤色をしている不穏な空気を纏った美女だ。

ヴィラン・アークはその人物を射殺すような目つきで睨みつける。

「……カラミティ・ノワール」

「久しぶりね、ヴィー」

カラミティ・ノワール。

死を司る魔女と呼ばれるネクロマンサー。

アースワン帝国の貴族にして裏で皇帝を傀儡にしている闇組織のボスだ。

アークとノワール、相対する二人の巨悪が睨み合う。

互いの殺気がぶつかり合い戦場の空気が薄くなったかのように錯覚する。

「引き籠もりがスイロク王国に何のようだ?」

「クフフッ、別に用ってほどではないけど……。そうね、取れるうちに取っておこうと思ってね」

スイロク王国のことだろう。

今回の進軍はそのためにあったことだ。

「やらせると思うか？」

重力のように重くのし掛かる威圧がヴィランから放たれる。

だがカラミティ・ノワールは威圧を平然と受け流していた。

「クフ、久しぶりに高鳴るわ」

カラミティ・ノワールからドス黒い魔力が放たれる。

カラミティ・ノワールの魔力に当てられ周囲にある死体が立ち上がった。

彼女の固有魔法【死者の世界】によるアンデッドが作製される。彼女がいるかぎり戦場では兵力が尽きることがない。

ヴィランの倒した千人近い帝国軍が死者となって再び立ち上がった。

「ヒバカリ……死体はお前が相手しろ。俺はあの女を殺す」

頷き了承する。

ここで自分がするべきことは主人のつゆ払いをすることだ。

さあ、始まるぞ——世界最高峰の実力者同士の闘いが。

「さぁ、殺《や》りましょうか。ヴィー」

「くたばれカラミティ・ノワール」

そして巨悪はぶつかり合った。


「お前らの悪巧みもここまでのようだな。慈悲を乞え、そうすれば痛みなく殺してやる」

ヒィルがボロボロな体になりながらもアブソリュートを睨みつける。この状況で戦意を失《な》くさないのはさすがノワール家と言えるだろう。

明らかに戦意のこもった眼差《まなざ》しだ。

いいだろう、来るならこい。

するとヒィルが目の前から消える。

アブソリュートは再びヒィルの攻撃に備えるが彼女からの殺気はなかった。

（逃げたか？　いやもしくは――）

「ばーか！　誰があんたなんか相手してやるもんか。ヒィルの目的は初めからコイツなんだから、もうあんたなんかに構ってやらないんだから！」

ヒィルはアブソリュートを諦め本来の目標であるイヴィルに狙いを変えた。

しまったな……間に合わない。

スキルでイヴィルの下へ現れたヒィル。

倒れているイヴィルに馬乗りになり短刀を振りかぶった。

「死ねっ！」

勢いよくイヴィルの心臓へと短刀を突き刺す。

肉を貫通し、鮮血がヒィルの顔に飛び散った。

だが、その短刀が心臓へと至ることはなかった。

「俺も捕まえたぜクソガキ」

短刀が貫通したのはイヴィルの左腕。

イヴィルは咄嗟に左腕で短刀から心臓を守ったのだ。

それだけではない。先程アブソリュートがやってみせたようにヒィルのスキル対策としてワザと左腕を犠牲にしてヒィルが逃げられないように左手でヒィルの手を掴んだ。

「嘘っ⁉　なんであんたまで⁉」

「さっきはよくもやってくれたなぁ豚野郎。躾《しつけ》のなってねぇ豚には仕置きが必要だな。【火の精霊】」

イヴィルの使役している火の精霊が現れ魔力を展開する。

「ちょっ！　ヤダ、放せキモいんだよおっ！」

必死にもがくがイヴィルを振り払うことができないヒィル。次第に大きくなっていく精霊の魔力に顔を引《ひ》き攣《つ》らせる。

「くたばれ。【火焔爆発《バーニングエクスプロージョン》】」

「きゃあああぁぁぁぁぁ!!」

至近距離からの高火力の火の魔法がヒィルを直撃した。

顔や衣服が焼け焦げヒィルは倒れた。

それと同時にイヴィルも余力を使い果たし気を失う。

両者共に倒れる形になったが怪我の具合からしてイヴィルの勝利と言えるだろう。

いくらアブソリュートが攻略法を見せたとはいえ、手負いの状態でもあのヒィル・ノワールをものともしないか。

イヴィル……やはり強いな。

序盤に出てくる敵キャラが後から出てくる敵キャラを圧倒する……か。

熱いなこの展開。

バウトもイヴィルも序盤ではあり得ないくらい強かったからな。原作の勇者はよく倒したものだよ。

静まりかえる空間にパンッと手を叩く音が聞こえた。

音の発生源はヒィルが連れてきた執事だ。

するとイヴィルによって瀕死になっているヒィルが消えて、いつのまにか執事の下へと移動していた。

アイツも空間系のスキルを持っているのか。

ノワール家は人材の宝庫だな。

激レアな空間系のスキルの使い手が最低でも二人いるとは羨ましい限りだ。

執事であるネクロからは笑顔が消え、瀕死のヒィルを嫌悪するような目つきで睨みつけていた。

「…………情けない。仮にもノワール家の人間が裏切り者に負けて瀕死になるとは……。恥を知りなさいヒィル」

随分酷い言われようだな。

養子というだけでここまでの扱いだとは……。これはヒィルの性格が歪《ゆが》むのも分かる。

「それに比べてアブソリュート様は素晴らしいですね。心から賞賛いたします」

「くだらん世辞はよせ。それで次はお前がやるのか？」

「いえ、私はやめておきます。まだ死にたくはありませんので」

賢明だな。

こちらの余力はまだ十分ある。コイツらを殺して帝国軍を相手にしてもまだ元気なくらいには力を残している。

「アブソリュート様、よければ共にノワール家へ参りませんか？　最大限の待遇でお迎えいたしますが？」

「私を誰だと思っている。誇り高いアーク家の後継者だぞ。貴様らの下につくなど私のプライドが許さない。失せろ……さもないとそこで転がっている負け犬共々地獄に送ってやる」

一応ヒィルはまだ殺さないでおいた方が都合がいい。

アイツは今後のイベントで事件を起こし、それが帝国やノワール家の弱体化に繋がるから。

アイツは視野が狭く頭が悪いから、ヒィルがノワール家にいてくれた方が奴らにとってマイナスだろう。

私の返答に執事の男は残念そうな表情を浮かべる。

「……そうですか残念です。ですがここで見逃してくれた件についてはいつかお礼をしたいと思います」

そうして執事が背を向け去ろうとする。

「おい、そのガキも連れて行け」

ナチュラルにヒィルを置き去りにしようとする執事。

ヒィルを置いていくな。

「…………失礼しました。ではアブソリュート様また近いうちにお会いしましょう。帝国にてお待ちしております」

振り返り、荷物を抱えるよう焼け焦げたヒィルを脇に抱えてこの場から去っていった。

第
8
章

決　着

This man has the charisma of absolute evil and
will be the strongest conqueror.
"Yes, I am a scoundrel. The best in this country."

That is needed for
a villainous aristocrat

ノワール家の二人は嵐のように突然現れたかと思うと場を荒らすだけ荒らして去っていった。

「また会おう、か……正直二度と会いたくないがそうも言ってられんか」

アブソリュートはノワール家と直接兵刃を交え本格的に敵対した。きっと今まで以上に苛烈な報復をしてくるに違いない。

「ライナナ教会、ミカエル、勇者に加えて他国の闇組織も敵に回ったか。戦局を増やしたくはなかったのだがな……アブソリュート・アークという男はどれだけこの世界に嫌われているんだか……」

何か行動を起こす度に敵が増えていっている気がする。それらすべてを乗り越えてアブソリュートは生きなければならないのだ。

「さて、そろそろ終わりにするか。なぁイヴィル」

「…………………」

返事はなかった。

先程のヒィルとの戦いでさらに消耗したのだろう。

さてどうするべきか……生け捕りにしてレオーネ王女に引き渡すか、それともここで殺すべきか。

引き渡した場合はスイロク王国を騒がせたコイツは民衆の前で主犯として処刑になるだろう。

逆にここで殺す方がイヴィルにとってはいいかもしれない。

痛みなく死ねるのだから……。

「…………殺すか」

少し悩んだ後、アブソリュートはイヴィルをここで殺すことに決めた。イヴィルにも同情できるところがあったし、少なからず情が湧き、苦しまないうちに殺すことにした。

剣を手に取りイヴィルの元へ向かう。

そして仰向《あおむ》けに寝ているイヴィルの首を狙って剣を振りかぶる。

「ではな、イヴィル。生まれ変わったら鳥にでもなるといい」

そして容赦なく剣は振り下ろされた。

「…………なんだ？」

目の前で起きたことに一瞬目を見開いた。

突如イヴィルの体が目の前から消えて、アブソリュートの振るった剣はイヴィルの首に当たることなく空を切ったのだ。

この光景に見覚えがある。

先程、ノワール家の執事が見せた空間系のスキルに酷似している。

だが、アイツではない。

アイツのスキルは恐らく【置換】だ。物と物の場所を入れ替えるだけの限定的な空間系スキル。レアなのは違いないが範囲が狭いため正直大したスキルではない。

そのため今のソレとは結びつかない。

だがアブソリュートの頭の中には容疑者が浮かび上がっていた。

今回の容疑者は空間系のスキル保持者で相手を転移させられるほどの力を持つ者。

「何故《なぜ》私の邪魔をした……交渉屋！」

アブソリュートは部屋の入り口の方を見る。

そこには交渉屋が立っていた。

「答えろ……何故私の邪魔をした」

「…………仲間を逃がすのに理由がいりますか？　アークさん」

「仲間だと？」

「ええ、交渉屋とは仮の姿……本当の僕はブラックフェアリー序列三位強欲のグリード。それが僕の名前です」

ブラックフェアリーの序列三位と五位は原作でもずっと謎に包まれていた。

少なからず繋《つな》がりはあると思っていたがまさか仲間だとは思わなかった。

だが、コイツが陰で暗躍していたならこれまであった不審なことにも納得がいく。

「なるほどな……なら王城での戦いの時に城門を開けてブラックフェアリーを逃がしたのも――」

「ええ、僕です」

「行きの時、死に体だったブルースがいきなり消えたのも――」

「それも僕です。生きているとは思いませんでしたけど」

「スイロク城でやたら私の悪口が広まっていたのも――」

「それは……知りません。アークさんの人格の問題だと思います」

……なるほどな。随分と好き勝手にやってくれたようだ。だが疑問がある。

「契約魔法はどうした？」

アブソリュートと交渉屋には契約魔法が施されている。彼はアブソリュートに対して敵対行動は取れないはずなのだ。

敵対行動の禁止
命令の遵守
逃亡は死

この三つを契約魔法で結んだ。契約は生きている、にもかかわらず自由な行動を取れるのは何故か。

「簡単ですよ……ほら」

そう言って交渉屋は上半身の服を脱ぎ捨てる。

するとその体はまるで拷問にでもあったかのようにひどく傷ついていた。全身が赤黒く変色し、体が乾燥した地面のようにひび割れている。体に刻み込まれた契約魔法の魔法陣が体を蝕《むしば》んでいるのだ。しかも現在進行形で出血している。

よくここまで耐えていたものだと素直に感心した。

「逃亡以外のちょっとした命令違反くらいなら命までは取られずこれくらいの痛みだけで済むんですよ。それでもかなり痛いですけどね」

かなりでは済まないだろう。

体が崩壊しかかっているんだぞ？

死ぬ一歩手前ではないか。

「貴様死ぬ気か？　金にしか執着しない貴様が何故そこまでして私に敵対する」

「何故って……命は金で買えないことを教えてくれたのは貴方《あなた》じゃないですか。イヴィルの命には代えられない」

「…………………」

「もう僕はダメそうですが……アークさん最後にこれを」

交渉屋が手渡したのは一冊の本だった。

「これはギレウスやブラックフェアリーの裏帳簿です。アークさん欲しがってましたよね」

私が彼からその本を受け取ると彼は糸が切れたように倒れた。何度も契約を破った行動をしたのだ、死ぬほど辛《つら》い痛みが全身を襲っているはずだ。

「最後に優しく殺してもらえませんか？」

「そうか……ご苦労だった交渉屋」

――こうしてブラックフェアリーとの戦いは幕を閉じた。

十六年前、スイロク王国スラム街。

僕が交渉屋と呼ばれる前……まだ何者でもないガキだった頃。

物心がつく頃には既にスラム街に居着いていた。

スラムの人間が食にありつくには盗むか働くかしかない。まだ幼く、働けない自分は当然前者だった。

両親は居らず、ただ盗みを働いてなんとか命を繋ぐ日々。幸いにも【転移】のスキルを持っていた事により盗みには苦労しなかった。幼く小さい体を活《い》かして隠れながら食べ物を盗み、見つかれば転移で逃げるその繰り返しだった。

だが、そんな日々も長くは続かない。

僕はスキルを人前で使いすぎたのだ。スイロク王国は裏では人攫《ひとさら》いが横行している。後から知った事だが特に珍しいスキルを持つ者は高く売れるらしい。

まだ幼い【転移】スキル持ちの自分は当然狙われた。盗みから転移で逃げ帰ったところを待ち伏せされてしまい、何度も捕まりその度に転移で逃げた。だが人攫いの連中は、その内盗みも妨害してくるようになった。

妨害の結果、食にありつけなくなり、やがて空腹で動けなくなった。

「金さえあれば、堂々と食事ができるのになぁ」

今にも消えそうな声で呟《つぶや》く。このまま人攫いに捕まるか空腹で死ぬかの瀬戸際でアイツに出会った。

「何だぁ？　精霊が呼んでるから来てみればガキが飢えて死にかけてやがる。怒りを通り越して呆《あき》れてくるな……この国の上の連中は俺らをなんだと思ってやがる。お前もそう思わねぇかガキ」

「……」

「なんとか言えよ、あん？」

どうやら男は僕に問いかけているようだった。男は僕が生きているか確かめるように何度もペシペシと頬を叩《はた》いてくる。死にかけの自分に対して理不尽だと感じたが空腹で頭が働かない。口に出るのは関係ない言葉だった。

「……お腹《なか》……減った……」

男は少し考えた後、背負っている荷物を漁《あさ》った。パンを手に取り自分の前に掲げた。

「欲しいか？　俺の部下になるならお前にやるよ」

魅力的な提案だが、僕の視線は目の前のパンより男の荷物にある大量の食料に目が行っていた。

僕は男の荷物の方へ指を差し消えそうな声で言った。

「……全部……ちょう、だい」

男は僕の言葉を聞き、目を見開いた。

気に障っただろうか、だが男は愉快そうに笑いながら言った。

「クハハッ、全部寄越《よこ》せか、死にかけのくせになかなか強欲な奴《やつ》だ。自分を安売りしねぇ奴は将来有望だぜ。お前名前は？」

僕は首を振った。

名前など持ち合わせてなかったからだ。

「ねぇなら俺がつけてやるよ。お前はグリード。強欲だからグリードだ。ほら全部やるよ、そのかわりしっかり働けよグリード」

あぁ懐かしい思い出だ。

そう思いながら意識が思い出の中へ消えていった。

終章

エ　ピ　ロ　ー　グ

This man has the charisma of absolute evil and
will be the strongest conqueror.
"Yes, I am a scoundrel. The best in this country."

*That is needed for
a villainous aristocrat*

スイロク王国国境
カラミティ・ノワール、そしてヴィラン・アークの戦闘は膠着《こうちゃく》状態が続き、決着はつかないまま終了した。

終了の決め手となったのは、任務を任せていたはずの娘がボロボロの姿でお目付け役の執事に脇に抱えられて彼女の前に現れたことで失敗を悟ったからだ。

「申し訳ありません御当主様。あの者《イヴィル》を捕らえることができませんでした」

深々と頭を下げ謝罪する執事。

「そう……。別に構わないけど詳しく聞かせて頂戴な」

「畏《かしこ》まりました」

「ということだから私は帰るわね」

「行くなら行け。そして二度とその面を見せるな」

まるで近しい間柄のように話すカラミティに対して嫌悪感を隠さない態度のヴィラン。

二人の間に昔何かあったのは明白だった。

「クフッ、いいえまたすぐに会うことになるわ。貴方《あなた》にも息子の方にもね」

「死ね」

去り際の言葉をきっかけに斬撃を飛ばすヴィラン。

ヴィランの斬撃がカラミティ・ノワールを捉え、彼女の首が切り飛ばされた。切り飛ばされた首が地面に落ちゴロリと転がる。

頭と胴体が切り離され、誰がどう見ても即死の一撃だった。

だが――

「あははははは、はははははは、はははははは」

首が落ちてもなお彼女は笑い続けていた。

その異様な光景に遠目から見ていたヴィランの部下達は恐怖を感じる。改めて目の前にいる女が人外の化け物だと理解した。

カラミティ・ノワール――死を司《つかさど》る魔女。彼女の体はほとんど人間とかけ離れており、首を飛ばされた程度では死なない。

生きながらにして死んでいる。

人間でありアンデッド。

自身と他者の死に干渉し、弄《もてあそ》ぶ冒瀆者《ぼうとくしゃ》。

それがカラミティ・ノワールという悪だ。

「今日は楽しかったわ。また会いましょうね、ヴィー・・・」

その言葉を最後に彼女の首と体ごと闇に飲み込まれて消えた。

「お前の相手は二度と御免だ」

軍の討伐を終え、敵将であるカラミティ・ノワールは撤退した。ヴィラン達アーク公爵家の勝利だ。

だが、今回起こったアーク家と帝国軍の闘いは決して公になることはない。仮に帝国側が表立って抗議するならば帝国軍がスイロク王国へ進軍していた真の目的を全世界に公表する。ライナナ国そして聖国がそれを知れば、両者は手を組み戦争が起こるだろう。だが帝国はそれをしない。今はまだその時ではないからだ。

故に今回の進軍の事実は闇へと消える。

カラミティ・ノワールとの最後の会話が気にかかる。

『またすぐに会うことになる』

どうにも後味の悪い終わり方になってしまった。

だがこれにてスイロク王国での反乱は幕を閉じた。

スイロク王国王都

王国軍の活躍により第四都市を制圧し、ブラックフェアリーは壊滅。死傷者は多く出したもののこれで一応は決着がついた形となる。

だがすべてが解決したわけではない。

リーダーであるイヴィルは依然として行方不明。

指名手配はするが恐らく捕まらないだろう。アブソリュートの話によると生きていたとしても恐らくもうスイロク王国には関わらないだろうとのことだ。理由を聞いても彼は答えなかったが彼が言うのならきっとそうなのだろう。

序列四位ブルースと序列二位のバウトは捕縛し、残りの幹部は序列五位を除き全員死亡が確認された。

バウトはその力を危険視され、全国の処刑不可の凶悪犯を集めた大監獄アルカトラズへ投獄される。

ブルースは内乱を起こした主犯として国民の前で盛大に処刑される。今回の一件は特に国民の怒りが凄《すさ》まじい。彼、いや彼女にはその怒りを鎮めるための人身御供《ひとみごくう》になってもらう。

スイロク城の執務室にてシシリアン・スイロクは戦争の後始末に追われていた。机には書類の束が山積みとなり全く終わる気配を感じさせない。

難民支援に第四都市や第三都市の復興。亡くなった兵士達の補償に友好国への援助の依頼。やらなければならないことは多々ある。

「ねえ、シシリアン少し休んだら？」

隣で補佐してくれている婚約者のビスクドールがシシリアンに語りかける。

今回反乱が起きてからシシリアンはろくに休めていない。ただでさえ病を患っている身なのに、ぶっ倒れるまで仕事を止《や》めないのだ。

化粧で部下には隠しているが、目は酷《ひど》く充血し体もふらふらしている。見るからに限界が近い。

「大丈夫。君の方こそ僕に付き合わないで休んでいいんだよ？」

「そんなこと言って……もう闘いは終わったんだから今日くらい休んだら？　貴方が休まないと部下も休めないのよ」

そう言うとシシリアンはバツが悪そうに笑った。

自分のせいで周りが休めないならそれは悪いことをしたと思っているのだろう。

「今日の分は私がやっておくから、ね？」

「分かった、ビスクドール……ありがとう。君がいてくれてよかった」

少し恥ずかしげにお礼を言うシシリアン。

「はいはい。ほら早く、行った行った」

そんな彼を照れ隠しのように部屋から追い出すビスクドール。シシリアンが部屋から出たあとふと言葉が漏れる。

「本当に終わったのね……」

コンコン、と扉をノックする音がする。

「どうぞ、あら」

許可を出すと現れたのはこの闘いの功労者だった。

アブソリュート・アーク。ライナナ国から一人で援軍に来たスイロク王国の英雄だ。だが、民衆からは『剣聖殺し』と蔑まれ、その功績を讃《たた》える者はいなかった。

彼を手前にあるソファに座らせ、自分も向かいのソファに座る。

「シシリアンは今いないけど？」

「構わない。帰る前にお前と話しておこうと思ってな」

「あら、何かしら」

彼がスイロク王国に来てからろくに言葉も交わしていないけど、何か自分に言いたいことでもあるのだろうか？

「無駄話をするつもりはない。単刀直入に言おう」

そう前置きした上で彼は言い放った。

「レオーネ王女の父親、スイロク王国の国王を殺害したのはお前だな？」

荒唐無稽ともいえる彼の発言。

だが、彼はそれを確信していると思えるほど力強い目で私を見ていた。

ああ、どうやら彼は誰かから聞いたのだろう。

そう確信した私は――

「ええ、そうよ」

彼の言葉を肯定した。

「レオーネ王女の父親、スイロク王国の国王を殺害したのはお前だな?」

「ええ、そうよ」

　ビスクドールは何の否定もしなかった。

「否定しないのだな」

「だって今さら足掻《あが》いても無駄でしょう。それにもうすべて分かっているのでしょう? 私もブラックフェアリーの一員だって」

　そう彼女は、ビスクドールは七人いるブラックフェアリーの最後の幹部。

　序列五位ビスクドール・ジィー。

　王国軍の内側からイヴィル達を支援していた裏切り者だ。王太子の婚約者として疑われない立場から国王を殺害し、国の中枢を混乱させかつ、情報をイヴィル達に提供していたのだ。

「グリードから聞いたのでしょう?」

「そんなところだ」

「本当にアイツは……信用ならないわ。それでグリードはどうしたの?」

「グリードは死んだ」

「…………そう」

ビスクドールはその言葉を静かに受け止めた。

「私ね、この国が嫌いなの」

ビスクドールは語り出した。

彼女はこの国の上位者達が国民を裏で他国に売却していたことを知ってしまった。しかも国王ですらそれを黙認しているのだ。その時彼女は絶望したのだ、自分の愛したこの国が途轍《とてつ》もなく腐っていたことに。

だからすべてを壊してもう一度綺麗《きれい》な国を作ろうとしたのだと。

「だが、イヴィル達がトップになったら国は荒れていたぞ？」

「今回の反乱が終わったら国政は私に任せてもらうことになっていたのよ。アイツらに政治ができるわけないでしょ？」

確かにその通りだ。スラム出身の彼らに国の運営など仮に引き継ぎをしてもできないだろう。

「それで私はこれからどうなるのかしら？」

「別にどうにも。ただお前を見逃してやる代わりにこれから私がやることも見逃してもらいたい」

「本気？　私反乱の首謀者の一味よ？　国王を殺したのよ？　そんな私を見逃すの？」

「私は悪だ、正義の味方ではない。だからお前を裁くつもりもない。それにお前が生きて国政に携わってもらったほうがこちらとしても都合がいい」

そこまで言うと言外に込めた意味を察したのか顔が強張《こわば》るビスクドール。

アブソリュートは彼女の弱みを握っている。つまり彼女の弱みを明かさない代わりに利用しようとしているのだ。

「……私を脅すつもり？　一体私に何をさせるつもりなの」

「スイロク王国をアーク家の縄張りにする」

「っ⁉」

今回の騒動でスイロク王国の闇組織は一掃された。だが今回の一件はノワール家が主導していたことから、このままではノワール家がスイロク王国に根付いてしまう。

もしそうなればノワール家の組織力が強化されるのを見逃すことになる。

故にアーク公爵家が支配する、こう考えたのだ。

「……また『ギレウス』のような悪事が行われるのを見逃せというの？」

ギレウスはスイロク王国にて女性やレアスキル持ちの子供を人身売買していた。今回の反乱の原因も元を辿《たど》ればギレウスが原因と言える。

彼女はアーク家が支配することで同じような被害者が出ることを懸念しているのだ。

「あのような小悪党と一緒にするな。アイツらがいては害しかないが、私達がいればスイロク王国にもメリットがある。まず、私達アーク公爵家の傘下がスイロク王国に根付くことでほかの闇組織が近づきにくくなる」

闇組織のなかでもトップクラスの力を持つアーク家がいれば他組織にも睨《にら》みが利く。アーク家だけに目を瞑《つぶ》れば他が寄り付かないなら少しは検討に値する話だ。

「そして治安悪化改善のための人手を貸し出そう。どうせしばらく治安は悪化するんだ。国外の対応で精一杯だろう？」

完全に見透かされていることにビスクドールは両手を挙げて降伏する。

スイロク王国は十五年前の戦争と今回の反乱によって多くの騎士と兵士を亡くした。人手が圧倒的に不足しており治安対策にあてる人数も足りないのだ。

この交渉にビスクドールは頷《うなず》かざるをえなかった。

「……酷い話ね。よく考えたら今回の反乱で一番得をしたの貴方達アーク家じゃない」

「これくらい役得がないとやってられないからな」

今回の件でアブソリュートに褒賞などは一切出ない。それはライナナ国から援軍を送る条件で記されていた。アーク家の力をこれ以上つけさせないためだ。

ビスクドールやシシリアンからしたらこっそり渡してあげたかったのだが、アブソリュートはそれを民のために使ってくれと受け取らなかった。

あれほど心ない中傷をかけられたというのに、彼の懐の深さに感謝しかない。

「分かりました。次期王妃として貴方との取引に応じましょう」

そして二人で話し合い、細部を取り決め、秘密の会合は終了した。

後にこの空白となったスイロク王国を巡り一波乱があることをアブソリュートはまだ知らな

い。

ブラックフェアリーの討伐を終え、アブソリュートはスイロク王国を後にする。

ブラックフェアリーの討伐に大きく貢献してくれたアブソリュートは式典などを開いて国を挙げて盛大に感謝を告げられても良かったのだが、様々な要因が重なりそれは叶《かな》わなかった。

アブソリュートは今回の一件でスイロク王国の英雄である光の剣聖を、事情があったとはいえ国民の目の前で破ってしまった。根強い人気のあった剣聖を殺害したことでアブソリュートは世論から目の敵《かたき》のように非難を受けていた。そんなアブソリュートを国を挙げて感謝すればまた反乱が起き、第二のブラックフェアリーが誕生してもおかしくないことからスイロク王国側は直接感謝の意を述べるに止《とど》まったのだ。

そして旅立ちの日。

雲一つない快晴の空がアブソリュートの出立を祝福しているようだった。

だが見送りに来たのはレオーネ王女ただ一人。

本来なら民衆の感情を考えれば誰も来ないのが正解だったのかもしれない。だが国を救うために来てくれた恩人にそんな対応はしたくないとレオーネ王女が一人批判も覚悟で来てくれたのだ。

「もう行かれるのですね」

「あぁ、学園を休み続けるわけにいかないからな」

今回のイベントで二週間近く学園を空けてしまった。

（レディ達は元気にやっているだろうか？）

任務とはいえほとんど何も言わず出て行ってしまったから心配しているだろう。

（………………心配してくれているだろうか？　してくれていたら嬉《うれ》しいな）

「そういえば、ここに来る前にバウトの護送に立ち会いました。彼から貴方に言伝《ことづて》があります」

「なんだ？」

「・・・・・・また会おう、と言っていました」

「ほう？」

また会おうか……確かにアイツとはまた会いそうな気がするな。今回は敵同士だったが出会い方が違えばもう少し違った敵同士になれたのかもしれない。

少しだけ再会が楽しみだ。

「そうか。ちなみにアイツの刑期はどれくらいだ？」

「無期です」

「………囚人ジョークというやつか？」

なんとなくまた会いそうな感じがしたがどうやら気のせいだったようだ。

それにしても喧嘩屋《けんかや》バウト、なかなか面白い奴《やつ》だな。それとも地獄で会おう的なニュアンスだったのかな？

「私としては貴方が監獄にぶち込まれるのを確信しているのだと思います」

「………お前も言うようになったではないか」

初めて会った時はおどおどして目が合わなかったが今はこうして目を合わせて会話している。

彼女は目に見えて成長していた。

「お前はこれからどうするんだ？」

原作では民衆から非難され心が折れたレオーネ王女は国を追われる形で他国へと嫁いでいった。今回はアブソリュートがヘイトをすべて引き受けたので原作のような流れはないはずだ。

「分かりません。じつは兄に他国から縁談がいくつかきていると言われていて、少し悩んでいます。今回のことで私は戦える人間でないことが分かったので」

どちらにせよ縁談はくるのか。

縁談が悪いわけではないがどうも目的が逃避になっている気がするな。

そんな迷いを見せる彼女にアブソリュートは言った。

「なあ、レオーネ王女。学園に戻ってこないか？」

「え？」

驚いたような顔をするレオーネ王女。

まぁ、私がこのようなことを言い出すとは思わないだろう。

「婚約も悪くはないが、もう少し学園生活を楽しんでもいいんじゃないか」

「っ⁉」

今のアブソリュートの言葉は、光の剣聖がレオーネ王女へライナナ国に行く際かけた言葉と酷似していた。

レオーネ王女にはアブソリュートの姿が光の剣聖と重なって見え涙が零《こぼ》れそうになった。

涙を我慢して精一杯の笑みを浮かべる。

「…………そうですね。一度お兄様と相談してみます」

「ああ、そうしろ」

「…………」

「…………」

しばらく沈黙が続き風の音だけが聞こえる。

その風はまるで会話の終わりを告げる音のようだった。

「…………ではな」

「ええ、またいずれ」

短く別れの挨拶を済ませ、アブソリュートは馬車に乗ってスイロク王国から去っていった。

レオーネはアブソリュートの乗る馬車を一人見えなくなるまで見送った。


アブソリュートは帰りの馬車の中で怠《だる》そうに上を見上げていた。

体力的にというよりも精神的な疲弊が強かった。

味方のいないアウェーな場所で精神を削りながら戦ってきたのだから。

今回のイベントによってアブソリュートはスイロク王国の民には剣聖を殺した敵として認識され、裏で動いていた帝国の闇組織と敵対することになった。正直得るものより損の方が大きい。

「…………疲れた」

それでもアブソリュートはレオーネ王女という一人の人間の心を救った。運命を捻《ね》じ曲《ま》げ周りを敵に回し彼女を救うことができたのだ。

それに収穫はあった。

レオーネ王女を救えたことで自らを待つ最悪の未来は変えられると改めて確信できたのだ。

私は最悪の未来に打ち勝ち、アブソリュート・アークは間違っていないと証明してみせる。

たとえすべてを敵に回しても。

「これで良かったんだよな？　アブソリュート・アーク」

私の中にいるかもしれない原作のアブソリュートに向かって問いかける。

だがその問いに応えるものはいなかった。


スイロク王国イベントからしばらく経《た》ち、アブソリュート達の日常が戻ってきた。

しばらく離れていた学園では、アブソリュートにはレオーネ王女が演習で怪我《けが》をした責任で無期限の謹慎処分が下されていたようだった。

勿論《もちろん》これは表向きの理由であり、アブソリュートが帰還するとそれは取り払われた。

だがこの処分を巡って学園である騒動が起きていた。それは国王を巻き込み、あやうく大事になりかけたらしい。どうやらコチラも大変だったようだ。

そこで互いの慰労を兼ねてこれからアブソリュートの帰還パーティーが開催されることになった。

今、屋敷ではパーティーの開催に向けて準備が行われており、ウルは足りない食材を買い足しに街まで来ていた。

「え～と……ニンジン、玉ねぎ、ジャガイモ、トウモコロシ、あと果物を全部樽《たる》でくださいなの」

「樽？　嬢ちゃん一人で持てんのかい？」

「大丈夫です！　ちゃんと荷物持ちがいるから――ほら新入り運びなさいなの！」

「ひぃ～これであと何軒ですか？」

「まだご主人様の主食のモンブランとレディ様の好物のタピオカ、その他諸々《もろもろ》入り用なの。今回はゼン公爵家のクリスティーナ様もいらっしゃるからまだまだ帰れないの」

「これで十三転移目……ガクッ」

あの日、交渉屋と呼ばれる僕はアブソリュート・アークによって殺されるはずだった。

彼の敵であるイヴィルを逃がしたり、その前にもアブソリュートによって致命傷を負わされたブルースを転移で逃がしたり、王宮での闘いでも封鎖していた城門を外から開けてブラックフェアリーを逃がしたりと妨害をしてきたのだ。

死を覚悟していた――だが、アブソリュートは僕を生かした。

彼はあの場で僕を殺さなかったのだ。

まだ僕に利用価値があると踏んだのだろうか？

仲間も帰る場所も失った僕は別に死んでも構わなかったし、それを望んでいた。にもかかわらず僕を生かして安月給でこき使おうと言うのだ。

しかもペナルティで、契約魔法で縛られるだけでなく僕の全財産まで差し押さえられた。

本当にアブソリュート・アークは悪魔のような男だ。

買い物を終えて屋敷に戻った僕はその後パーティーの準備を済ませ主人であるアブソリュートを呼びにいく。

「失礼します。アークさん」

ドアをノックして部屋に入るとアブソリュートは机で書類を見ていた。あれは僕がブラックフェアリーから持ってきた裏帳簿だ。

交渉屋として扱ってきた顧客やギレウスやペイルベガといった組織の書類も入っている。

「交渉屋か……お前が持ってきたこの裏帳簿は正に私が求めているものだった。これのおかげでライナナ教会の闇を暴くことができる。後はイベントを待ち、潰すだけだ」

本当に無表情で怖い事を言う人だ。

しかもライナナ教会を潰すと言ったのか？

国と密接な関係を持ち、国内に多くの信者がいるライナナ教会を？

下手すればライナナ国を敵に回すというのに怖くないのか？

怖くないのだろうな……既にスイロク王国を敵に回したような男だ。いまさら恐れるものはないのだろう。

この人は本当にとんでもない悪党だ。

「それはよかったです。できればお気持ちは形で、つまりお金でいただきたいものですね」

「給金を払っているだろう？　これも業務のうちだ交渉屋」

「…………………」

「なんだ？　不満か？　分かり合えないなら存分に拳で語り合おう」

はい、諦めます。

貴方と拳で語り合えるのはバウトだけです。

それより――

「僕はブラックフェアリーがなくなったんで、もう交渉屋は廃業します。なので新しい名前をください」

僕は新しい道を歩んでいくことになる。

イヴィルの後ろを歩いていた自分を変えるため、かつての名前も含めて捨てることを決めた。

アブソリュートは少し悩む素振りをした後こう言った。

「そうか……なら、欲深いから、グリードでいいんじゃないか」

「っ!?」

一瞬、アブソリュートとかつてのイヴィルの姿が重なって見えた。

アブソリュートがつけた名前はイヴィルがつけてくれたものと同じだ。

だが由来まで同じなんて……。

「ははっ、僕そんなに欲深いですかね…………っていうか前の名前と同じじゃないですか」

「相当なもんだぞ？　それに今思えばお前にはこの名前しかないくらいピッタリだ。初めにつけた奴はいいセンスをしている」

　アブソリュート・アーク……僕は貴方に忠誠は捧げない。ただ契約魔法で縛られている一方的な関係であり正直嫌いだ。

　だが解放されるまで、長い付き合いになるだろう。

　それまでアブソリュートが私に金を払い続ける限り、味方でいてやることにする。

「これからよろしくお願いしますアブソリュート様」

「ああ、グリード。お前の働きに期待する」

　こうして交渉屋改めてグリードが仲間に加わった。

That's what you need as a villain noble

Presented by Masakorin　*Illustration by Muru Karuki*

This man is the charisma of
absolute evil and
will be the strongest conqueror.
"Yes, I am a scoundrel.
The best in the country."

悪役貴族

巻末特集

This man has the charisma of absolute evil and
will be the strongest conqueror.
"Yes, I am a scoundrel. The best in this country."

*That is needed for
a villainous aristocrat*

Correlation chart

- 相関図 -

アーク家 Ark family

アーク一派

［レディ・クルエル］

子爵令嬢。ライナナ国の歓楽街経営を牛耳っている。氷魔法が使える。

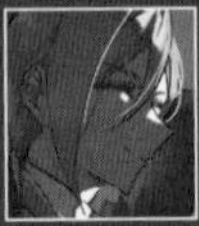

［ミスト・ブラウザ］

子爵の子息。アーク家の裏稼業の後処理や補佐をしている。

［オリアナ・フェスタ］

男爵家の子女。アーク家のために諜報活動をしている。

［クリス・ホセ］

伯爵家の子息。陰で奴隷商をしており交渉術に長けている。

［ウリス・コクト］

虎の獣人。闇組織『蟲』の当主。好戦的で体術が得意。

♥

頼ってほしい

尊敬

助けてやる

悪？善？

［アブソリュート・アーク］

転生前は「ライナナ国物語」の愛読者。いずれくる破滅する未来に打ち勝つため、より強い悪になることを決意する。

ご主人様大好き！

弟みたい

殺す！

興味

親子

［マリア・ステラ］

元貴族の女騎士で現アーク家の侍女。原作では勇者の剣術指導者。

［ウル］

狼の獣人。アーク家の侍女。原作ではアブソリュートの妻となる。

因縁？

［ヴィラン・アーク］

アブソリュートの父。十数年前の戦争でスイロク王国を援軍として助けた。その際、空間の勇者とも闘い何かしらの因縁を持っている。

［交渉屋］

教会に雇われていたがアブソリュートに捕まり期間限定で使用人中。

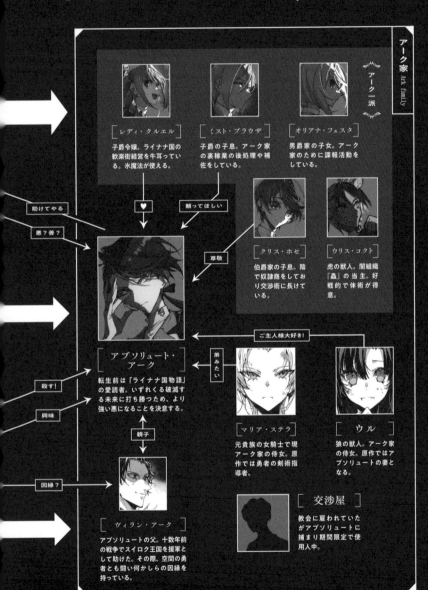

That is needed for a villainous aristocrat.

スイロク王国 Kingdom of Suiroku

師弟

兄妹

［アイディール・ホワイト］

『光の剣聖』と呼ばれるスイロク王国の英雄。実直で騎士としてとても堅実な性格だが素は子供好きで穏和な性格。ヴィランと空間の勇者との因縁があるが……

［シシリアン・スイロク］

スイロク王国第一王子。亡き国王の代理として国を運営している。体が弱く病がちなため城の外に出ることができない。

［レオーネ・スイロク］

スイロク王国第一王女。兄の代わりに前線で反乱軍討伐の指揮をとる。本来のイベントでは、自らの力不足を責めて心を病んでしまう。

援軍を要請

ブラックフェアリー Black fairy

［ブルース］

中性的な顔立ちの美しい男性。過去にイヴィルに助けられて以降、彼を慕い部下となって助けている。

［バウト］

組織のなかで序列二位の実力者。強さを求めており、強敵との闘いに喜びを感じている。普段は寡黙で、物静か。

［イヴィル］

闇組織ブラックフェアリーのボス。冷酷非道で目的のためなら手段を選ばない。スイロク王国にただならぬ憎しみを持ち、スラム街の仲間を集って反乱を起こす。

邪魔

利用

ノワール家 Noir family

親子

［ヒィル・ノワール］

帝国の闇組織ノワール家当主の一人娘であり暫定次期当主。母を崇拝し、敬愛する想いが強くそれ故か過激な性格が周囲の悩みの種となっている。

［カラミティ・ノワール］

帝国の闇組織、ノワール家の当主。強大な力を持つネクロマンサーであり、世界を裏から牛耳る野望を持つ悪人。

敵対組織

Volume Two

This man has the charisma of absolute evil and will be the strongest conqueror.
"Yes. I am a scoundrel. The best in this country."

「ライナナ国物語」の解読と覆された終末へ至る物語

勇者アルトと3人のヒロイン。聖女エリザ、女騎士マリア、剣士アリシアが一丸となって世界を闇から救い。自分たちの故郷であるライナナ王国に巣食う巨悪、アブソリュート・アークを打ち滅ぼし、平和を取り戻す物語。しかし、物語には何事も裏面というものが存在する。

転生者アブソリュートによって新たにつづられる「ライナナ国物語」で生まれた分岐とは――

物語の分岐

アブソリュートが転生者として行動したことで「ライナナ国物語」の展開が変わった。この物語の〝本当〟の裏に潜む闇の存在。

アーク一派

原作ではアブソリュートの固有スキル「絶対悪」と「王の覇道」によって畏怖されてしまい、最終的には一部のメンバーが裏切る。オリジナルのアブソリュート自身も自分の生まれもったスキルや、アーク家の重圧を誰にも相談することができず、周りへの迷惑を危惧して関わりを持たなかったことが滅亡エンドの要因となった。一巻の閑話ではレディはアーク家に最後までついているが、一派の裏切り者が誰かは伏せられたままである。

ライナナ教会

聖女エリザ
特殊スキル「扇動」で死への恐怖すら克服してしまうメンタルスキルを持つ。原作では聖人全とした人物として書かれているが、実際は勇者アルトを隠れ蓑として、裏ではライナナ教会とミカエル王子と結託している。個人的な思惑でアーク家の排除を企む。

ライナナ国

原作ではミカエル王子が王位に就き、教会と結託し勇者を利用してアーク家を潰そうと目論《もくろ》む。しかし、転生者アブソリュートによって王位継承を剥奪され、今では長女のハニエル姫のみが第一王位継承者となっている。ちなみにハニエル姫は父に似て頭の切れる才女であるが、生まれつき目が見えないというハンデがある。

スイロク王国

海が近く、貿易流通で栄えた国。しかし十数年前の戦争によって主力の戦力が壊滅した。その間に不正を働く貴族や闇組織によって内部の腐敗が進んでしまう。原作ではブラックフェアリーからの反乱、民の反感、レオーネの心の喪失といったスイロク王国の衰退につながる物語を勇者が救うとなっているが、その真実は帝国の裏を牛耳るノワール家による国の略奪のための策であった。

勇者の存在

転生者アブソリュートは学園の模擬戦で勇者アルトをミライ家から離し、心身共に虐げられていたアリシアを救った。アルトは冒険者として侯爵家への違約金という名の借金返済のため他国に出稼ぎに行っているが、原作で組まれるはずだったパーティから離されていることによって変わるエンドがどうなるかも見どころの一つだ。

勇者アルト

ファンタジー小説「ライナナ国物語」の主人公。平民出身であるが勇者のスキルを持っていることから、勇者としての英才教育を受けさせるためにミライ家が後見人となり、アリシアと同じ屋敷に住居を移した。自己の感情が思うままに進んでいく猪突猛進《ちょとつもうしん》な性格。アブソリュートの力を唯一弱体化させるスキルを有する天敵。

空間の勇者

十数年前の戦争でスイロク王国に攻め入り、のちに一国を堕とした実力から世界最強として称えられる。向かってくる敵を時空を操るスキルで蹂躙したり、原作では名前のみが登場するだけだったが、とある番外編にだけ主人公として書かれている。唯一互角に戦えたのは若かりし頃のヴィラン・アークとされているがそれを知り、唯一語れる存在であった光の剣聖はイヴィルの手により死去した。

Postscript あとがき

どうも皆さま作者のまさこりんです。この度は『悪役貴族として必要なそれ』第二巻を手に取っていただきありがとうございます。

今年の冬は暖かくとてもすごしやすいですね。いつかはコートが要らなくなる日が来るかもしれません。僕は小さい頃は冬でもずっと半袖半ズボンのわんぱく小僧でしたので、昔の僕は凄《すご》かったなとしみじみと思いました。今では絶対できませんね。渋谷にもそんな人いないのに若いって本当に凄いです。そんな凄い昔の自分に恥じないようにカッコいい大人になれたらなと思う今日この頃です。

ではでは第二巻の内容に触れていきます。

今回はスイロク王国の内乱を舞台にアブソリュートが活躍しました。今回は作者の趣味を詰め込んだ内容になっていますのでとても満足しています。長く語りすぎるのもアレなのでいくつか抜粋して語らせてください。

一つ目は幻覚の中で勇者と戦う場面ですね。幻術の中でアブソリュートの天敵として現れたのは勇者でした。これはアブソリュートが内心で勇者を自分を殺しうる存在として認識しているからですね。本著で一度刃《やいば》を交わし勝利を掴んでいても心のどこかで勇者を畏れている彼がいるという描写です。主人公と悪という魂レベルで刻まれた因縁ですね。あらためてアブソリュートの敵は勇者だと感じさせる場面でした。一巻ではあっけなく退場した勇者ですがこのままでは終わりません。彼は原作の主人公でありアブソリュートの天敵ですからね。アブソリュートを倒せる仲間もしくは手段をもって舞い戻ってくることでしょう。今後の勇者の出番にご期待下さい。

二つ目は光の剣聖に打ち勝ち住民に罵倒されるシーンです。この世界がどれだけアブソリュートに厳しいのか分かる場面だと思います。【絶対悪】というスキルを持つアブソリュートには慣れた光景かもしれませんが、それを持たずに原作で悲しい末路を迎えたレオーネはさぞ辛《つら》かったでしょうね。光の剣聖という強いキャラが序盤にいなくなるのは作者としても辛いですがレオーネ王女を曇らせるためには仕方がなかったんです。アブソリュートの苦難を笑顔で執筆している作者が一番の悪なのかもしれませんね。

三つ目はアブソリュートとスイロク王国の窮地を陰で救った我らがパパ上ことヴィラン・アークの再登場です。光の剣聖の幻覚の中、光の剣聖の回想、対カラミティ・ノワールで再登場しました。ここにきて一気に株を上げた感じがします。元々強かったんですが作者の力不足のせいで一巻では格を下げてしまった感があったのでここで回復しておきたかったのです。主人公のいない所で活躍するパパ上カッコいいって思いながら書いていました。昔はかなりやんちゃ気質でそのせいで各方面へ喧嘩売りまくりでした。そしてそのしわ寄せは息子であるアブソリュートへ向きます。今回だと光の剣聖との対決やスイロク王国からの援助申請がそれですね。世間のアブソリュートへのヘイトがキツイのは二割くらいがヴィランのせいかもしれません。彼には強く生きてほしいものです。

次に今回出てきた新キャラの紹介です。

ブラックフェアリーのボス、イヴィルです。悪辣に加えて自由を求める自由民ですね。彼は主人公を除けば初めて出てきた原作悪役キャラですね。魔眼のような能力に敵を無力化する鎖。作者の趣味全開のキャラと言えます。狡猾《こうかつ》な手段ではありましたが光の剣聖を倒したという実力は疑いようがありません。紛れもない強キャラです。彼は自分のいる環境が悪すぎて自分の求める自由が分からなくなっている可哀想《かわいそう》な一面もあります。もしもの話ではありますがイヴィルが奴隷にはならず幹部だけ連れて国を出て冒険者にでもなっていたら今回の事件は起きなかったでしょう。個人的には再登場を期待しております。

次に紹介するのは喧嘩屋バウト。ブラックフェアリーのナンバー2ですね。彼は序盤にいるのがおかしいほどの強キャラです。アブソリュートがいなければ今回間違いなく彼によって国が落とされていたでしょう。今作者が考えている未登場キャラ含めてもトップ10に入る実力者なので相対して生き残っているウルがある意味凄いでしょう。ブラックフェアリーは武力面や精神面でバウトがいたから成り立っていた面もあるので彼が倒されていた時点で敗北は決まっていました。アブソリュートに負けた彼は監獄へと収監されます。今回の戦いに彼は大分満足しているのでしばらくは出てこないでしょう。

そして回想だけでしたがついに登場したのが世界最強と名高い空間の勇者です。今回ヴィランがなんとか深手を負わせて撤退させましたがこれは奇跡の偉業です。本来精霊がいなければ勝負にならないくらい強い勇者です。一応設定で原作では死亡判定を受けていたのでこれから登場するかは作者次第ですが、もしアブソリュートの前に現れたら果たしてどうなることやら。ヴィランを恨んでいるはずなので怒りの矛先がいくのは間違いないかもしれません。

そして次はアーク家に所属する実力者の集まり、特殊暗殺部隊の皆様を紹介します。アーク家にあんなに強い人達がいたんだと驚きました。なら原作で彼らがいれば勇者に勝てたのではないかと思われるでしょう。いればいい勝負ができたかもしれませんがアブソリュートに味方することはありません。あくまで彼らはヴィランの部下でアーク家に忠誠は誓っていないので。原作でアブソリュートがヴィランを殺した時点で彼らはアーク家から去っています。何人かは主人の仇《かたき》だとアブソリュートに挑んだりもしたでしょう。今作で彼らがどうなるかは今後にご期待下さい。

そして終盤に現れたカラミティ・ノワールについて語らせてください。一巻にてちょろっとだけ登場をにおわせた、敵対している帝国の闇組織ノワール家の当主です。ヴィラン・アークと何やら因縁を感じさせる彼女は物語をかき回してくれるでしょう。勇者や聖女といった敵に加え強力な敵が現れましたね。個人的に戦場に喪服で来るのが皮肉を感じさせて好きです。設定上彼女もこの作品の重要キャラのひとりなので今後の活躍をご期待下さい。

次にカラミティ・ノワールの娘ヒィル・ノワールについてです。彼女も原作に登場する悪役キャラの一人です。今作初めてのメスガキです。イヴィルには負けてしまいましたが彼女もそこそこ強いです。剣聖と戦う前ならどうなっていたか分かりません。今回の件で間違いなくアブソリュートは彼女に目を付けられましたね。彼女がどうリベンジするのか今から楽しみです。

最後にお世話になった編集のN様。今回も素敵なイラストを描いて下さった村カルキ様。

そしてこの作品に関わってくれたデザイナー様、校正者様、印刷会社様。本当にありがとうございます。最後に読者の皆様へ感謝し、この巻の締めとさせていただきます。

二〇二四年四月　まさこりん

That's what you need as a villain noble

Presented by Masakoru
Illustration by Muru Karuki

This man is the charisma of
absolute evil and
will be the strongest conqueror.
"Yes, I am a scoundrel.
The best in the country."

...hat's what you
...as a villain noble

悪役貴族として必要なそれ

This man has the charisma of absolute evil and will be the strongest conqueror.
"Yes, I am a scoundrel. The best in this country."

2

2024年4月30日　初版発行

著　まさこりん
イラスト　村カルキ

発行者　山下直久
編集　ホビー書籍編集部
編集長　藤田明子
担当　野浪由美恵
装丁　荒木恵里加（BALCOLONY.）
金井佑樹（BALCOLONY.）

発行　株式会社 KADOKAWA
〒102-8177
東京都千代田区富士見 2-13-3
電話　0570-002-301
（ナビダイヤル）

印刷・製本　図書印刷株式会社

●お問い合わせ
https://www.kadokawa.co.jp/
（「お問い合わせ」へお進みください）
※内容によっては、お答えできない場合があります。
※サポートは日本国内のみとさせていただきます。
※Japanese text only

定価はカバーに表示してあります。

ISBN　978-4-04-737712-7　C0093

本書は、カクヨムに掲載された
「悪役貴族として必要なそれ」に加筆修正したものです。

これもオススメ!

この世界では十二歳までに〈神の恩恵〉と呼ばれる
特殊能力が人々に与えられる。
ポルカ村のルカは、自身がめずらしい〈恩恵〉を
授かっていることを隠し、狩人として村で
平凡に生きていくつもりだった。
しかし、弟・リヒトが稀少な〈恩恵・魔術使い〉であることが判明し、
思いがけず「従者枠」として一緒に魔術学校に行くことに！
新しい魔術具を次々と作り、入学前から天才ぶりを発揮するリヒト。
そしてルカの名もまた、王都の「白い狩人」として広まっていく――。

特殊な〈神の恩恵〉を授かった兄弟による
本格ファンタジー、開幕！

天才魔術師を弟に持つと人生はこうなる I

―著― 江崎乙鳥

―イラスト― ox

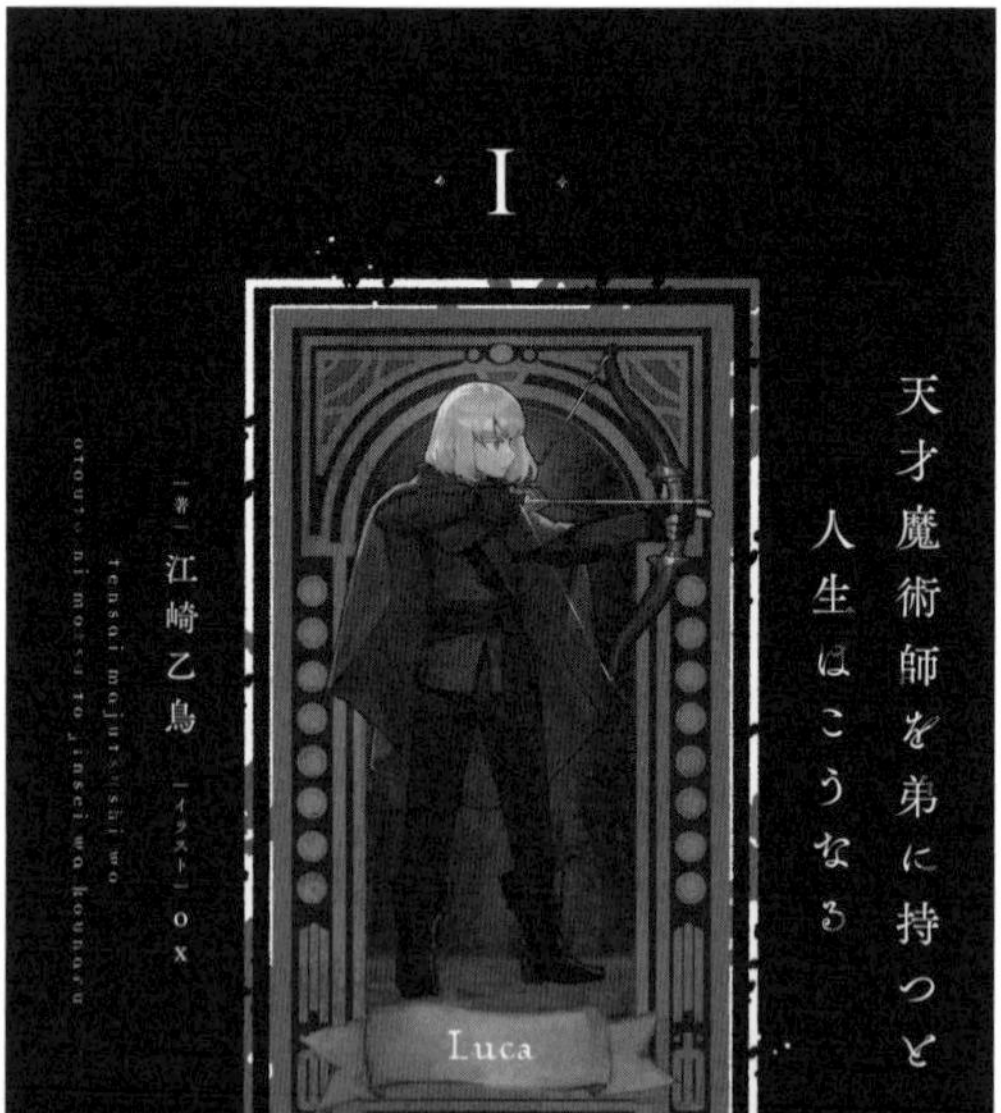

That is needed for a villainous aristocrat

Contents

This man has the charisma of absolute evil and
will be the strongest conqueror.
"Yes, I am a scoundrel. The best in this country."

2

That is needed for
a villainous aristocrat

This man has the charisma of absolute evil and
will be the strongest conqueror.
"Yes, I am a scoundrel. The best in this country."

That is needed for
a villainous aristocrat

This man has the charisma of absolute evil and
will be the strongest conqueror.
"Yes, I am a scoundrel. The best in this country."

悪役貴族として必要なそれ

(著)まさこりん
Masakorin

(イラスト)村カルキ
Mura Karuki

2